A FRIEND OF KAFKA
AND
OTHER STORIES

ISAAC BASHEVIS SINGER

楚尘

文化
Chu Chen

北京楚尘文化传媒有限公司 出品

卡夫卡
的朋友

［美］艾萨克·巴什维斯·辛格 著

王宇光 译

中信出版集团｜北京

图书在版编目（CIP）数据

卡夫卡的朋友 /（美）艾萨克·巴什维斯·辛格著；
王宇光译 . -- 北京：中信出版社 , 2023.1
书名原文 : A Friend of Kafka and Other Stories
ISBN 978-7-5217-4667-9

Ⅰ . ①卡… Ⅱ . ①艾… ②王… Ⅲ . ①短篇小说－小
说集－美国－现代 Ⅳ . ① I712.45

中国版本图书馆 CIP 数据核字 (2022) 第 169551 号

卡夫卡的朋友

著者： 　[美] 艾萨克·巴什维斯·辛格
译者： 　王宇光
出版发行：中信出版集团股份有限公司
　　　　　（北京市朝阳区惠新东街甲 4 号富盛大厦 2 座　邮编　100029）
承印者： 　浙江新华数码印务有限公司

开本：880mm×1230mm　1/32　　印张：12　　　字数：226 千字
版次：2023 年 1 月第 1 版　　　　印次：2023 年 1 月第 1 次印刷
京权图字：01-2022-3946　　　　　书号：ISBN 978-7-5217-4667-9
　　　　　　　　　　　定价：69.00 元

目录

作者寄语*

　　这个集子里的短篇小说都是我近些年写的，有的是这两年写的。大约三分之一写美国移民的故事，如今，我在美国生活的时间已多过了在母国波兰生活的时间。在合作者的协助之下，我翻译了这些故事，结果我在翻译的过程中做了许多修改。不夸张地说，这么多年来英语已经成了我的"第二"语言。而且，我的长篇小说和短篇小说集的外语译本从英译本译出，也是事实。

　　译者的名字出现在书中每一篇的末尾。译者不只是我最早的读者，也是我最早的建设性（我希望是）批评者。我成年后一直是个译者，我认为翻译是文学最大的问题和挑战。译入的"他者"语言消化不了含混、双关语和浮华的文辞。这使得作者明白，要

---

* 本书据美国法勒、斯特劳斯和吉鲁出版社（Farrar, Straus and Giroux）1970 年版英译本译成。

处理的是事情，而不是事情的解释，要让事情自己说话。"他者"语言常常是一面镜子，在这面镜子中，我们有机会看见有着各种缺陷的自己，并且，要是可能的话，纠正我们的一些错误。

这些故事当中，至少一半是雷切尔·麦肯齐编辑的，她是《纽约客》的高级编辑；整个集子由罗伯特·吉鲁编辑。我把本书献给我的译者和编辑。

艾萨克·巴什维斯·辛格

1970 年 6 月 2 日　纽约

卡夫卡的朋友*

1

我读弗兰茨·卡夫卡的书之前多年，就从他的朋友雅克·柯恩那里听过他的事。雅克·柯恩是意第绪剧院的前演员，我说"前"，是因为我认识他时他已不登台了。那是三十年代初期，华沙意第绪剧院已开始失去观众。雅克·柯恩本人是个病人和破灭的人。尽管仍是公子哥的打扮，衣服却破旧了。他左眼戴着单片眼镜，系老式的高领子（大家叫这种领子"弑父者"），脚穿漆皮鞋，头戴德比帽。在我俩都常去的华沙意第绪作家俱乐部里，刻

＊ 本篇英语由艾萨克·巴什维斯·辛格和伊丽莎白·舒布（Elizabeth Shub）翻译。

薄人给他起了个绰号叫"大人"。尽管驼背越来越厉害，他倔强地把双肩向后收。他的头发曾是黄色的，如今剩下不多，梳成了凸脑壳上的一座桥。依照老剧院的传统，他时不时漏出几句德语味的意第绪语[1]，特别是谈到他与卡夫卡的关系时。近来，他写起了报纸文章，但编辑全都拒绝他的稿子。他住在莱什诺街的一个阁楼间，总是生病。一个讲他的笑话在俱乐部成员中间流传："白天躺在氧气帐里，晚上冒出来成了唐璜。"

我们总是傍晚在俱乐部见面。雅克·柯恩进来时，门开得很慢。他有一股欧洲大名人屈尊访问犹太区的派头。他四下打量，皱着眉头，仿佛在表示鲱鱼、大蒜和廉价烟草的气味不合他的品味。他的目光轻蔑地扫过一张张桌子，桌上是破报纸、破棋子和塞满烟头的烟灰缸，俱乐部成员围坐着，用刺耳的嗓音无休止地讨论文学。他摇摇头，仿佛在说："你能指望这些笨蛋说出什么来？"一见他进来，我就会把手放进口袋，准备好那枚他必然会向我借的一兹罗提[2]。

这个傍晚，雅克的情绪似乎比往常好。他微笑着，露着他的烤瓷牙，牙套不牢，说话时会微微晃动；他大摇大摆地走向我，仿佛是在舞台上。他把瘦巴巴的、细长的手伸给我，说："冉冉升

1　意第绪语（Yiddish），阿什肯纳兹（德系）犹太人使用的一种语言，来源于中古德语，用希伯来语字母拼写。——译者注（以下如无特殊标注，均为译者注）
2　兹罗提（zloty），波兰货币。

起的明星，忙什么呢？"

"这就开始了？"

"我是严肃的。严肃的。我一眼便识得才华，即使我自己缺乏才华。一九一一年我们在布拉格演出时，没人听说过卡夫卡。他到后台来，看到他的那一刻，我就知道一个天才站在我面前。我可以闻出来，就像猫闻见老鼠。我们的深厚友谊就是那样开始的。"

这个故事我听过许多次了，每次的讲法都不同，但我知道我又得听一次。他坐到我这一桌，女招待玛尼娅给我们上了玻璃杯茶和饼干。雅克·柯恩挑起黄兮兮眼睛上的眉毛，眼白布着几根细血丝。他的表情像是说："这就是野蛮人叫茶的东西？"他在自己杯子里放了五块糖，搅拌着，锡匙从杯中心向外旋转。他用拇指和食指（指甲异常的长）掰了一小块饼干，放进嘴里，说"Nu ja"，意思是，"回忆填不饱肚子"。

这都是演戏。他来自一个波兰小镇的哈西德教派家庭。他的名字不是雅克，而是扬克尔。不过，他在布拉格、维也纳、柏林、巴黎住了许多年。他并非一直是意第绪剧院的演员，而是在法国和德国都登过台。他同许多名人交过朋友。他曾帮助夏加尔在贝尔维尔[1]找了个工作室。他是伊斯雷尔·赞格威尔[2]家中的常客。他

1　贝尔维尔（Belleville），巴黎的一个街区，又称"美丽城"。
2　伊斯雷尔·赞格威尔（Israel Zangwill, 1864—1926），英国犹太作家。

曾出现在莱因哈特[1]的作品里，和皮斯卡托[2]一起吃过冷盘肉片。他给我看过人家写给他的信，不只有卡夫卡，还有雅各布·瓦塞尔曼[3]、斯蒂芬·茨威格、罗曼·罗兰、伊利亚·爱伦堡和马丁·布伯[4]。他们都直呼他的名字。我们彼此熟一点后，他甚至给我看一些著名女演员的照片和信件，都是跟他有过一段的。

对我来说，"借给"雅克·柯恩一兹罗提意味着接触到了西欧。他拿那根银柄手杖的手法就有异国风味。连他抽烟的样子，也不同于华沙的我们这些人。他的举止有宫廷之范。他极少责备我，而责备的时候，总是用某种优雅的恭维照顾我的感情。我最钦佩的，则是雅克·柯恩善与女人相处。我在女孩面前害羞，有女孩在场就脸红尴尬，但雅克·柯恩有着伯爵般的自如。他对最不诱人的女人也有好话可说。他奉承每一个女人，不过总是用和善嘲弄的语调，摆出品尝过一切的享乐主义者的那种司空见惯的态度。

他对我说话坦率。"我的年轻朋友，我近乎性无能了。这种事总是从培养出过分精致的品味开始——饥饿的人不需要杏仁蛋白糊和鱼子酱。我已经到了这个阶段，没有哪个女人真的诱人。没

1　莱因哈特（Max Reinhardt, 1873—1943），奥地利戏剧导演。
2　皮斯卡托（Erwin Piscator, 1893—1966），德国戏剧导演。
3　雅各布·瓦塞尔曼（Jakob Wassermann, 1873—1934），德国小说家。
4　马丁·布伯（Martin Buber, 1878—1965），奥地利犹太哲学家。

有什么缺陷能瞒过我。这就是性无能。裙子和紧身胸衣在我眼里是透明的。脂粉和香水不能再愚弄我。我自己已经没了牙齿，但女人只要张张嘴，我就能看出她哪颗牙补过。这一点，顺便一说，也是卡夫卡在写作上的问题：他看得见每一处缺陷——他自己的和其他所有人的。大多数文学是由左拉和邓南遮[1]这样的粗人笨手搞出来的。在剧院里，我看见卡夫卡在文学中看见的同样缺陷，这也使我们走到一起。不过，奇怪的是，判断戏剧时卡夫卡完全是瞎子。他把我们劣质的意第绪语剧作捧上了天。他疯狂地爱上了一个蹩脚的女演员——契西克夫人。当我想起卡夫卡爱这个生物，梦想着她，我为人和人的幻觉感到羞耻。好吧，不朽并不挑剔。谁要是碰巧接触到一个伟人，就跟他一起迈进不朽，常常穿着粗笨的靴子。

"你是不是有一次问我，是什么让我过下去，还是我记错了？是什么给了我力气来承受贫穷、病痛，还有最糟糕的，无望？问得好，我年轻的朋友。我第一次读《约伯记》时也问了同样的问题。为什么约伯要继续活下去，忍受痛苦？为了最后拥有更多的女儿、更多的驴子、更多的骆驼？不。答案是，为了游戏本身。我们都在与命运下棋，是命运的棋友。他下一步，我们下一步。

---

1 邓南遮（Gabriele d'Annunzio，1863—1938），意大利诗人、小说家、戏剧家。主张"生活就是艺术"，著有"玫瑰三部曲"。

他要三步将死我们，我们要阻止他。我们知道自己赢不了，但就是要和他大战一场。我的对手是个狠辣的天使。他使出浑身解数来对付雅克·柯恩。现在是冬天，烧了炉子也还是冷，但我的炉子坏了几个月，房东拒绝修理。况且我还没有买煤的钱。我的屋里和室外一般冷。没住过阁楼的人，不知道风的威力。我的窗玻璃连夏日里也咔嗒咔嗒响。有时，一只公猫爬上我窗户近旁的屋顶，整夜哀号，就像生产的妇人。我躺在毯子下面冻僵了，它却在为母猫号叫，当然也许它只是饿了。我也可以给它一点食物让它安静，或者赶跑它，但为了不被冻死，我用所有的破布裹住自己，甚至旧报纸——稍微动一动，整套东西就散架。

"不过，要是你下棋，我亲爱的朋友，和好对手下比和笨手下强。我欣赏我的对手。有时，我陶醉于他的机灵。他坐在第三重或第七重天的某个办公室里，在统治我们这个小星球的那个上苍部门里，手头只有一项工作——困住雅克·柯恩。他得到的指令是'打破桶，但别让酒流光'。他就是这么做的。他有办法让我活着真是个奇迹。我羞于告诉你，我喝了多少药水，吞了多少药片。我有个朋友是药剂师，不然我根本负担不起。上床前，我吞下一片又一片——干吞。要是喝水，我就得排尿。我有前列腺的问题，现状是我必须夜里起来好几趟。在黑暗中，康德的范畴不再有效。时间不再是时间，空间不再是空间。你手里拿着什么东西，突然间它就不在那儿了。点亮我的煤气灯不是件简单的事情。我的火柴总是消失。我的阁楼里充满了邪灵。偶尔我对其中某个说话：'嘿，你，醋，酒的儿子，能不能收起你的鬼把戏！'

"前段时间，在半夜里，我听见一记砸门的声音，还有女人说话的声音。我听不出她是在笑还是哭。'能是谁呢？'我对自己说，'莉莉丝？拿玛？还是柯特夫·姆利利的女儿玛赫拉特[1]？'我大声叫道：'夫人，你走错门了。'但她继续砸门。然后我听见一记呻吟，有人倒下了。我不敢开门。我便开始找火柴，却发现我手里正拿着火柴。最后我下了床，点亮了煤油灯，穿上晨衣和拖鞋。我在镜子里瞥见了自己，那影像吓坏了我。我的脸是绿色的，没刮胡子。我终于开了门，门外站着一个光脚的年轻女人，睡衣外裹着黑外套。她脸色苍白，金色长发凌乱。'夫人，出什么事了？'我说。

"'有人刚刚要杀我。我求求你，请让我进去。我只需要在你屋里待到天亮。'

"我想问是谁要杀她，但我看见她冻得半死。很可能也喝醉了。我让她进门，注意到她手腕戴着一只手镯，镶着巨大的钻石。'我房间没暖气。'我告诉她。

"'总比死在街上强。'

1　莉莉丝（Lilith）、拿玛（Namah）、玛赫拉特（Machlath），都是犹太传说中的女恶魔。

"于是，我们俩在屋里了。但我要拿她怎么办呢？我只有一张床。我不喝酒——医生不允许——不过一个朋友送了我一瓶干邑白兰地，我也有一些放久了的饼干。我给了她一口酒和一块饼干。酒精似乎使她活了过来。'夫人，你住在这栋楼里吗？'我问。

　　"'不，'她说，'我住在乌亚兹多夫大道[1]。'

　　"我看得出她是贵族。一句接一句，我知道了她是位伯爵夫人，是寡妇，她的情人住在这栋楼里——一个狂野的人，养了头小狮子当宠物。他也是贵族的一员，但给踢了出来。他已经在城堡监狱里服了一年刑，因为谋杀未遂。他不能去见她，因为她住在婆婆家里，所以她过来见他。那一晚，他生出一阵妒火，揍了她，拿左轮手枪顶她的太阳穴。长话短说，她设法抓起外套跑出了他的公寓。她敲邻居的门，但谁也不让她进去，于是她跑到了阁楼。

　　"'夫人，'我对她说，'你的情人可能还在找你。假如他找到了你呢？我已不再是所谓的骑士了。'

　　"'他不敢弄出乱子来，'她说，'他还在假释期。我跟他永远完了。可怜我——请别在半夜赶我出去。'

　　"'那你明天怎么回家？'我问。

1　乌亚兹多夫大道（Ujazdowskie Boulevard），华沙的一条主干道。19世纪后期，很多波兰贵族和实业家在大道两旁建造宫殿和别墅。

"'我不知道,'她说,'反正我也厌倦了生活,但我不想被他杀了。'

"'好吧,反正我也睡不着,'我说,'睡我的床吧,我在椅子这儿休息。'

"'不。不能这样。你不年轻了,你看着身体也不太好。请回床睡吧,我坐这儿。'

"我们争论了很久,最后决定一起躺下。'你一点都不用怕我,'我让她放心,'我太老了,对女人无能为力了。'她好像完全相信。

"我刚才说什么?对,突然间我发现自己竟和一位伯爵夫人躺在一起,她的情人随时会破门而入。我给我们俩盖了两条毯子,没有费力气去搭平日的那种破茧窝。我心有悸动,忘记了寒冷。而且我也感觉到她的贴近。她的身体散发出一种奇异的温暖,异于任何我曾感受过的——也许是我忘了。是我的对手搞了个新的弃子局吗?这几年,他不再跟我认真下棋了。你知道,有幽默棋这种东西。我听说,尼姆佐维奇[1]常常戏耍对手。以前,墨菲[2]是个有名的恶作剧棋手。我对我的对手说:'妙手,杰作。'随即我明白了,我知道她的情人是谁。我在楼梯上遇到过他,超大的块头,长着谋杀

---

1 尼姆佐维奇(Aron Nimzowitsch, 1886—1935),国际象棋大师,出生于里加,晚年在丹麦生活至去世。
2 墨菲(Paul Morphy, 1837—1884),美国国际象棋大师。

犯的脸。对雅克·柯恩来说，这是多么可笑的结局——了结在一个
波兰奥赛罗手里。

"我笑了起来，她也跟着笑。我抱住她，搂紧她。她没有反
抗。突然奇迹发生了。我又是男人了！一次，一个礼拜四傍晚，
我站在一个小村子的屠宰场旁，看见一头公牛和一头母牛在交媾，
它们就要为安息日而被宰杀。她为什么同意，我永远不会知道。
或许是报复情人的一种方式。她吻我，轻吐情话。然后我们听见
沉重的脚步声。有人用拳头捶门。我的姑娘滚下床，躺在地板上。
我想为即将来临的死亡念诵祷词，但我在上帝面前感到羞耻——
与其说是在上帝面前，不如说是在嘲弄我的对手面前。为什么给
他这额外的愉悦？就算狗血剧也有限度啊。

"那门外的野兽一直砸门，我惊诧门居然扛住了。他用脚踢
门。门嘎吱响，但撑住了。我极惊恐，但心里某个地方止不住发
笑。然后喧嚣停止了。奥赛罗走了。

"来日早晨，我把伯爵夫人的手镯拿到当铺，用当到的钱给
我的女主角买了裙子、内衣和鞋。裙子不合身，鞋也不合脚，但
她需要做的只是钻进一辆出租车——当然了，前提是她的情人没
在楼梯上截住她。奇怪的是，那个男人那晚就消失了，再也没出
现过。

"离开前，她吻了我，敦促我给她打电话，但我还没那么笨。
就像《塔木德》里说的，'奇迹不会每天发生'。

"你知道，卡夫卡，虽然他年轻，但困扰我这老头的那种拘束感也支配着他。在样样事情上都妨碍他，性，写作。他渴望爱，逃离爱。他写下一个句子，立刻涂掉。奥托·魏宁格[1]也是那样——疯狂，天才。我在维也纳遇过他——格言和悖论从他嘴里喷涌而出。我永远忘不了他的一句话：'上帝没有创造臭虫。'必须了解维也纳才能真正理解这句话。可创造臭虫的又是谁呢？

"啊，那是巴姆伯格！看看他那小短腿走出的摇摇晃晃的步子，一具拒绝躺进坟墓的尸体。开一个失眠尸体俱乐部会是个好主意。他为何整夜鬼祟地游荡？卡巴莱歌舞对他有什么好处？几年前我们还在柏林时，医生就放弃他了。但并没有阻止他在罗曼咖啡馆坐到凌晨四点，跟妓女们聊天。一次，格拉纳特，那个演员，宣布要在他家办个派对——一场真正的狂欢，他请的人里就有巴姆伯格。格拉纳特要求每个男人带一位女士——妻子或朋友。但巴姆伯格既无妻子也无情人，于是雇了个娼妓陪他。他得专门给她买一身晚礼服。来客全都是作家、教授、哲学家，还有一些常见的知识界名流的跟班。他们都和巴姆伯格一个主意——雇了妓女。我也在场。我陪着一位布拉格的女演员，我们认识很久了。你认识格拉纳特吗？一个

---

1 奥托·魏宁格（Otto Weininger，1880—1903），奥地利哲学家，著有《性与性格》。

野人。他喝干邑白兰地就像喝苏打水，能吃十个鸡蛋做的煎蛋卷。宾客们一到，他就脱了衣服，同娼妇们狂舞起来，只是为了秀给他那些高雅的客人看。起初，那些读书人坐在椅子上，瞪着眼睛。看了看，他们就讨论起性来了。叔本华说过这个……尼采说过那个。不在场的人很难想象这些天才能有多荒谬。这一切进行之时，巴姆伯格突然病了。脸色绿得像草，猛出汗。'雅克，'他说，'我完了。死在这地方不错。'他犯了肾病或胆囊病。我半扛着他送去了医院。顺便说一句，能借我一个兹罗提吗？"

"两个。"

"什么！你抢了波兰银行？"

"我卖了一个短篇。"

"祝贺你。我们一起吃晚饭吧。我来请客。"

2

我们正吃着，巴姆伯格过来我们桌。他是小个子，肺痨病人般消瘦，驼着背，罗圈腿。他穿着漆皮鞋，套着鞋面罩。他的尖脑壳上有一些灰头发。一只眼睛比另一只大——红红的，突出来，像是受了自身视觉的惊吓。他骨瘦的双手撑靠在我们的桌上，用嘎嘎的嗓音说道："雅克，昨天我读了你的卡夫卡的《城堡》。有意思，很有意思，但他想说什么？如果说是一个梦，那太长了。寓言应该是短的。"

雅克·柯恩迅速吞下正在嚼的食物。"坐下来，"他说，"大师不必遵循规则。"

"有一些规则，就算大师也得遵循。什么小说也不应该比《战争与和平》长。连《战争与和平》也太长了。如果《圣经》有十八卷，人们早就忘了它。"

"《塔木德》有三十六卷，犹太人可没忘了它。"

"犹太人记住的东西太多了。这是我们的不幸。我们被赶出圣地两千年了，现在我们想要回去。疯了，不是吗？如果我们的文学只反映这种疯，会是很棒的。但我们的文学却古怪而理智。好吧，不说这个了。"

巴姆伯格费力站直身子，苦苦皱眉。一小步一小步，他拖着脚离开桌子。他到留声机那儿，放进一张舞曲唱片。作家俱乐部里都知道，他好些年没写一个字了。他上了岁数后，受了朋友玛茨金博士的哲学的影响，学起了跳舞。玛茨金博士是《理性的熵》一书的作者。在书里，他试图证明，人的智性是破败的，真正的智慧只能经由激情达到。

雅克·柯恩摇头。"半瓶醋的哈姆雷特。卡夫卡担心成为巴姆伯格这样——所以他毁了自己。"

"伯爵夫人给你打过电话吗？"我问。

雅克·柯恩从口袋里掏出单片眼镜，戴上。"她打了又如何呢？在我的生活里，一切都变成语词。全是聊，聊。这其实就是玛茨金博士的哲学——人最后成了语词机器。他会吃语词，喝语词，娶语词，用语词毒害自己。你想想看，玛茨金也去了格拉纳特的狂欢派对。他是去实践他的学说了，但他再写一本《激情的熵》也没差。是的，她有时会打给我。她呢，也读书，但没有智性。事实是，尽管女人竭力展示自己身体的魅力，但她们对性的意义的了解与对智性的了解一样少。

"拿契西克夫人来说吧。她拥有过什么呢，除了一个身体？但你去问问她，身体究竟是什么。现在她丑了。她在布拉格当演员时，还有点东西。我是她的男主角。她有那么一点点才华。我们到布拉格去挣些钱，发现一个天才等着我们——自我折磨程度最高的智人。卡夫卡想当个犹太人，但不懂怎么做。他想生活，但也不懂怎么做。'弗兰茨，'我曾对他说，'你是个年轻人。做大家都做的事。'我知道布拉格的一家妓院，我劝他跟我去。他还是个处男。我可不想谈那个和他订婚的女孩。他在布尔乔亚的沼泽里已陷到了脖子。他圈子里的犹太人有一个理想——成为外邦人，不是捷克外邦人，而是德国外邦人。简而言之，我说服了他探这趟险。我带他进了前犹太区的一条黑巷子，妓院到了。我们上了歪歪扭扭的楼梯。我开了门，里面像是舞台布景：妓女、皮条客、嫖客、鸨母。我永远忘不了那一刻。卡夫卡颤抖起来，拽我的袖子。然后他掉头，飞快地奔下楼梯，我担心他摔断腿。一到街上，他就停下来，如小男生般呕吐。回去的路上，我们经过一个老犹太会堂，卡夫卡谈起了戈勒姆[1]。卡夫卡相信有戈勒姆，甚至相信未来还会再有。一定存在神奇的语词能把一块泥巴变成活物。据卡巴拉教义，上帝不是通过说出神圣的语词创造世界的吗？太初有道。

"是的，一切都是一个大棋局。我一生都怕死，但现在站在坟墓边上，我不再怕了。显然，我的对手想慢慢下这盘棋。他要一个个地吃掉我的棋子。他先抹掉我之为演员的魅力，把我变成一个所谓的作家。一做完这个，他就让我患上书写痉挛症。他的下一步是剥夺我的性能力。不过我知道他离将死我还早，这就给了我力气。我的房间冷——冷就冷吧。我吃不上晚饭——不吃也死不了。他搞我，我搞他。前一阵子，我深夜回家。外头寒霜逼人，突然我意识到丢了钥匙。我叫醒看门人，但他没有备用钥匙。他身上冒着伏特加的气味，他的狗咬了我的脚。前些年我会绝望，但这一次我对我的对手说：'如果你要我得肺炎，我没意见。'我离开房子，决定去维也纳车站。风几乎把我吹走。晚上那个点，等夜车起码要三刻钟。我路过演员公会，看见一扇窗户里有灯光。我决定进去。也许能在那儿过夜。台阶上，我的鞋碰到了什么，

---

1 戈勒姆（golem），犹太传说中泥塑的有生命的人偶。

只听见叮的一声。我弯腰捡起一把钥匙。正是我的钥匙！在这座楼的黑暗楼梯上找到一把钥匙的概率是十亿分之一，看来，我的对手担心在他准备好之前我就不要命了。宿命论？你愿意就叫它宿命论吧。"

雅克·柯恩站起身，请我允许他打个电话。我坐在那儿，看着巴姆伯格迈着摇晃的腿和一位文学女士跳舞。他眼睛闭着，头靠着她的胸脯仿佛靠着枕头。他似乎同时在跳舞和睡觉。雅克·柯恩去了很长时间，比通常打个电话的时间长得多。他回来时，眼上的单片眼镜闪着光。"猜猜谁在另一个房间里？"他说，"契西克夫人！卡夫卡的挚爱！"

"真的假的。"

"我跟她说了你。来，我很乐意把你介绍给她。"

"不用。"

"为什么不？卡夫卡爱过的女人值得见见。"

"我不感兴趣。"

"你害羞，没错吧。卡夫卡也害羞——书院学生般害羞。我从不害羞，这大概是我一事无成的原因。我亲爱的朋友，我还需要二十格罗申[1]付给看门人——十格罗申给这栋楼里的，十格罗申给我那栋楼里的。没有这钱我回不了家。"

1　格罗申（groschen），波兰货币。

我从口袋里掏出些零钱给他。

　　"这么多？你今天肯定抢银行了。四十六格罗申！砰砰！啊，要是有上帝，他会回报你的。要是没有，是谁在跟雅克·柯恩下这些棋呢？"

冬夜来客*

1

炉子烧热了。吊着的煤油灯在屋里洒下明亮的光。外面，雪已经下了三天。我们的阳台盖了一层雪褥。桌首坐着我父亲，套一件黑色天鹅绒袍子，里面露出淡黄色的流苏上衣。他戴一顶亚莫克便帽，高额头如镜子般反光。我怀着爱意看着他，还有惊诧。为什么他是我父亲？假如另一个人是我父亲会怎样呢？我还是同一个艾萨克吗？我观察他，仿佛第一次见他。引起这些遐想的是母亲昨天告诉我的话——媒人曾想把她说给卢布林的一个小伙子。

---

* 本篇英语由艾萨克·巴什维斯·辛格和多萝西·斯特劳斯（Dorothea Straus）翻译。

要是她嫁了那小伙子，她还会是我母亲吗？整件事是个谜。

父亲生得俊美，黑色的边落[1]，红如烟草的胡须。短鼻子、蓝眼睛。我有了个古怪的想法——他的模样像我们学校挂的沙皇像。我很明白，这种比较是亵渎。沙皇是个恶毒的人，我父亲则是位虔诚的拉比。但我的脑子里满是疯狂的念头。如果人们知道我在想什么，会把我关进监狱的。父母会断绝和我的关系。我会被除名，就像哲学家斯宾诺莎，父亲在普珥节晚餐时谈到过他。那个异端否认上帝。他说世界不是创造出来的，而是永恒存在的。

一本打开的书摆在父亲面前的桌上。他把绶带放在书中，表示只是短暂地中断研习。他右手边立着一玻璃杯茶，半满。左手边放着他的长烟斗。对面坐着我母亲。父亲的脸几乎是圆的，母亲的脸、鼻子、下巴则有棱有角。连她灰色大眼睛的目光也是锐利的。她戴着金色假发，但我知道里面的头发是火红色的，和我一样。她脸颊凹陷，薄嘴唇。我总是害怕她看穿我的心思。

父亲右边坐着仪式屠夫[2]亚伯拉罕，一个胖男人，黑如吉卜赛人，圆胡须像把刷子。流言说他修剪那把胡子。亚伯拉罕大肚皮、直脖颈、宽鼻子、厚嘴唇。他的"r"音发得生硬，说话出奇快。

---

1 边落（sidelocks），或译为"侧边发辫"，即在脸两侧各留一束头发，一些正统犹太人以此表明自己的犹太身份。此习俗源于犹太教义，《圣经·利未记》第十九章第二十七节载："头的两鬓不可剃。"
2 仪式屠夫（the ritual slaughterer），按犹太教宰杀仪式屠宰牲畜的屠夫。

他觉得人人都对不起他，但最对不起他的是第三任妻子泽维特尔。尽管他该朝我父亲说话，却一直瞄我母亲。嵌在淡蓝眼圈中的黑眼睛闪着怒气。我听说，屠夫全都生于火星之象，要是没有学习而当上屠夫，他们将成为杀人犯。我想象亚伯拉罕藏匿在稠密森林里，手持斧子，袭击前往莱比锡、但泽或伦希诺的商人。他拿走他们的金袋子，砍掉他们的脑袋。他们哀求活命，他回答："杀人人人犯[1]不懂怜悯。"

但亚伯拉罕坐在这儿，像个笨蛋一样抱怨妻子。他说："我整天站着屠宰，晚上我想休息，但火就烧起来了。她对我开战。她母亲也是那样。我去热莱胡夫[2]时才知道她的事。她埋葬了三个丈夫——你知道当过三次寡妇的女人是禁止娶的，但她现在有了第四任丈夫。泽维特尔在我之前也有两个丈夫。我是第三个。那两个都和她离了婚。第一个是文雅的年轻人，精致如绸缎，日赫林的拉比的侄子。她能有什么反对他的呢？她就是爱上了另一个，他们告诉我——是个粗鲁的车夫。她的行为极可耻，全镇人都愤慨。"

"上帝拯救我们——呸。"父亲说。他伸右手拿那杯茶。另一只手抓胡子。

1　"杀人人人犯"（murrrderer），原文强调亚伯拉罕得生硬的"r"音。
2　热莱胡夫（Zelochow），波兰马佐夫舍省一小镇。

我虽还是个男孩，却也知道父亲对这种事懂得很少。他什么事情都按律条判断。一件事要么是允许的，要么是禁止的。对他来说，安息日触碰烛台和行为放荡没什么差别。我父亲是在《托拉》[1]、祷告和神奇拉比的箴言中被滋养大的。他真正热衷的是拜访拉比法庭，与哈西德派信徒谈论奇迹，不过，每次他提出离家，母亲就提醒他，我们需要付房租、付孩子的学费，而且我们也要吃饭。浪迹于拉比之间不是生计。

我听见母亲问亚伯拉罕："要是这样的话，你为什么娶她？"

亚伯拉罕咬了咬厚厚的下唇："真相并不立即显现。她事事全演得好好的。她要是想，能甜得如蜜。我的鲁巴死了，我完全乱了。一个男人自个儿能怎么办呢？我在餐馆吃饭，吃得胃不舒服。他们告诉我，她父亲是个学者。我和鲁巴——愿她安息——没生孩子。她得一种妇科病，子宫摘除了。我想要留下个儿子，给我念卡迪什[2]。媒人把泽维特尔和我领到一起，她说了好听话。据她说，日赫林的拉比的侄子疯了一半，做不谙世事的梦。她送饭到读经堂，他认不出她，以为她是女佣。他不知道硬币的哪一面朝上。他仍旧是个男学生——有这种男人。总之，他和泽维特尔不相配。我后来才明白这一点。不好意思我要说，她这女人需要真

---

1 《托拉》（Torah），字面意思为"指引""教导"，广义上包括所有犹太教的律法和教导，狭义上指《圣经》前五卷，即《摩西五经》。
2 卡迪什（Kaddish），犹太人哀悼死者的祈祷文。

正的雄性。我不想诽谤，这儿圣书柜里有神圣的经书呢，但我可以告诉你们寒毛直竖的事情。至于她的第二任丈夫，她告诉我，他是粮食商人，是重要的长者，但她和继女们处不好。我当时没时间调查这一切。人会离婚。连拉比有时也离婚。但我们一结婚，她就开始现出本色了。她要我当社区屠夫。她不高兴我只是华沙无正职的屠夫。我说："只要能谋生，有什么区别呢？"城市屠夫有职衔——可以父传子。他们都出生在华沙，而外省来的都是外人。他们荷包鼓鼓，过着上等日子。支持他们的古尔的拉比固然是神圣的人，却也有权有势。你要是跟着他干，各种门路都开；要是不跟，就是迫害。他应该是和天堂联络的人，但他太懂地上的事情了。"

父亲放下茶杯："你说什么话，雷布[1]·亚伯拉罕？古尔的拉比是位圣人。他爱每一个犹太人。"

"是的。但连摩西也会敷衍了事。反正，她开始找这个那个长老，攀关系。她置了顶假发，只遮住一半头。她不剪掉头发，却梳进假发里。我进屋看见，她站在镜子前用发钳弄卷发。我对她说：'这是干啥？'她说：'别费你的脑子了。'总之，她要为我去见一个长老，收拾呢，她要施点魅力。我火了。我说：'我不想当社区屠夫，别为他们打扮。'她就冲我来了，好像我是她最坏的敌人。"

1　雷布（Reb），对正统犹太已婚男子的尊称，相当于"先生"。

父亲伸手拿烟斗："《塔木德》上说，'人不与蛇同篮'。"

"就是这么说啊！我连千分之一都没说出来。在热莱胡夫我知道了真相——她爱上的粮食商人不是什么粮食商人，而是个普通的送货马车夫。有时候，他也会带乘客。她上了他的马车，去索哈契夫[1]。他说话脏，连哥萨克听了也脸红。她对他有了感觉。她离开了丈夫，拒绝尽妻子之责。你懂的。"

母亲摇摇头。父亲说："这种女人离婚无权获得财产。"

"在第一个丈夫那儿，她得到了很多钱。不过，她开始嫉妒。他上路时总是有一马车女人——粗俗的家伙，恶棍。胸袋里从来不缺一瓶伏特加，他们说，他能吃一脸盆的鸡油荞麦。他把她丢在家里，孤零零的，只有安息日回来，有时候安息日都不回。现在要离婚的是她了，他要赔偿——他威胁，不给钱就跑到美国去，扔她在这儿当弃妇。从第一个诈来的钱财只好给了第二个，甚至还要卖了她的首饰。"

"一个荡妇，"母亲说，"为什么你还跟她过？"

"她拒绝和我离婚。我只有一个办法，得到一百位拉比的许可。"

父亲瞥了瞥书页。"卢布林的扎多克拉比——愿他福享缅怀——就有一个这样该死的女人。她和一个军官握手。扎多克拉比知道后，就立即要和她离婚，但她拒绝离婚。然后扎多克拉比

1　索哈契夫（Sochaczew），波兰马佐夫舍省一小城。

只好走了一百个城市拿到一百个签名。”

"只为了和军官握手？"亚伯拉罕问。

"那是轻浮的行为。一旦离开了犹太之为犹太一步，就已经堕入了四十九道玷污之门[1]。"我父亲回答。

"或许那俄国人伸出手，她害怕，不敢不接？"母亲问。

"人只可害怕全能的主。"父亲贤明地回答。

2

四下静谧。我听见灯芯在吮吸煤油。外面，干雪下着，风吹着。父亲拿烟草袋装烟斗，但袋子空了。他看看我，半是询问半是恳求。"伊切尔，我没烟了。"

母亲紧张起来。"你不能叫孩子到外面冷天里去。而且，现在店全打烊了。"

"如果早上没有烟，我无法学习。我也无法准备晨祷。"

"艾力的店可能还开着。"亚伯拉罕说。

我猜，亚伯拉罕想打发走我，因为他马上要讲一些男孩不该听的秘密。不过，我反正也想上街。要是楼梯不那么黑就好了。我说："我去。"

---

1 在四十九道玷污之门（Forty-nine Gates of Defilement）的人，不能得到救赎。

"给他二十格罗申。"父亲说。

　　母亲皱眉，但让步了。父亲烟瘾极大。每天早晨，他抽烟斗，喝好多杯淡茶，把评注写在窄本子上。礼拜六黄昏，他等不及天空出现三颗星[1]。母亲给我穿上暖和的背心，脖子裹上围巾。我走下楼梯时，她让厨房门开着，她知道我害怕。我怎么能不害怕呢？我知道世上到处是恶灵、魔鬼、精灵啊。我记得邻居的小女儿，叫约基别，去年死了。还有出没于毕尔格雷[2]一所房子的鬼，砸碎窗玻璃，乱丢碗碟。还有那个男孩，邪灵把他掳到阿斯摩太[3]的城堡，强迫他和某个恶鬼结婚。还好我们只住二楼，没住更高。但大门也是黑的。一个男人常站在那儿，那脸好像是剥过皮的。他的鼻子是一块黑石膏。我永远弄不懂，他自己站在那儿，又冷又黑几个钟头，是在等谁？很可能他也牵连着不洁的精灵。

　　但穿过大门后的那一刻，一切都欢畅了。没有月亮和星星的天空发着淡黄的光，仿佛云朵后面专为今晚造的天灯照亮了夜空。煤气灯顶着雪帽子，玻璃盖着霜成了白色，透出的光有彩虹的色彩。每盏灯后拖着一团雾。雪盖住了克鲁奇玛尔纳街[4]的贫穷，现在显

1　犹太教的安息日开始于礼拜五日落时，结束于礼拜六晚上三颗中等大小的星星可见之时。安息日不可抽烟。
2　毕尔格雷（Bilgoray），波兰卢布林省一小镇。辛格母亲的故乡，辛格青少年时期曾在那里生活过很长时间。
3　阿斯摩太（Asmodeus），犹太经典《塔木德》中的恶魔。
4　克鲁奇玛尔纳街（Krochmalna Street），辛格的童年便在华沙的这条街上度过，该街居民大多是生活贫苦的犹太人。

得富裕了。我想象着，华沙不知怎的搬去了俄国腹地，或许到了西伯利亚，我哥哥约书亚说，那儿的冬天是一个长长的夜，白熊乘着浮冰漂游。下水沟成了男孩们的溜冰场。有些店打烊了，窗玻璃被冰封住，上面覆着结霜的棕榈树枝，像住棚节[1]用的那种。别的店里，客人从后门进去。熟食店灯火通明。天花板垂下长香肠。柜台后站着沙耶尔，切着香肠、肝、小牛胸肉、烤牛肉，或是大杂烩——冷盘肉片。那儿能吃到椒盐卷饼，还有芥末热熏香肠。一张小桌子边坐着一对男女，在吃夜宵。我知道他们订婚了。还有谁会在熟食店吃夜宵？他的穿着半老式半新式，短袍子，小帽子，硬纸板领子，纸衬衫襟。帽子下的头发亮滑，涂了油。我认识他。他是佩萨赫，专缝靴子的鞋帮。安息日早晨他去祷告堂，不过吃完安息日餐，他就带着未婚妻去看电影，或者上意第绪剧院，演的是《舒拉米》《孤女夏西娅》《夏达斯王子》。这些都是院子里的男孩们告诉我的。我很熟悉那姑娘，菲格尔。一年前，她还在院子里和女孩们玩，瞄着某个靶子丢坚果。空竹，她也玩得很妙。但突然她就订婚了，是大人了。她把黑头发卷成圆发髻。我父亲主持了她的订婚会，给我带回来一块蛋糕。今晚，她穿着镶毛皮的绿裙。她优雅地拿着热熏香肠，勾着小指，小口地吃。

1　住棚节（Feast of the Tabernacles），又称"结茅节"，始于赎罪日之后五天，为期一周，一般在公历九、十月。住棚节期间，犹太人会住在棚子里，以香橼果、棕榈树枝、香桃木枝条和柳树枝条四种植物来庆祝节日。

一时间，我盯着这一对。我非常想喊"佩萨赫！菲格尔！"，但忍住了。其他男孩可以不守规矩，拉比的儿子可不行。如果我行为不端，人们就会议论，告到我父母那儿去。

往查姆的咖啡店里看，还更有趣呢。好多对情侣坐着，全都是自由化青年，没有哈西德派教徒。小偷和"罢工者"常常光顾这家店，"罢工者"是几年前还在扔炸弹、向沙皇要宪法的青年男女。宪法是什么，我还没学到，但我知道"流血礼拜三"的子弹打死了几十个这样的年轻人。不过，许多人活了下来，有些坐牢的后来被释放了。他们坐在查姆咖啡店里，吃鲱鱼卷，喝菊苣咖啡，有时来一块奶酪蛋糕，读意第绪语报纸。他们想了解俄国腹地或国外的罢工。罢工者的穿着与小偷不同。他们穿锡钉扣的无领衬衫。他们的帽舌不拉下来盖住眼睛。姑娘们穿差劲衣服，头发用梳子挽住。小偷们围坐一张大圆桌，他们的姑娘在隆冬时节穿着夏天的裙子——红的、黄的，有的还带印花。他们的脸，我觉得好像溅了罗宋汤，黑眼圈里的眼睛古怪而闪亮。母亲说，这些有罪的生物失去了此世，也失去了来世。

有时，父亲派我到那咖啡店，找某个男孩或女孩到他法庭去。父亲没有执事，我顶了这个位置。我进了门，顾客都嘲骂起我。工人们指着我，开我红色边落的玩笑。一次，有个工人问我："你在学《托拉》，是不是？你会当一个——《塔木德》教师、中间商，还是小贩子？"他接着说："告诉你父亲，他的时代结束了。"小偷们叫我"笨蛋""书院男孩""抱板凳的"。姑娘们为我说话："别去烦那孩子。"一次，有个姑娘亲了我。我啐了口跑了。咖啡店里的人全笑了。

艾力的店还开着。我拿了包烟草。那儿可以买到作业本、蜡笔、橡皮、钢笔和铅笔，但这些是给有钱男孩的，不是给我的。我一天只有一分钱，有时都没有。

我没有马上回家。我捧起一团雪，用舌尖舔。尽管是冬天，我却觉得听到了雪后头蟋蟀的唧唧叫声。要么大概是铁街的雪橇马颈上的铃铛声，那地方，煤气灯显得很小，电车小得像玩具。我从不敢一个人去那地方。快走到我家大门时，我看见了姐姐欣德莱和哥哥约书亚。我太高兴了，因为不用一个人走那黑黑的楼梯了。哥哥和姐姐同在街上并不常见。首先，哈西德派的小伙子不应该同女孩走在街上，哪怕是姐姐；其次，他俩的关系不好。他们好像是碰巧撞上的——他从尼约拿街克瑞尔的读经堂回来，她则从朋友利亚家回来。欣德莱也怕走那黑黑的楼梯。我跑向他们，尖叫："欣德莱！约书亚！"

"你干吗像个野人乱喊？"约书亚斥责我，"我们不是聋子。"

"这么晚你在街上干什么？"欣德莱问。她穿得像位淑女，戴着一顶莱茵石针别住的帽子，毛领子装饰着某种动物的小脑袋，还裹着暖手筒。她已订婚了，嫁衣正在准备。约书亚穿着长袍子，戴着小帽。他也留边落，但修剪过。约书亚成了开明青年，用我父亲的话说，"宠坏了"。他拒绝学习《塔木德》，他读世俗书籍，他抵制媒人。几乎每天父亲都和他讨论。约书亚坚持说，波兰的犹太人活得像亚洲人。他嘲笑他们的边落、垂至鞋面的长袍。关于节日孵出的鸡蛋的律条，他们还要学习多久？我哥哥说，欧洲已经觉醒了，但波兰的犹太人还在中世纪。他使用我不懂的现代词语。我听他与父亲争论，而我总是站在他这一边。我想剪掉我的边落，穿上短夹克，学习波兰语、俄语、德语，学习火车怎么能跑的，学习怎么造出电话、电报、气球和轮船。我从不敢参与他们的辩论，但我很清楚，穿长袍的男人、戴假发无檐帽的女人是不允许进入萨克森花园的。父亲一直对我许诺，弥赛亚到来时，学习《托拉》的将得救，不信的将湮灭。但弥赛亚什么时候到来？也许他根本不会来。

我姐姐欣德莱也不再虔诚了。她和约书亚都是成年人了，而我还是男孩。约书亚和我中间有过另两个孩子，都是女孩，得猩红热死了。

欣德莱和约书亚各拉着我的一只手，领我进了黑黑的大门，上了黑黑的楼梯。现在撒旦本尊来了我都不怕。哥哥对姐姐说："看看这儿这么黑。别的街上的房子，沿着楼梯都有煤油灯。这里，物理上和精神上都是黑的。"

"房东想省一分煤油钱。"姐姐说。

我们都进了厨房。屠夫亚伯拉罕正要走。他的肚子一时堵住了门。

3

这晚没发生争论。父亲写他的评注。母亲、欣德莱、约书亚和我在厨房。炉子烧热了，茶水滚了。母亲弄光明节用的鹅脂。约书亚讲美国的故事。那儿有强盗，他们自称"黑手党"。克鲁奇玛尔纳街的贼到阁楼偷亚麻衣物，他们不是，他们袭击百万富翁。他们勒索钱财。警察怕他们。约书亚朝着母亲讲，但不时瞟向我。他知道我如饥似渴地听着他说的每一个词。姐姐翻着一份意第绪语报纸，也在听。她在读一部连载小说。哥哥和母亲也常常瞧一眼那小说。姐姐说："天哪！路易莎女伯爵逃了。"

"她怎么逃的？"母亲问。

"从窗户。"

"她在五楼啊。"

"狂徒马克斯帮了她，架了个梯子。"

"啊，作家真能编！"

"报纸上的那种东西是垃圾，"哥哥对我们讲，"但托尔斯泰是个伟大的作家。出版商出价二十五万卢布买他的手稿。"

"唔，巴黎的一幅画估价两千万法郎。"母亲说。"画被偷了，整个法国都悲痛，仿佛圣殿被毁日。等画找回来了，人们在大街上亲吻。不缺疯子。"她又补充道。

《蒙娜丽莎》，"哥哥点头，"为什么叫他们疯子？这是艺术。列奥纳多·达·芬奇花了好多年画那幅画。从前往后的艺术家都没画出过那样的微笑。"

"谁在乎某个女人怎么微笑？"母亲问，"这全是偶像崇拜。古时候，恶人供奉偶像，现在他们叫它艺术。笑得很美的人一样可以是荡妇。"

"那您想怎么样，母亲？法国人应该去朝拜古尔的拉比吗，从他的桌上捡面包屑吗？在欧洲，他们要的是美，不是某个背赞美诗、得了疝气的老头的《托拉》。"

"呸——这说的什么话！有可能，得了疝气的人比一千个漂亮姑娘更受上帝待见。全能的主爱一颗破碎的心，而不是挺拔的鼻子。"

"您怎么知道全能的主爱什么？"

"母亲，巴黎的女人现在穿裤子了！"姐姐叫道。

"有一天，他们会倒立着走路的，"母亲盖上罐盖，"贪吃、贪酒和淫荡之后就是无聊，然后他们只好发明新花样。"

我听着每个词：路易莎女伯爵、蒙娜丽莎、巴黎、艺术、托尔斯泰、列奥纳多·达·芬奇。我不知道每个词代表什么，但明白它们是辩论的关键。无论我们家里讨论什么，话题总是落到

《托拉》和世界、犹太人和其他人。

一会儿，哥哥拿出一本俄语语法书学了起来——imia sushchestvitelnoye, imia prilegatelnoye, glagol（名词、形容词、动词）。他模样像母亲，不过个高体健。我知道媒人给他说了个新娘，一千卢布嫁妆，在她父亲家吃住六年。但他拒绝了。他说人只应该为爱而结婚。

欣德莱从手提包里拿出几条衣料样品：丝绸的、天鹅绒的、缎子的。她和安特卫普来的一个小伙子订了婚。他父亲布道者雷布·格达利亚选中了她，尽管儿子们在国外，他还是给他们找新娘。欣德莱生着明亮的大眼睛，脸色红润，褐色头发。我们院子的女人老说她在绽放——愿她免受邪恶之眼的诅咒。但我们家里人知道真相，她的神经是病态的。这一刻她还笑，下一刻就哭了。这天她把母亲亲了又亲，那天她指责母亲跟她作对，要流放她。前一天她还极度虔诚，第二天却亵渎神明。她常常晕倒。她甚至想从窗户跳下去。

她对我和弟弟摩西（他在卧室睡觉呢）总是很好。她给我们带糖果。她给我们讲故事，讲额头长了一只眼睛的野人、愚人岛，还有一个小伙子，他捡到一根金头发，去马达加斯加寻访物主。

欣德莱摆弄着这些衣料，我趁这个空当说："欣德莱，给我讲个故事。"

话音未落，我听见楼梯上传来格外沉重的脚步声、深呼吸声和叹气声。接着有人敲门。母亲说："会是谁来了呢？"

“母亲，别开门。”姐姐警惕地说。她总是害怕。她相信华沙到处有杀人犯，到处有男人乘着马车引诱女孩，把她们带到布宜诺斯艾利斯卖作奴隶。她甚至怀疑，自己未来的公公，雷布·格达利亚，就是那种人，他留的白胡子和边落只是伪装。

母亲开了门，我们见到一位老妇人，穿着索别斯基[1]国王时代的衣服——无檐帽的高帽顶上挂许多彩带，缀着珠子的天鹅绒披肩，特别长的荷边褶裙，还连着裙拖。她戴着长耳环。皱皱的脸仿佛补丁布。她一手抓着带铜锁和外袋的挎包，一手抓着印花围巾扎起来的包裹。是我祖母塔梅尔，我想。

老妇人闪亮的眼睛四处打量。“这是平查斯·门德尔的住处吗？”她问。

我从未听到过有人直呼父亲的名字。母亲吃惊地看着她：“是的，是这里。请进。”

“真倒霉！为什么你们住这么高？”老妇人问话的嗓音既柔软又结实。

雪从她鞋面掉下，只有鞋尖没盖雪。“啊，这个华沙哪是个城市，是个国家啊，”她抱怨着，“人跑来跑去，好像——上帝不许——哪里着了火。火车早在傍晚祷告前就到了，可是不管问了多少次路，就是找不着你们的街。你肯定就是巴斯舍芭了吧，”她

---

1 索别斯基（Jan Sobieski, 1629—1696），波兰国王，被教皇誉为"基督教的救星"。

对母亲说，"那他们就是你们的孩子了。"她做个样子啐了啐，以祛除邪恶之眼。"他们长得都像他们的祖母塔梅尔。平查斯·门德尔在哪儿？"

"请坐。放下挎包吧。暖和暖和。"母亲指了指一把椅子。

"我不冷，不过我想洗洗手，做晚祷。"

这不像女人在说话，更像男人和学者在说话。哥哥看俄语语法书的眼睛抬了起来，看着她，半是惊奇半是嘲弄。姐姐张大了嘴。老妇人放下挎包，叫道："孩子们，我给你们带了饼干！我自己烤的。"

她解开包裹，里头装满了饼干，散发出肉桂、杏仁、丁香的气味，还有我说不出名字但闻得出的香料味。这隆冬的厨房像到了普珥节。母亲给的椅子太窄，塞不下客人鼓胀的裙子。母亲帮她脱下披肩，但里面又是一件披肩。她身上裹满了丝绸、天鹅绒、蝴蝶结、珠子。尽管不是节日，她脖子上也戴着一条大金链子和一串珍珠。

"伟大的女族长撒拉[1]！"哥哥喃喃自语。

父亲走进了厨房。

老妇人叫道："平查斯·门德尔，是你！"

父亲没有看她，因为看女人是不正确的，但停了脚步，问：

1　撒拉（Sarah），《圣经》中的一位女族长、女先知，亚伯拉罕的妻子。

"您是哪位？"

"我是哪位？你的姑姑，伊特·弗鲁玛。"

父亲脸色一亮。"伊特·弗鲁玛！"

若对方是男人，他知道该说些什么："祝您平安"或"福临敝舍"。但怎么问候一位女性呢？他停了停，用自己的日常口吻说："您怎么来华沙了？"

"说来话长。我没房子住了。"

"是房子——上帝不许——着火烧了？"

"不是。有人拿它当女儿的嫁妆送出去了。"

"这话什么意思？"

"我们镇有一个沙驰诺·贝勒斯。我们做邻居好多年了。这可怜人生了几个丑姑娘——最小的都年过三十了，还没结婚。这种穷光蛋哪来的钱办嫁妆？总之，他把我的房子许给了那个小伙子。我是婚礼完了才知道的。新郎找到我，给我看订婚契约，写着我的房子是他的房子。我不想叫沙驰诺·贝勒斯难堪。他也算是个学者——他这么做是因为窘迫。如果我告诉他女婿，他被骗了，他会丢下妻子跑了的。我已经老了，我想，而他们的生活刚刚开始。我还能在这房子里住多久？这房子我也没人可留，除了你，平查斯·门德尔。但你住在华沙，要托马舍夫的一栋房子干什么？而且，你也不是爱处世的人，得要精明才能从房子里弄到收入。屋顶得修，还有别的要修要弄。来回走一趟的路费就比能挣到的多。唔——所以我把房子丢给了他们。反正人什么都得丢下。什么也不能带去天堂，除了善行。所以我收拾东西到这儿来了。"

母亲看着她，目光里既有同情也有嘲讽。我看见欣德莱憋气忍笑。哥哥脸上显出不屑。他的嘴唇动着，我知道是在说："亚洲——亚洲人。"唯一不显吃惊的是父亲。他说："好，我理解。那您住哪儿？"

伊特·弗鲁玛姑姑回答说："和你们住。"

4

母亲对父亲直言：要是他姑姑伊特·弗鲁玛住在我们家，母亲将带着我和我弟弟摩西去毕尔格雷她父亲家。我哥哥约书亚宣布第二天就搬出去。我姐姐欣德莱哭啊笑啊，说当心他退了婚约去美国。这些话都是伊特·弗鲁玛姑姑不在时说的。她在华沙还有个亲戚，去看他了。夜里，父亲把自己的床让给姑姑睡。他用书房的长凳给自己搭了张床。

伊特·弗鲁玛睡得很少，她的举止像一位古代哈西德派学者。她每天祷告三次。她半夜起床，悲叹圣殿的陨灭。她平日不吃肉，只在安息日吃，礼拜一和礼拜四斋戒。我们从没听说老妇人去洗净浴——净浴是年轻女人为丈夫洁净自己才洗的——但伊特·弗鲁玛去洗净浴。约书亚喜欢开别人玩笑，打包票说伊特·弗鲁玛姑姑像男人一样穿着流苏内衣。这可能是真的。我有个曾祖母叫欣德·埃斯特，我姐姐的名字就是随她的，她真的穿流苏内衣，还去朝拜贝尔兹的拉比。她的丈夫艾萨克，和我同名，则朝拜特舍诺博勒的拉比。在我们家，一切事情都是可能的。伊特·弗鲁玛姑姑的裙子和裙拖占了半个房间。她几乎过不了门。她擤鼻子用的是某种只有拉比用的手帕。她从骨雕盒里吸鼻烟。她每走一步都造成破坏。她打碎碗碟，扫落墨水瓶，碰上煤油灯。我们的公寓被弄得乱七八糟。我们注意到，她穿着自己所有的衣服。她的挎包没合上，里面只有一本巨大的祷告书和一些珠宝。

"她的被褥在哪儿？"母亲问自己也问我们，"她脑子坏了吗？"

哥哥约书亚说："她老了。"他现在睡在一个朋友家。他早就想搬出去了。他打算穿现代衣服，学习绘画。

伊特·弗鲁玛姑姑来的第三天，她和我姐姐聊了聊。欣德莱说自己订婚了，伊特·弗鲁玛姑姑就解开脖子上沉重的金项链给了她。姐姐不肯拿，但伊特·弗鲁玛姑姑坚持。"我要项链有什么用？"她说，"我带不进坟墓。"

姐姐把项链给我们每个人看。项链的那种搭扣金匠现在不做了。项链本身肯定有一磅重。欣德莱拿着项链找了个珠宝商，他说是十四开金的。

邻居和街上的人都听说了这位不寻常的来客。虔诚的女人和慈善工作者来会她，和她谈话。伊特·弗鲁玛姑姑给她们讲了许多神奇拉比行的奇迹。她的意第绪语里点缀着希伯来词语。她推荐灵方妙法，治头疼、心闷、耳鸣和黏膜炎。她坐在我们的厨房里，像位庄园女主人般接受簇拥。她嘴里没有一颗牙齿，吃东西时只吃燕麦粥和撒了面包屑的罗宋汤。母亲说话柔声细语，但伊特·弗鲁玛姑姑嗓门响亮。所有房间都听得到她讲话。

我喜欢这位姑姑的到来。她的饼干我全吃了。我听母亲说她会带我和弟弟去毕尔格雷，就是说我们要坐火车，见到田野、森林，不用上学。伊特·弗鲁玛姑姑讲的故事迷住了我。她讲到三十六位隐秘的圣人，讲到装扮成书院男孩的魔鬼，讲到小妖精、捣蛋精灵、狼人、小恶魔。她亲眼见过那位著名的被附鬼[1]附身的克拉什尼克处女。她和那附鬼说过话，她给我们讲。她问那附鬼，为什么要附在这姑娘身上，他回答："又来了一个管闲事的！你从哪儿来的回哪儿去吧。"他说她伪善、自命圣洁，说她是涂圣油抹圣脂的。他说她的左乳上有个胎记，他没说错。

克鲁奇玛尔纳街上的女人听了这些故事，叹气，抽鼻子，摇

1　附鬼（dybbuk），犹太传说中一种会附身的恶灵。据说，如果死者生前有罪，那死后便会成为游魂，还能进入生者的体内，并控制其行为。

头。她们给老妇人送来些小心意——蜂蜜蛋糕，烤苹果，一碟炖梅干。这些东西伊特·弗鲁玛姑姑都给了我们孩子。我吻她的手，她捏我的脸蛋。

她对我说："你的曾祖父，与你同名，他本来可以当拉比的，但他拒绝了。他整天研习，你的曾祖母欣德·埃斯特养活了一家子。我和他俩都很熟悉。她开一间绸布店，但前后个顾客的空当，她读《鹿的故土》。一次，一位卢布林商人进了她的店，看见一条土耳其披巾，喜欢了，给妻子买了。他给了一张五卢布钞票，她找了钱。过了几个小时，你的曾祖母发现商人多付了六分钱。她立刻关了店，到小旅馆找这个商人。但他已经走了。她不知道他的地址，连名字都不知道，只知道是卢布林来的。欣德·埃斯特知道律条，只要拿了不该拿的一分钱，忏悔也无济于事。必须找到那个人，交还他的财物，哪怕他去了海外。你虔诚的曾祖母——愿她在天堂帮帮我们——丢下生意，到卢布林找那商人。她找了一个半礼拜，上所有的会堂、所有的读经堂、旅馆、商店，最后找到了他，交还了六分钱。这事费了她许多钱，还不说她的店关了。这就是你的曾祖母。"

一天，伊特·弗鲁玛姑姑到那一个亲戚家过夜。父亲回了自己的床，我和他睡。半夜我醒了。我听见父亲说话，但他不在我这床上。他的声音像是从母亲的床上传来的，两张床头尾相接。这怎么可能，我问自己。父亲竟会到母亲床上去？我的父亲，拉比，竟会这样玷污自己？我屏住呼吸。我听到父亲说："她是位圣人。她住在我们家是我们的荣幸。"

"她太圣洁了，"母亲回答，"如果那人拿她的房子当嫁妆送出去，他就是个诈骗犯。没有哪本书里写着，必须允许诈骗犯的女儿占有自己的房子——然后成为别人的负担。原谅我，但这纯粹是愚蠢。"

"书里写着，烧死在窑里胜过使别人出丑。"父亲说，"镇上的每个人都会知道这人做了什么，他会遭到鄙视。他的女婿会跑掉。"

我想喊"爸爸"，但某种本能使我沉默。我闭上眼，旋即睡着了。

第二天，我的伊特·弗鲁玛姑姑回来了，告知我们她要搬走了。她要住到那个亲戚家去。他不是我们的亲戚，是她去世的丈夫那边的。他是个表匠，孩子都结婚了。他在普洛斯塔街有套大公寓。

伊特·弗鲁玛姑姑在那儿住了一年半。她常来看我们，总是包一头巾的安息日饼干、核桃、葡萄干。她和我父亲聊《托拉》。她给我们讲了许多祖父、曾祖父、爷叔、姑奶的故事。我的父系在匈牙利、加利西亚有亲戚。哥哥约书亚喜欢上了她，背着她画了她的肖像。姐姐欣德莱结婚时，婚礼在柏林举行。伊特·弗鲁玛姑姑送了她结婚礼物。母亲后悔说过她坏话。她现在承认，伊特·弗鲁玛是个圣洁的女人，就像古时候的圣人。

一天，我听说伊特·弗鲁玛姑姑去世了。她快九十岁了。她只在华沙住了十八个月，但她的葬礼相当盛大。社区长老给了她一块杰出市民区的墓地。她把耳环和厚厚的祷告书留给了我母亲，那本书有木质书封和黄铜搭扣。我常常翻阅这本祷告书。书里有些祷词和悼词是别的祷告书没有的——斋戒日念的吟诵词纪念赫梅利尼茨基时代、贡塔[1]时代的殉道者，纪念布拉格、法兰克福，甚至法国的苦难。书页陈旧发黄，沾着蜡烛油滴和泪迹。天知道多少位祖母和姑奶用过它。它散发着敬畏日[2]的香气，赎罪日[3]用的嗅盐的香气，使人想起某条外邦人的法令和上帝为他的受考验选民而现的奇迹。有些祈求词和礼拜词译成了意第绪德语，字词像手写的，又像印刷的。

一天早晨，我听见父亲说："她放弃了托马舍夫的一处房子，给自己在天堂建造了一所宅邸。"

"我们会去那里看她吗？"我问。

"谁知道呢？如果我们配得上。"

"看看这孩子！"母亲忽然生气了，"洗洗你的脸。去学校。不要问这种傻问题！"

1　赫梅利尼茨基（Chmielnitzki，1595—1657），乌克兰哥萨克首领，1648 年率众起义。贡塔（Ivan Gonta），18 世纪乌克兰哥萨克起义首领。两人都在反抗波兰的斗争中杀害了大量的犹太人。
2　敬畏日（Days of Awe），从犹太新年到赎罪日这十天，通常在公历九、十月间。
3　赎罪日（Yom Kippur），犹太教一年中最神圣的节日，通常在公历九、十月间。

钥匙 *

1

下午三点左右，贝茜·波普金开始准备上街。出门意味着许多困难，特别是在炎热的夏日。首先，身体要挤进紧身胸衣，肿胀的脚要塞进鞋里，要梳头发，头发是贝茜自己在家染的，长得乱了，杂着黄黑灰红色；然后，要确保出门后邻居无法闯入偷被褥、衣服和文件，就是乱翻搞得东西找不着也不行。

除了受人类的折磨之外，贝茜还受着邪灵、精灵、恶力之苦。

---

* 本篇英语由艾萨克·巴什维斯·辛格和伊芙琳·托顿·贝克（Evelyn Torton Beck）翻译。

眼镜藏在床头柜中，却在拖鞋里冒出来。染发瓶放在药品柜里，几天后却到了枕头下面。一次，一罐罗宋汤放在冰箱里，却被无形之力拿走了。贝茜找了很久，原来在衣柜里。汤上面浮了层厚厚的油脂，散发变质蜡烛油的气味。

只有上帝知道，她经历了什么，遭遇了多少花招，费了多大劲抗争才不至于灭亡或发疯。她不用电话了，因为诈骗犯和腐化分子日日夜夜打来电话，攫取她的秘密。有一次，波多黎各送奶工要强奸她。杂货店的伙计要用香烟烧了她的家当。为了把她逐出这间租金受政策管控的公寓——她在此住了三十五年了——公司和管理员往她的房间里投放老鼠和蟑螂。

贝茜早就明白，什么方法都抵挡不住一心为害的家伙——铁门不行，特制锁不行，写信给警察、市长、联邦调查局，甚至华盛顿的总统也不行。可是，人一息尚存就得吃饭。都要花时间：检查窗户、排气孔，关牢抽屉。现金藏在《百科全书》里、《国家地理》旧杂志里、山姆·波普金的老账簿里。股票和债券藏在从来不用的壁炉的木柴当中，以及安乐椅的座位底下。首饰缝进了床垫。贝茜曾有过银行保险箱，但她早已认定保安有万能钥匙。

大概五点钟，贝茜要出门了。她最后在镜子里看了自己一眼——小个、宽身、窄额头、扁鼻子，一双斜楞的眯缝眼。下巴冒出了一点点白胡子。她穿着褪色的印花裙子，头戴一顶镶木樱桃和木葡萄的畸形草帽，脚下是一双破鞋。离开前，她最后检查了一遍三个房间和厨房。到处是衣服、鞋，以及一堆堆贝茜没拆的信。她的丈夫山姆·波普金死了快二十年，死前卖掉了自己的房地产生意，因为他打算到佛罗里达过退休日子。他给她留下了股票、债券和许多储蓄银行的存折，还有一些抵押贷款。各公司到今天都一直给她写信，寄来报告、支票。国家税务局寄来税单。每隔几个礼拜，她收到某家丧葬公司的通报，出售"通透墓地"的墓位。早些年贝茜还回信，送存支票，记录自己的收入支出。最近她都不管了，甚至不再买报纸，不再读金融版。

到了走廊，贝茜拿出几张卡片，上面写了只有她能辨认的记号，塞到门和门框之间。钥匙孔里抹了油灰。还有什么办法呢？她是个无亲无故的寡妇。曾经邻居会开门探头，笑她过分小心，还有说怪话的。现在早就不会了。贝茜不和任何人说话。她也看不太清楚，戴了许多年的眼镜根本不管用，找眼科医生配一副新的太费劲了。什么事都难，连进出电梯也难，那门闭合时总是砰的一响。

贝茜很少走到两个街区外。百老汇大道和河滨大道之间的街道一天比一天嘈杂污秽。一群群半裸的野孩子到处跑。卷发的暗皮肤男人睁着粗野的眼睛，用西班牙语和小个子女人吵架，而女人的肚子永远怀孕鼓起。他们乒乒乓乓地对骂。狗汪汪叫，猫喵喵叫。失火了，消防车、救护车、警车开来。在百老汇大道，超市取代了老杂货店，人们得把食物挑出来放进小车，然后到收银员面前排队。

天上的神哪，自从山姆死了，纽约，美国——也许整个世界——垮了。正经人全都离开了这一带，小偷、强盗、妓女肆虐。贝茜的钱包三次被偷。她报警，警察只是笑笑。每一次过马路都冒着生命危险。贝茜走一步，停一步。有人建议她拄手杖，但她觉得自己离老太太或残废还远。每隔几个礼拜，她就涂红指甲。时不时，风湿病缓解时，她把过去穿的衣服从衣柜里拿出来，试一试，在镜子前端详自己。

打开超市的门是办不到的。她得等谁来帮她抵住。超市这玩意是个只有魔鬼能发明的地方。灯光亮瞎眼，推着购物车的人简直要撞倒一切挡路者。货架要么太高，要么太低。嘈杂声震耳欲聋，还有外面的炎热和里面的冰冷温度的反差！她没得上肺炎是个奇迹。最折磨贝茜的是选择的无能。她手掌颤抖地挑出一样东西，看看价牌。不是年轻人的贪婪，而是年纪带来的不确定。按贝茜的估算，今天的购物不会超过三刻钟，但两小时过去了，贝茜还没有买完。当她终于推着车去结账时，想起忘了拿一盒燕麦片。她回去拿，一个女人占了她在队伍里的位置。后来，她付账时，又有新的麻烦。贝茜的钱是放在包里的右侧的，但找不着。摸了半天，她在另一侧的小零钱包里找着了。是吧，谁能相信能有这种事情？要是她跟谁说这事，他准觉得她该去疯人院了。

贝茜进超市时，天还大亮，现在快黑了。金黄的太阳沉向哈德逊河和新泽西朦胧的群山。百老汇大道的建筑挥散着吸收的热量。地面的格栅升腾出邪恶气味的烟，下面是地铁轰隆隆驶过。贝茜一手拎着一袋重重的食物，一手紧紧抓着手提包。百老汇大道在她眼里从未如此粗野肮脏。那臭气里有软化的沥青味、汽油味、烂水果味、狗屎味。人行道上，鸽子在破报纸和烟头中间蹦跳。难以理解这些生物是如何避开行人的踩踏的。火烧的天空洒下金色的灰尘。悬挂着人造青草的店面外，汗湿衬衫的男人把番木瓜汁和菠萝汁急急倒进嘴里，仿佛要浇灭五脏六腑里的火。他们脑袋上方吊着雕成印第安人形状的椰子。一条小巷里，黑人孩子和白人孩子弄开了消防栓，光着身子在排水沟里溅水。这热浪之中，一辆装着喇叭的卡车开来开去，鸣放刺耳的歌曲，鼓吹某个政治候选人。卡车尾部，一个姑娘，头发像铁丝般竖起，扔出传单。

全都费尽了力气——过马路，等电梯，在五层赶在电梯门砰地合上之前出电梯。贝茜把东西放到门槛边，找她的钥匙。她用指甲刀挖出锁孔的油灰。她插进钥匙，转动。但糟糕，钥匙断了。只剩钥匙柄在手里。贝茜完全明白，这是多大的灾难。楼里的其他人都把备用钥匙挂在管理员屋里，但她谁也不信任。前一阵，她买了把新的组合锁，她相信没有万能钥匙能打开。她把备用钥匙放在某个抽屉里的某个地方，身上只带了这一把。"好吧，完了。"贝茜大声说。

没人可求助。邻居是她的死敌。管理员只想等着看她完蛋。贝茜的喉咙发紧，连哭也哭不出来。她四下打量，预备看见施出这最新一击的恶魔。贝茜早就与死亡和解了，但死在楼梯或街上太惨了。而且谁知道这痛苦持续多久？她琢磨起来。还有没有配钥匙的店开着？就算有，锁匠照着什么来配呢？他得拿着工具过来。那样的话，就需要一个生产这种特制锁的公司的技工。哪怕身上有钱也好。但她从来只带要花的钱。超市的收银员找给她的只有二十几分。"哦，我的妈呀，我不要再活了！"贝茜说着意第绪语，惊讶自己忽然切换回这半忘了的语言。

犹豫了许久，贝茜决定下楼回到街上。也许，一家五金店，或者专门弄锁的那种小店有一个还开着。她想起来，这一带是有一个钥匙摊子。毕竟其他人的钥匙肯定也会断。但买来的食物怎么办？拿着太重了。没有选择。她只能把食品袋留在门口。"他们反正要偷的。"贝茜对自己说。谁知道呢，也许邻居故意搞得锁打不开，她进不去，他们在里面偷东西或搞破坏。

回街上之前，贝茜把耳朵凑到门上。她只听到某种低沉的杂音不停地响着，说不清是怎么发出来的。有时候像钟的滴答声，有时候嗡嗡的，或咕咕的——囚禁在墙体里或水管里的某个存在物。贝茜在心里对食物告了别，它们本该在冰箱里，而不是在这热气里。黄油会化掉，牛奶会酸掉。"这是惩罚！我被诅咒了，诅咒了。"贝茜咕哝。一个邻居正要坐电梯下楼，贝茜示意他帮忙抵住门。也许他也是贼的同伙。他可能抢劫她，攻击她。电梯下去了，那男人给她打开门。她想谢谢他，但没出声。为什么要感谢敌人？都是狡猾的伎俩。

贝茜走上街时，夜幕已落下。排水沟溢满了水。街灯映在黑池子上，像映着湖水。附近又着火了。她听见警报呜咽，消防车咣当咣当。她的鞋湿了。她走上百老汇大道，热浪扑向她如捶打锡片。白天她眼睛不太灵，晚上几乎就是瞎子。商店亮着光，但贝茜看不清卖的是什么。过路人挤碰她，贝茜后悔没有手杖。不过她还是走起来，贴着橱窗走。她经过药店、面包房、地毯店、丧葬店，可哪儿也看不见五金店的牌子。贝茜接着走。她的气力在衰减，但她决心不放弃。钥匙弄断了该怎么办——去死？也许该找警察。大概有哪个部门管这种事。但在哪儿？

肯定出事故了。人行道挤满了围观者。警车和救护车堵住了路。有人拿软管喷沥青路面，大概是清理血迹。贝茜觉得，看客的眼里闪烁着古怪的满足。他们享受旁人的不幸，她想。这是他们在这个悲惨城市里唯一的慰藉。不，她找不到人帮她的。

她到了一座教堂。几个台阶尽头是闭着的门，上方的悬挑护着门，阴影暗沉。贝茜几乎坐不下来，她的膝盖发抖。脚趾和脚后跟上面磨鞋了。紧身胸衣的一条鲸骨断了，掐进肉里。"好吧，一切恶力都冲我来了，今晚。"饥饿混着恶心啃啮她。一口酸液涌到嘴里。"天上的父，我完了。"她记起一句意第绪谚语："要是人活着不清算，死时便无忏悔。"她疏忽到遗嘱都没立。

2

贝茜肯定睡过去了，因为睁开眼睛时，四周是深夜的寂静，马路空了一半，黑乎乎的。商店橱窗没亮着了。热气散去了，她觉得裙子底下冷飕飕的。她一时以为手提包被偷了，但包躺在下一阶台阶上，大概是滑出去了。贝茜伸手去够，手臂麻木。靠在墙上的脑袋重如石块，腿僵掉了，耳朵像灌了水。她抬起一只眼睛的眼皮，看月亮。月亮低低悬在一栋公寓屋顶上方，不远处闪着一颗绿分分的星星。贝茜瞪着眼睛。她几乎忘了还有一个天空、一个月亮和群星。许多年来，她从未往上看，总是向下看。她的窗户挂了窗帘，不让街对面的间谍看见她。好吧，要是有天空，也许也有上帝、天使、天堂。除了那里，她父母的灵魂还能安息在哪儿呢？还有，山姆如今在哪儿？

她，贝茜，抛掉了所有责任。她从没上墓地看山姆的墓。她甚至没在他的忌日点一根蜡烛。她一头扎进与低下力量的争执，忘记了高处的力量。多年来的第一次，贝茜觉得想念诵祷文。全能的主将怜悯她，即便她配不上。父亲和母亲将在天上帮她。某些希伯来词句就在嘴边，但她想不起来。然后她记得了。"以色列啊，你要听。[1]"但接下去呢？"上帝原谅我，"贝茜说，"落到我身上的祸事都是我活该。"

　　四处愈发安静冰凉。红绿灯由红转绿，但没什么车经过。一个黑人不知从哪儿冒出来，走得摇摇晃晃。他停在离贝茜不远处，转眼看她。然后他走了。贝茜知道自己包里全是重要文件，但头一次她不在乎自己的财产。山姆留下了一大笔钱，却没派上任何用场。她继续为了养老存钱，仿佛她还年轻。"我几岁了？"贝茜自问，"这些年我都做了什么事？为什么我没有到什么地方去，花钱享受，帮助别人？"她心里的某处在笑。"我被什么东西附身了，我完全不是我了。还能怎么解释呢？"贝茜心中惊悸。她觉得自己像是从悠长的沉睡中醒来。断了的钥匙在她脑袋上打开了一扇山姆死时关闭的门。

　　月亮移到了屋顶的另一侧，异常之大，红色，月面朦胧。现在简直是冷了。贝茜打着哆嗦。她意识到自己很容易得上肺炎，但死亡的恐惧不见了，无家可归的恐惧也没了。清风从哈德逊河飘来。新的星星出现在夜空。一只黑猫从街对面过来。它先是站

1　这是"示玛"开头一句，出自《圣经·申命记》第六章第四节："以色列啊，你要听！耶和华我们的上帝是独一的主。"在早晚祷告中，在礼拜仪式上，虔诚的以色列人都要念诵"示玛"。

在了人行道边缘，绿眼睛直直看着贝茜。然后慢慢地、警惕地靠近。这些年贝茜恨一切动物——狗、猫、鸽子，甚至麻雀。它们携带疾病。它们弄脏一切。贝茜相信每只猫里都有个恶魔。她尤其害怕碰上黑猫，黑猫永远是邪恶的征兆。但现在贝茜感觉到对这生灵的爱，它无家无产，没有门没有钥匙，靠上帝的恩赐活着。那猫先闻了闻她的包，再靠近贝茜，然后在她腿上蹭起了背，翘尾巴喵喵叫。可怜的东西饿了。我有什么喂她就好了。人怎么会恨这么个生灵呢，贝茜疑惑。哦，母亲，我中邪了，中邪了。我要开始新的生活。一个不老实的念头浮上心头：也许再婚？

这一晚并非平平安安度过。一次，贝茜见到空中一只白蝴蝶。它在一辆停着的汽车上方徘徊了片刻，然后飞走了。贝茜知道那是新生婴儿的灵魂，因为真正的蝴蝶不在天黑后飞行。还有一次，她醒来看见一团火，像是点着的肥皂泡，从一个屋顶窜上另一个屋顶，落到后面去了。她明白自己看到的是某个方死之人的魂。

贝茜睡着了。她猛地醒来。天正发白。太阳从中央公园那侧升起。贝茜在这儿看不见太阳，但百老汇的天空变成了粉红色。左手边的房子，火光在窗内亮起，窗玻璃转开，闪着光，像船的舷窗。一只鸽子飞落在近旁。小小的红脚跳跃着，啄什么东西，大概是一小块肮脏的变质面包，或是干泥巴。贝茜弄不明白。

这些鸟怎么活下来？它们晚上睡在哪儿？它们怎么挨过雨雪、寒冷？我要回家了，贝茜决定。人们会觉得我在街上碍事的。

起身是种折磨。她的身体仿佛黏在屁股底下的台阶上。她的背在疼，腿刺痛。不过，她缓慢地朝着家走去了。她吸进清晨湿润的空气。空气中有青草和咖啡的味道。她不再孤单。两边的小街冒出了男男女女。他们去上班。他们在小摊买报纸，进了地铁。他们不说话，有种古怪的平和，仿佛也经历了一个检视灵魂的夜，洁净如洗地出来了。现在他们已经在上班的路上了，那么他们几点起床的呢？贝茜惊奇。不，这一带的人并不都是匪徒和杀人犯。一个小伙子甚至朝贝茜点头，致以早晨的问候。她想朝他微笑，却发现自己已忘了年轻时如此熟稔的女礼。那几乎是她母亲教给她的第一课。

她到了自己的楼前，楼外站着爱尔兰管理员，她的死敌。他正和收垃圾的说话。他是个大高个，短鼻子，长长的上唇，脸窝凹陷，下巴尖尖。他的黄发遮着一处斑秃。他吃惊地看了贝茜一眼："什么情况，婆婆？"

结结巴巴地，贝茜告诉他发生了什么。她把自己整夜攥在手里的钥匙柄给他看。

"天哪！"他叫道。

"我该怎么办？"贝茜问。

"我来开您的门。"

"但你没有万能钥匙。"

"我们必须能打开所有的门，以防失火。"

管理员消失在他自己的公寓里，几分钟后，他出来，拿着一些工具和一个挂着一堆钥匙的大圈。他和贝茜一起进了电梯。那袋食物还立在门槛旁，但看着瘪了。管理员忙着弄锁。他问："这些卡片是什么？"

贝茜没回答。

"您为什么不来找我，告诉我这事呢？您这年纪一晚上在外面转——我的上帝！"他用工具戳着，这时一扇门开了，一个穿着居家服和拖鞋的小个子女人出来，头发染过，烫成卷儿。她说："您怎么了？每次我开门，就看到这个袋子。我把您的黄油和牛奶拿了出来，放到了我的冰箱里。"

贝茜几乎止不住泪水。"哦，好人哪，"她说，"我以前不知道……"

管理员拽出了贝茜钥匙的另一半。他又忙了一会儿。他插进一把钥匙，门开了。卡片掉了下来。他和贝茜进了门厅，她闻到一股霉味，长时间无人居住的公寓的那种霉味。管理员说："下一回，如果发生这样的事情就来找我。我在这儿就是干这个的。"

贝茜想给他小费，但双手太虚弱，没力气打开包。邻居女人拿来了牛奶和黄油。贝茜进了卧室，躺到床上。她胸口发闷，想要呕吐。某个沉重的东西颤动着，从脚一路颤到胸。贝茜警惕地听着，但只是好奇身体的我行我素。管理员和邻居说着话，贝茜听不清在说什么。三十多年前发生过同样的事，当时她躺在医院里，手术前给她打了麻醉——医生和护士说着话，但他们的声音仿佛来自远方，仿佛说着奇怪的语言。

转眼就安静了，山姆出现了。不是白天也不是晚上——怪异的微光。在梦里，贝茜知道山姆死了，但不知怎么他从墓里秘密跑了出来看她。他虚弱，窘迫。他说不了话。他俩游荡着，空间无天无地，一条满是瓦砾的隧道，某个无名建筑的瓦砾，一条走廊幽深曲折，却有些熟悉。他们到了一个两山相接的地方，中间的通道闪耀如日出或日落。他们站在那儿，犹豫着，甚至有些羞耻。好像蜜月的那一夜，他们到了卡茨基尔的艾伦维尔，酒店老板领着他们进了新婚套房。她听见了老板当时说的那句话，词句、嗓音、语调都一模一样："你们在这儿用不着钥匙。进去就行了，恭喜。"

比伯博士*

1

华沙的作家俱乐部里，人人都认识马克·比伯博士。他是个高个子，宽肩膀，一团黑头发，鬓角变得灰白。粗粗的眉毛下，棕色眼睛闪着光，总是让我想起鸡尾酒里的皱樱桃。他戴一顶宽边长毛绒帽子，像教授戴的那种。大家说他是个波西米亚人，尽管他出身于富裕的哈西德派家庭。一战前，他在瑞士学习哲学。好多年他一直没工作。他住在某个非犹太区的出租房里。

作家俱乐部的成员觉得神奇：比伯博士完全不挣钱却能过日

＊ 本篇英语由艾萨克·巴什维斯·辛格和伊莱恩·戈特利布（Elaine Gottlieb）翻译。

子。有人认为，他从他父亲散落的家财中得到了一小笔收入。（他父亲门德尔·比伯年老时娶了一个十九岁的姑娘，然后生了十一个孩子。）还有人说他是个小白脸，老女人养着他。作家俱乐部的某些成员知道，他每晚到不同的人家吃饭，就像书院学生那样。老朋友和亲戚邀请他吃午饭、晚饭，有时请他到华沙和奥特沃茨克[1]之间的别墅去。偶尔，作家协会给他机会顶替某个度假的记者或校对员。

不管日子如何，马克·比伯都好脾气，满腔生活的欲望。尽管穷，他却抽着好雪茄。西服虽然破旧，却是英格兰粗花呢的。他讲瑞士的故事能讲几个小时。他认识所有的人：列宁、克鲁泡特金、柏格森、库诺·费希尔、冯特、格奥尔格·凯泽[2]，甚至认识一些王公和王位的觊觎者。在蒙特卡洛，他玩过轮盘赌。读书那些年，他和普鲁士贵族喝了无数杯啤酒，还担任过一位贵族的决斗助手。他是理论和实践的享乐主义者。作家俱乐部的成员们怀疑，他的博士头衔是真是假。他从未写过论文。但他熟悉所有的德国哲学运动。他自认是伊壁鸠鲁主义者，但他高度评价大卫·休谟、康德和叔本华。他给过我两本书，作者是他的朋友梅

1　奥特沃茨克（Otwock），波兰中部城市，华沙的一个卫星城。
2　库诺·费希尔（Kuno Fischer，1824—1907），德国哲学家、哲学史家，著有《近代哲学史》。冯特（Wilhelm Wundt，1832—1920），德国哲学家、心理学家，被公认为实验心理学之父。格奥尔格·凯泽（Georg Kaiser，1878—1945），德国剧作家。

瑟尔教授和包赫教授，都是康德主义者。我注意到，书上有伯尔尼的大学图书馆印戳。

尽管他年长我二十多岁，我俩却是朋友。我称他"你"，他则用"汝"。他叫我"促茨克"（奶狗）。他说："写下去，促茨克。我也试过，但没有耐心坐着不动。我刚抄起笔，电话响了。我不喜欢浪费时间耍笔杆子。谁需要这么多书？要是我必须吃饭，我就吃，有了杜松子酒，我就喝。女人总是有的。那种货物不缺。"

我知道他说的是真的。他有种天赋，能碰上离了婚的女人、死了丈夫的女人、一直没结婚的女人，而且全都是正找男人的女人。在作家俱乐部里，永远有电话找他。他不耐烦浪漫的、唠叨的女人。他寻觅的是用不着他所谓的"序曲和尾声"的女人。

那时候我的进账多了起来。我把托马斯·曼的《魔山》和另几本德国小说给意第绪出版社译成意第绪语。偶尔我请比伯博士吃午饭。他点一杯酒和七道菜的餐，桌上小篮子里的小面包也全都吃掉。上菜的间隙，他抽着雪茄，讲许许多多轶事。他游历甚广，欧洲国家的首都几乎都住过。除了意第绪语，他懂德语、俄语、法语和意大利语，还有希伯来语。小时候他在书院学习。他一度是个登山家，给我讲在阿尔卑斯山的旅行。他的故事总是归结到同一点：一切皆虚妄，哲学家全都错了，所有理想都是愚蠢伪善。人不过是狡猾的猿猴。不过，要是付不起房租，就会有麻烦。

渐渐地，我发现他的情绪时常不好。后来他倾吐了烦恼。他变老了，什么都错过了。他病了，累了。一位医生告诉他，他心脏周围有脂肪，禁止他抽烟、喝酒，或吃高脂食物。医生还告诫他房事不可太多。比伯博士说，他需要的是精神的放松。但一个人怎么能放松，如果每个清晨都意味着"怎么又有一天要过"？他最害怕的是年老。等头发全白了他该怎么办？到时谁来照顾他？要是他生了病会怎么样？他会躺在医院里，没人记得。他不认家人了，他们也不认他。走在街上他认不出自己的兄弟姐妹。

他的头发越发灰了，衣服越发敝旧。我几次注意到，他的长内衣的系带荡在鞋面上。他抽起了难闻的廉价雪茄。吃饭时食物弄脏衣服。他讲的故事和笑话越来越重复。要是不赶快安定下来，他会崩溃的。一天我对他说，华沙是有媒人的。

他顽皮地看我，吐出烟圈。"别多事，促茨克。我还没堕落到那种地步。"

有几个礼拜，我去了波罗的海旁的一个村子度假。等我回来，有人告诉我比伯博士结婚了。第二天比伯博士打来电话。我从未和他在电话里说过话，几乎听不出他的声音。

"促茨克，"他说，"我一直在找你。我听了你的建议。现在和你说话的是一个体面的华沙公民。"

"恭喜！我听到好消息了。这事情做得再明智不过了。"

"一夜之间的事情。有人介绍我们认识，然后就发生了。你知道，我痛恨拖拖沓沓的关系。《塔木德》禁止和女人说太多话，也就是说她只可说同意或不同意。我妻子是布尔乔亚，但很迷人，受的正式教育比我多——读完了文法学校。而且她远说不上丑。也非常爱我。我这个年纪，这种情况，还能要求更多吗？现在我有了一个家——什么都有了。我不敢相信自己晃荡了这么久。真的，我绝对是铁打的身子。等等——萨尔西要和你说话。她知道你。我给她读了你的一篇小故事。她爱死了。稍等。"

我听见一个典型的波兰-意第绪口音。"促茨克，我能叫你促茨克吗？这是个奇妙的名字。你可以叫我萨尔西。马克什么都说了。他的朋友就是我的朋友。我们想要你参加我们的婚礼，但你出门了。我们很遗憾。我读了你的描写。很美！你今晚忙吗？"

"也不是太忙。"

"那样的话，你一定要来吃晚饭。请不要拒绝。他总是谈到你。我听了你所有的笑话。他相信你的才华。你几点来？早一点吧。我们有一个大公寓，各种方便。如果玩得太晚，有一间客房，你可以睡那儿。马克开玩笑说要收养你……"

晚上六点，刮了胡子，理了头发，我穿戴上最好的西服和领带。我到一家花店买了束玫瑰，雇了辆四轮轻便马车。比伯夫妇住的那一带是基督徒和犹太富人区。我坐电梯上到他们的公寓。一扇宽大的桃心木门上，我见到一块黄铜铭牌，刻着"马克·比伯博士"。一个外邦女佣开了门。比伯和妻子前来迎我。萨尔西是个四十几岁的女人，小个子，胖胖的，暗色皮肤，胸脯高耸，黑色大眼睛——哀伤又活泼的犹太眼睛，和犹太人的流亡一样古老。她伸出手臂仿佛要拥抱我，叫女佣把花插到花瓶里。一串珍珠围着她的胖脖子，一颗钻石在她左手上闪亮。

比伯博士穿了件时髦的居家便服，趿着拖鞋。他看着年轻了，皱纹没了，眼袋和灰头发也没了。他的雪茄支在琥珀烟架上。粗眉毛下的眼睛满是快活的嘲弄之色。"萨尔西，这是促茨克。"他说。

"我可以亲他吗？"

"毫无问题。"

我进了一间传统风格的起居室，有小地毯、椅子、躺椅、枝形烛台和画。看了一会儿，我们进了餐厅。一个大玻璃柜里摆满了陶瓷和银器。比伯博士找了个有钱老婆。他抬抬一边的眉毛，微笑着。"你看出来我是怎么了吗？我背叛了贫穷。"

"贫穷和受苦就有那么好吗？"萨尔西说，"马克这样的人应当写他的书，而不是烂在阁楼里。我看见他住的地方时，几乎崩溃了。我不允许他把那种地方的任何东西带过来，除了他的手稿。一个如此出色的人怎么能这样子不管自己呢？哦，男人对自己没有同情心！那个样子下去，他现在肯定散架了。你啊，促茨克，你还年轻。但是把他当一个教训吧——结婚，安定下来。不要学他的样子。饿着肚皮是不能创造的。他的生活终于有规律了。他在自己屋子里待到中午。没有人打搅他。我甚至不叫他接电话。之前，他的亲戚都不和他来往了；突然间，他所有的姐妹、兄弟、堂表亲都来了。但他们可以等。真正的朋友是患难朋友，而不是等你的运气好了才来。所以，促茨克——"

"好了，萨尔西，够了。让厨子上她做的美味吧。"

"啊？不用担心。饿不着他的。"

萨尔西叮地敲了一个玻璃铃，一位系白围裙、戴白帽子的厨师出现了。有女佣，还有厨师，那肯定很有钱了。这一晚他们什么菜没上啊！熏鲑鱼、甜酸酱鱼、沙丁鱼、冷盘肉片、鱼子酱。比伯博士津津有味地大快朵颐。他指着各式各样的奶酪，介绍名称和产地，然后就着葡萄酒咽下食物。

"她每天九点到两点把我隔离起来，"他说，"我在过一遍旧稿子。真的，我挺吃惊的。很久以前写的东西我现在觉得不可思议。人是会忘记的。麻烦的是我的德语忘得差不多了，希伯来文对我又没用——没有现代哲学术语。"

"为什么不用意第绪语写呢？"

"给谁看？给书院男孩看？不过我会找到办法的。实际上，我不再能相信任何事情了。甚至连当怀疑主义者所需的那一丁点信念，我都没有。"

"不要找借口，"萨尔西插话，"继续写，一切都会好的。无知的小人物变得出挑出名，他这样聪明的人却忽视自己的工作。我能读德语，我懂。他写的每一个句子都是深刻的。他是天才，绝对是天才。"

"我想我们有三角馄饨？"比伯博士说。

"等等。三角馄饨马上就来。吃吧，促茨克。请原谅我叫你促茨克。这名字真有味道！我父亲，愿他安息，常这么叫我哥哥。他们现在都在另一个世界了。"萨尔西用蕾丝手帕抹去一滴眼泪。

2

从那晚我们聊的情况看，我估计我要常拜访比伯夫妇。我会在那儿吃饭、睡觉、工作。但过了几个礼拜、几个月，我们才又见面。好几次比伯博士或萨尔西打电话请我去吃晚饭，但我要么刚好忙，要么不想吃那么丰盛的饭并熬到很晚。比伯博士不再来作家俱乐部了。那儿的人开始说，他变势利了。

一天，比伯博士打来电话，说："促茨克，你忘了我了吗？"

"没有，比伯博士，我永远不会忘记你。你怎么样？"

他结结巴巴地叹了口气。"人们嫉妒我，"他说，"他们觉得我得了一大笔财产。我听说，作家俱乐部有许多我的流言。但我不快乐。真的，我开始后悔这整件事情。"

"怎么了？你和你妻子相处不来吗？"

"我们相处得太好了。但这对我有什么好处？她想把我变成不朽之人。促茨克，那种幻念对于我太遥远了。就算我再出版一本书，又怎么样呢？谁等着看我的书？今天我刚刚找出一篇我写施莱尔马赫的文章。谁在乎施莱尔马赫？午饭之前她都把我关着。吃完午饭，我得躺一个小时消化食物。那厨子是世界第八大奇迹。她做的美味我抗拒不了。我往肚子里填啊填，直到动弹不了。晚上还有一场盛宴呢。吃完晚饭，萨尔西要出门——电影院、戏院、歌剧院。她有数不清的亲戚，一直来，而且请我们回访。我的家人也活过来了。他们坐在那儿整夜唠叨，都是老套话。我跟你说过，说过吧，萨尔西是老处女——合礼的处女。现在她想要弥补失去的时光。这些统统不适合我。我渴望某种冒险。她不让我接电话，她担心我沉思的时间会被夺走。"比伯博士笑了，同时哼哼着。

"事情会好起来的。"我说。

"怎么好起来？每天我都要报告工作的进展。我写的每个词她都读。她已经联系某家出版商了，还有上帝才知道的别的什么。当女人开始管理男人的生活，男人就迷失了。我被奴役得太深了，就和女佣来了一段小小的韵事。"

"小心点。"

"促茨克，我们聚聚吧。"

冬去夏来，我又出门度假，这次是到扎科帕内 [1]，在山里。我八月回来。等进了作家俱乐部，有人说："听说比伯博士的最新消息了吗？"

"发生什么了？"

"他在索波特 [2] 的赌场输了四万兹罗提。"

"四万？"

"都是他老婆的钱。他们在银行有个共同账户。他去了索波特，输光了。"

"当时她在哪儿？"

"我不知道细节。"

我给比伯博士打电话，但没人接。一两天后，我正走在舍伊亚斯特街上，比伯博士过来了。他弯着腰，脸色苍白，头发凌乱，眼下有眼袋。以前他不拿手杖，现在拿着一根，我觉得他的脚瘸了。耸起粗眉毛，他凶巴巴看着我，目光里含着无声的责备，仿佛我们约好了见面，我却迟到了。

我说："真是你吗？"

1　扎科帕内（Zakopane），波兰南端的一个小镇，位于波兰和斯洛伐克交界的塔特拉山脉的北麓，是一处高山疗养胜地。
2　索波特（Zoppot），波兰北部的一个海滨城镇，远近驰名的度假胜地。

"促茨克，我在找你。你跑哪儿去了？我倒霉了。你听说我的事了吗？"

"是的，听说了。"

"嗯，我肯定昏头了，或者魔鬼知道为什么。现在我开始觉得自己完全疯了。全都是因为无聊。她拖我去索波特，带着我的所有手稿，租了个别墅，等等。突然她必须去华沙——她的姐夫病危了。后来他死了。她不在的时候，我进了赌场，只是看看，但那是个泥潭。你踏进一只脚，就陷进去了。她给了我一本支票簿，那家银行在索波特有支行。还需要继续说吗？我全输光了，输掉了最后一个兹罗提。"

"现在萨尔西在哪儿？"

"她直接把我轰出来了。她家里人要把我送进疯人院。"

"他们是对的。"

"促茨克，我身无分文。我连张睡的床都没有。根据法律，她不能把我轰出来。但谁愿意和警察打交道？她有个表兄，是个律师，他威胁送我坐牢。也许我能睡你家？"

"我只有一张床。"

"有没有可能匀儿兹罗提？"

"输掉四万兹罗提有意思吗？"

"四万三。我不知道。我不知道。我以为了解自己，但现在我确信我不了解。所有现代心理学加起来就值一撮烟草。肯定是一个附鬼或者恶灵上了我的身。现在我懂了，你为什么写恶灵。这不只是民间传说，是真的。至少给我十兹罗提。"

"我没有十兹罗提。但你可以在我屋里睡一夜。"

"怎么睡？你大概要去什么地方吧。好吧，好。我两夜没睡了，也没吃东西。至少给我三兹罗提买雪茄。我不能自己去你屋里，你得把我介绍给你房东太太，她会把我当贼的。事情变糟糕的时候，什么事都会发生。"

"我们找个地方喝点咖啡吧。"

"啊？我的腿走不动了。好吧。我们走吧。我一直知道会是这个结果。事情好得过头了。整件事像阿斯摩太的恶作剧——不然谁掌管这个世界呢？我现在能怎么办？我过去擅长没有钱也能过下去，但现在不能了。我不知道怎么重新开始。如果我有勇气，我就会自杀。"

"也许还有可能让你们俩和好。"

"试试吧。她对你评价很高。实际上，我当时过的生活几乎毁了我。谁能一天二十四小时和一个女人待在一起？我习惯了孤独。单身汉可以有一打情人，却仍然是他自己。促茨克，永远别结婚。看见婚姻赶快跑，就像看见着火一样。除非你想生孩子。"

"我不想。"

"叔本华是对的。只是盲目的意志在拖延着人类的悲剧。幸亏她太老了生不了。我不想从自己的下腹生出一代一代的小店主、看门人、车夫和娼妓。我想再享受几年生活，然后完结。但是现在我能怎么办？也许他们会把我收进老人院？或者我犯个能进监狱的罪。但什么样的罪？除非我到望景城堡放把火？"

我们喝了咖啡。比伯博士一边喝，一边咕咕哝哝。他用一块脏手帕擦额头。他的西服脏了。没有洗漱，没有刮胡子，他坐在那儿，一只眼半闭，另一只眼睁得大大的。他的指甲污浊。他从口袋里掏出一个雪茄头，点着了，吐出一团难闻的烟。

"赌博有什么好的？"我问。

"啊？人完全掌握在统治宇宙的力量手中。无论信不信，你都想催眠那个小球，送它去你希望的地方。你向物理学定律开战，但物理学定律嘲弄你的命令。我赢了一千五百兹罗提。突然间一切都不对头了。你相信运气，对吗？"

"我相信一切迷信。"

"你是对的。理性主义是人类最坏的疾病。理性会逆转演化。智人将变得太聪明，结果不会生育、吃饭，或者上厕所了。他甚至得学习如何死。"

比伯博士哼哧笑了，露出一嘴黑乎乎的牙齿。"我真正害怕的，"他说，"是萨尔西决定原谅我。"

炉边的故事*

1

外面，下着大雪。傍晚时，结起了霜。刺骨的风从维斯瓦河吹来，但读经堂里的泥烤炉烧得火热。乞丐在煤上烤土豆。夜里学习的男孩们把绶带放到打开的书上当书签，然后听故事。讲到了消失的人和事，玻璃工扎尔曼举起烟熏的食指，示意有话要说。他的厚胡子像脏棉花，粗粗的眉毛下面，小而暗的眼睛像刺猬的眼。开口说话前，他咕咕哝哝的，如钟要敲响。

"人确实会消失，"他说，"不是人人都像先知以利亚，乘着

＊ 本篇英语由艾萨克·巴什维斯·辛格和多萝西·斯特劳斯（Dorothea Straus）翻译。

火战车升天了。在帕尔克斯村，离拉多什茨不远，一个农民赶牛耕地，后头是他儿子，拿着袋子播种大麦。那孩子抬头一看，公牛在那儿，他爸爸却没了。他叫起来，尖叫，但没有答话的声音。他爸爸在田间消失了。再也没有过他的消息。"

"也许地上有个洞，他掉进去了？"列维·尤契沙克嘀咕说。

"没看到有洞——而且要是有洞，为什么公牛没先掉进去？牛走在前头。"

"你的意思是恶灵把他带走了？"

"我不知道。"

"也许他跟哪个女人跑了。"阉人梅耶尔嘀咕说。

"瞎说，七十岁的老头——可能更老。一个农民不会抛下他的田地、他的茅屋。如果他要女人，会带她去谷仓。"

"这么讲的话，是邪族带走了他。"列维·尤契沙克颇有见地。

"为什么就带走他？"玻璃工扎尔曼问，"一个温顺人，沃伊切赫·库塞克——这是他的名字。住棚节前，他会送来盖棚顶的树枝。我自己的父亲就在他那儿买。这种事情是有的。布罗尼亚附近住着个男人，执吏雷布·泽里格。他有一家店，有个棚子放木柴、亚麻布、土豆和旧绳子。那里面还有个雪橇。一天早晨他起床，那棚子没了。他无法相信自己的眼睛。哪怕是晚上刮了风、起了风暴、来了洪水啊！但那是在五旬节过后——白天晚上都平平静静的。一开始，他觉得自己昏头了。他叫妻子和孩子。他们跑了出来。'棚子呢？'棚子没了。原来棚子在的地方，什么都是好好的，高高的草丛，没梁子，没瓦片，没地基的痕迹。什么都没有。你看，要是夜里的生灵抓了个人，也许还有点说头，但它们要棚子干什么？而且草怎么一夜之间长出来的？布罗尼亚的人听说了，像救火一样跑过来了。连学校的孩子们也跑来了。人人都认识执吏泽里格。礼拜六，吃完安息日布丁，裁缝店孩子和鞋匠学徒出来散步，总会路过那个棚子。要是正好下雨，他们常常到棚里等着，躲雨。泽里格没在门上装锁，只是从外面闩上。布罗尼亚没有小偷的。那时候，我正寄宿在岳父家呢。全镇的人都跑去了，我也就跑去了。乡绅亚布劳斯基来了，连俄国官员都来了。他们站着，面面相觑，像泥塑木雕。大家掐自己的脸蛋，看看是不是在做梦。亚布劳斯基大嚷：'要么我疯了，要么犹太人逗我呢！'在小地方，人人都知道每所房子、每条巷子、每家商店。'大白天的巫术！'他喊道。他甩了甩鞭子。他有一条大狗，狂吠猛叫。'要是棚子不在原地立起来，立即立起来，我把你们都抽死。'他忘了农奴已经解放了。泽里格为自己辩护：'大人，这是我的错吗？'警长站在乡绅旁边，目瞪口呆。他的长胡子都快够到肩膀了。有个叫乔岑斯基的医生在布罗尼亚行医，也在人群中。一个奇怪的人，虽然是外邦人，却能说意第绪语。他从来不去教堂。他是开明犹太人药剂师法里克、写诉状的巴鲁赫、本茨·卡米纳的朋友。每天晚上，他们围着茶炊坐到一点钟，把人人都嘲讽一遍，打牌。他们的老婆不遮住自己的头发。那天早上，法里克站在柜台后面，称着某种草药。一个小伙子来告诉他这事，法里克奚落他：'要是你昏了头，就去疯人院。'但很快其他人来了，全都是见证。他们庄严发誓，所说属实。法里克对他们说：'你们还要编什么大瞎话？也许是拉比怀孕了，生出头小牛？'不过，他锁了药店，过去自己看了。别的怀疑者已经在那儿了。法里克对外邦人说：'善心人啊，棚子不长腿，不会走路。肯定有原因的。我们四处找找。'于是他们到处找棚子。他们转了半天，却找不到任何痕迹。一个木头造的大棚子就像气泡一样啪的没了。

　　"人又能站在那儿惊讶多久呢？商人得做生意。妈妈必须喂孩子。乡绅到酒馆喝醉了，他只是需要一个借口开喝。他大肆责骂犹太人。'就是个犹太把戏。'他说。但乔岑斯基医生不肯离开泽里格家。他继续调查、测量、打探。他在泽里格家附近待到天黑。一开始他开玩笑，然后难过起来。他对法里克说：'要是这样的事是可能的，我算什么医生呢？你又算什么药剂师呢？''这里面有诈。'药剂师回答。他趴在草地上检查泥土。他要一把铲子，想挖一挖。但泽里格说：'我把铲子放棚子里了。没了。'第二天，全部开明的家伙都带着铲子来了。他们挖了个六英尺深的沟。地里全是草根、树根和石头，棚子不可能陷下去。

"过了两个礼拜。普通人有其他事情要操心。我们读经堂里的年轻人确实讨论了这件事，但琢磨来琢磨去，我们只有一个结论：是捣蛋精灵干的。《圣经》不是告诉我们，连一所房子也能得上麻风？邪族什么事都干得出来。但乔岑斯基医生、药剂师法里克和其他怀疑者一直在搜寻调查。乔岑斯基医生有一辆两匹马的敞篷马车。法里克有一辆折篷大马车。他们驾出去好几英里，想找到失踪的棚子。他们问农民，但没人听到或看到任何东西。晚上，开明的家伙们不再打牌了，他们发愁。如果棚子能像雪一样化了，那也许是有一个上帝的。乔岑斯基医生去找了拉比。他不去找神父，因为他大骂过教堂，长舌的人传到了神父那里。他们成了敌人。医生在拉比的书房里坐了好几个小时。'《托拉》里提到过任何这样的事情吗？'他问，'这是在惩罚某种罪吗？'拉比不知道如何回答。'在上帝那儿什么都是可能的。'他说。

　　"这样，过了两个礼拜。然后一天清早，泽里格走出屋子，看见了那个棚子。他发起狂来——尖叫，捶自己的头。全家人都出来了，光着脚，半裸着身子。棚子立在那儿，仿佛什么也没发生过。有人把消息传到布罗尼亚镇上。又是一场骚动。他们从四面八方跑来，有的笑，有的哭。乡绅亚布劳斯基快马赶来。棚子立在原来的地方。他们进门看，样样东西是原来的样子。唯一的变化是土豆抽起了芽，土豆就是夏末抽芽的。

"'又是什么新花样？'亚布劳斯基叫道，'我要把你们的头敲碎，我要把你们撺到天边！'他已经喝多了。他砸棚子，踢棚子。乔岑斯基医生的脸色如白垩。药剂师法里克挠头。他妻子哭号着，好像在葬礼上。'你干吗号？又不是赎罪日。'他训斥她。'对我来说，今天是赎罪日。'她回答。

"还需要讲下去吗？药剂师的妻子变虔诚了——她开始在安息日前夕点赐福蜡烛；她剪了头发，戴上假发；她找拉比问问题。至于法里克，他还是顽固不化。他说：'就因为一个棚子玩捉迷藏，我可不会成哈西德派教徒。'他举头望天，口吐亵渎之言：'如果有上帝，让他就在此地惩罚我吧。让他送出闪电劈了我吧。'他和妻子开始争吵。她烤了安息日布丁，而他要她给他烤猪排。乔岑斯基医生彻底昏头了。他们叫他去看一个病人，他几乎没给病人做检查。他开了药，但病人病得更重了。警长下令把棚子的地面挖开。地底下没有任何长草的痕迹，也没有任何挖过沟的痕迹。就是光秃秃的荒土，爬满了虫子。整件事一定是一场幻觉。但全镇的人都能谵妄了？这件事传遍了大半个波兰。人们从贡宾和沃维奇过来看那个怪胎棚子。农民说，泽里格是个男巫，他老婆是女巫。那时候我正好回了拉多什茨。后来得知，法里克和他老婆离了婚。她嫁给了一个索哈契夫的长老。法里克搬到了华沙，改信了基督教。一天晚上，乔岑斯基医生走了。他没有对任何人道别——丢下了所有的书和仪器。

"我忘讲重要的事了。那棚子烧了。欢庆圣法节[1]的夜里,泽里格和家里人都睡着了,女佣看见外面亮如白昼。棚子烧得像个火把。泽里格和几个儿子扑火,但地狱来的火是扑不灭的。半个小时,只剩下了煤和灰。那天晚上没有闪电,棚子里也没有任何能自己烧起来的东西。"

"这是不是说,都是黑暗的力量干的?"列维·尤契沙克问。

"它们为什么要和那棚子过不去?"扎尔曼反问。

2

列维·尤契沙克摘下夜里都戴着的眼镜。虽然是个老人了,但他的胡子夹杂着缕缕黄须。他鼻梁上有个深深的伤疤。眼睛红肿,无睫毛的眼睑浮肿,眼下挂着干瘪的双眼袋。他用一块脏手帕擦拭眼镜,哼哼着。"现如今上帝藏起了他的脸,"他说,"如果发生了一桩奇迹,就被解释成自然的。我那年代,到处都见得到奇迹。我父亲——愿他安息——是卡帕尔尼查的拉比的哈西德派教徒。当年丹拉比有大批追随者。即便如此,每一个哈西德派教徒都是被选中的,都以行为端良而知名。但丹拉比的孩子们在他

1　欢庆圣法节(Rejoicing of the Law),又称西赫托拉节,意为"沉浸在律法中的喜悦",在住棚节后一天,公历九、十月间。

生前——死去，没人可以继承他的位子。他妻子吃安息日餐噎死了，一个女儿掉井里淹死了，他儿子列维·尤契沙克——我的名字是照他起的——用棕榈枝和柠檬果做祝祷礼时倒下了。终其一生，丹拉比都在和魔鬼开战。它们没有力量摧毁他，就报复他的家人。老哈西德派教徒渐渐消散了。年轻人叛逃到科茨克或古尔。读经堂成了废墟。净浴室的炉子坏了，没有人修。拉比的院子里爬着臭鼬、老鼠、刺猬。鼹鼠筑起了小土丘，杂草荆棘到处长。拉比一度有四个执事。到我那时候，只剩了一个——伊兹，八十多岁的老头，瞎了一只眼，还是个醉鬼。丹拉比年轻时都斋戒，老了就几乎不吃东西了。他吃的面包刚好使他有力气祝祷食物。追随者都是些跟跟跄跄的老头。在敬畏日，几十个哈西德派教徒来朝拜拉比，但平时祷告时连法定的十人都凑不齐。拉比不再念诵《托拉》。我父亲是属于核心圈子的，我还是小孩的时候，他带我去卡帕尔尼查。第一次见到拉比时，我吓坏了。他小个子，弓着腰，身体萎缩，胡子垂到下腹。看不见他的眼睛。拉比想要看看谁时，得用食指和拇指把眉毛撩开。我父亲介绍了我。拉比伸出一只手，那手枯干如羊皮纸，烫得似火。他只说了一声‘Nu’[1]，而这个‘nu’我永远不会忘记。那是从很深的地方来的声音，不是这个世界的。

1　Nu，意第绪语，这里意思是"呃"。

"他们每天都觉得拉比要死了。但过了许多年，他还活着。读经堂的墙壁变得像烟囱一般黑。老鼠把书一点点啃没了。一只猫头鹰在屋顶安了家，在夜里嘶叫。有一时，卡帕尔尼查死了好多人，然后死亡天使似乎忘记了那个地方。追随者如影子般在周围盘桓。一个老婆子为他们在大锅里煮汤，缝补衣被。我最后一次新年跟着父亲去卡帕尔尼查时，连一小群人都没有了。老头们坐着，披着破旧的祷告巾，袍子上到处是洞。一个在祷告，另一个在打盹。拉比站在角落里，一声不吭。吹羊角的那个人气不足，吹出的不是响亮的角声，倒像是被宰杀的动物的呻吟声。我对父亲说：'别再带我来这地方了。'

"通常，我父亲在那儿过完悔改十日[1]和赎罪日。但这一次我们过完新年就走了。在马车上，父亲对我说：'我怀疑那圣人能不能活到住棚节后。他已经像在那边了，而不是在这边了。'不过，他活到了光明节。光明节时，我们接到一份通报他死讯的电报。我不想跑去那地方参加葬礼，但我父亲说，圣人的离去不可遭到忽视——直到死者复活之日，都不会再有另一个丹拉比了。我们以为会有很多人，因为人性如此，圣人活着时忘了他，死后加给他无上的荣耀。但下了一场大雪，坐大车或雪橇都到不了卡帕尔

1　悔改十日（Ten Days of Repentance），即为期十天的敬畏日，是犹太人悔改的日子。犹太新年是十天中的头两天，赎罪日是十天中的最后一天。

尼查。我们极尽艰难到了那里。埋葬拉比时我在场。大地冰冻。一个病入膏肓的人念诵卡迪什。大雪还在下着，哀悼者的脸都白了。葬礼是在礼拜五，因此不可能回家。我们只好在卡帕尔尼查过安息日。

"我以为读经堂里不会有安息日餐，但有人准备了食物。六十年来的第一次，拉比的椅子空了。老头们要唱歌，但出来的是喘气声。有一个人念诵拉比的语录，但他们基本听不见，多数人聋了。就这样，吃了礼拜五的晚餐和礼拜六的午餐。在卡帕尔尼查，最看重的是第三顿餐，黄昏时开始。镇上的人早就点亮了蜡烛，念了送别祷词，也念了礼拜六傍晚要念的章节，但读经堂里还是黑乎乎的，唱起了《天宅之子》。拉比通常在这个时辰揭示最神秘的事物。

"安息日天黑后，一个男孩能做什么呢，尤其在冬天？我留在读经堂里。夜幕迅速落下。追随者嚼着干干的鲱鱼面包，唱出哀痛的声音，眼睛都盯着桌首的拉比椅子。坐在黑暗里，一种古怪的渴念攥住了我。我不停地想着拉比。他的圣体已在坟墓里了，但他的灵魂在哪里？最可能的是在天堂荣耀的宝座上，在弥赛亚的宅邸里。我第一次想到，我自己也不会永远年轻。屋外，天清朗了，我看见提别月的新月。星星闪亮。读经堂里黑黑的，只照进一点微弱的光。追随者的歌唱无法用言语描述。他们用嘶哑的嗓音吟咏着同一个主题的各种变奏。每一次叹息，每一次抑扬，都把你带上最高的天界。身体无法那样歌唱。那是灵魂的吟唱在向宇宙之主恳求：上帝啊，埃及的黑暗要延续多久？神圣的火花要在黑暗的泽地里囚禁多久？结束这受苦吧，结束这琐琐碎碎吧，结束这物质的虚妄吧。我仍是个年轻人，但我被震住了。我朝门看去，拉比进来了。我震惊而忘记了害怕。我认出了他，同样的相貌、胡子和身形。他好像飘到了空椅子上，坐下。令人敬畏的寂静，许久——这样的寂静我从前往后都未见过。接着歌唱又起了，先是低低的，然后响起来。好像书上说的：'我全身的骨头都将说话。'歌中有种欢乐使得灵魂出窍。没听过这歌唱的人永远不知道，什么是犹太人，什么是魂灵。我害怕自己因狂喜而晕倒，喊道：'父亲！'要是我没喊，我今天就不会坐在这儿了。"

"你吓到了，呃？"玻璃工扎尔曼说。

"拉比立刻消失了。老人们似乎醒了过来。伊兹点了根蜡烛。我父亲把我带到外面，用雪擦我的太阳穴。他脸色白得像尸体。等我能说话了，我问：'爸，你看见了吗？'他回答：'安静。'我害怕回读经堂，父亲带我去了旅馆。他半架着我。他念诵哈瓦达拉[1]祷文，用酒浸洗我的眼睑，给我嗅香料。我想我错过了晚祷。我很快睡着了。

1　哈瓦达拉（Havdalah），安息日的结束仪式。

"那天晚上，三个追随者死了。到了逾越节，那群人全都没了。我父亲从不肯和我谈那个安息日的夜晚。直到我结婚那天，上去行礼前，他才向我承认，他也看见了拉比。"

阉人梅耶尔揪了揪光溜溜的下巴——该长胡子的地方。"这有什么不寻常的？"他问，"同样的事发生在耶胡达拉比身上。他过世后，每个礼拜五晚都回家念诵祝酒祷文。《塔木德》里能找着。"

"不过，在我们的时代——"

"我们的时代是什么？主是同一个。于他并无变化。如果奇迹发生的少了，是我们的错，不是他的。"

"拉比的院子怎么样了？"扎尔曼问。

"塌了，"列维·尤契沙克回答，"仿佛是，拉比用魂灵聚拢了它，从他被召到天上的书院的那一刻起，院墙开始碎裂，屋顶离析。整个院子成了废墟。"

"什么聚拢了这世界？"阉人梅耶尔问道，"全靠全能之主的一个词。如果他收回他的词，全部造物就回到原始的混沌。"

3

阉人梅耶尔起身，来回踱起了步。尽管驼背，他还是高大；尽管脸颊光滑，他仍显男子气，高额头，鹰钩鼻，眼睛如学者般锐利。他摸了摸炉子，肯定烫着了，因为他朝手掌吹气。阉人梅耶尔是《塔木德》里说的那种"忽而理智，忽而疯癫"的人。满月时，他的行为如狂人，自言自语，搓着双手，笑着，狞着脸。月亏时，他的想法又有条理了。现在他坐下了，说了起来：

"看见鬼魂没什么奇怪的。我五岁时母亲死了，但无论何时我身处险境，总听见她的声音。她警示我。她叫'梅耶尔！'，我就知道必须要当心了。没有死亡。怎么可能有死亡呢，如果一切都是上帝的一部分？灵魂永不死，身体从未真正活。不过，有某种中间的东西——不完全是物质，也不完全是形式。也许我不应该谈这个，但既然我们说到这个话题，我想告诉你们真相。就像我说的，我五岁时失去了母亲。我父亲再也没有结婚。他是护林员，在林地里的时间比在家的多。我们有一个用人，施芙拉，她在镇上有个姐姐，姐姐有子女。我父亲出门时，她几乎都在她姐姐家。没人照顾我。我想学习了就学习，发懒了也没人责备我。我们有一个图书室，四面墙都是立到天花板的书架，装满了书。我总是有满口袋的钱，常常从卢布林甚至从华沙订购书。我也在流动书贩子那儿买。十六岁时，我已经读遍了《塔木德》的三十六卷。卡巴拉经义迷住了我。我很熟悉那条律法：三十岁前不可钻研这些神秘的经文。但我给自己找了能减轻罪行的情节。我开始研读《佐哈尔》《葡萄园》《生命之树》和《哈西德经卷》。从智性卡巴拉到魔法卡巴拉，只有一步之遥。从后者，人轻易就堕入巫术。

不过，我从某处得知，研究巫术需要得到犹太公会[1]的批准。我想要成为隐形人，一步走七英里，开墙汲酒。一个老人到了我们镇。他出生于巴比伦，周游世界行奇迹。要是有人把他的手指放到书页中，他就能说出上面写的文字。他说那些字词出现在他的视觉中。他也治病。在我们镇，他治好了一个癫痫病人。他要人弄来一只活公鸡，念了一通咒语，那公鸡就发了癫痫。没见过这只公鸡颤抖发作的人永远不会懂魔咒的力量。不过，魔咒分为圣洁和不圣洁的。黑暗的力量就像猴子，模仿光明的力量。波兰的拉比下过禁令，任何人不得与黑魔法有任何牵扯。可是，如果你只有一个儿子，他每隔几天就在街上发作，口吐白沫，以头抢地，你就不管什么禁令了。那个巴比伦来的犹太人只给富人治病。他要求付他金币。他要这么多钱干什么？他比苍蝇吃得都少。他的妻子和他离婚了。这种人没有孩子。他在卢布林的某个地方有一所房子，恶灵大白天都在房子里跳舞。他的样子就在我眼前——高个子，消瘦，头戴土耳其人的毡帽，红白条纹的长袍，光脚穿凉鞋。他的脸在剥剥落落，像个麻风病人，脸颊凹陷。他的白胡子稀稀拉拉，总是歪扭着，好像给风吹的。他的眼睛不对称，目光像是萨麦尔[2]的。他说话一半是阿拉米语，一半是意第绪语。

1　犹太公会（Sanhedrin），古代以色列由 71 位犹太长老组成的立法议会和最高法庭。
2　萨麦尔（Samael），在《圣经》中是先知，但在犹太民间传说中，又是魔王。

"这巴比伦的犹太人到我们镇时，我立刻去了他住的旅馆。我直接对他说：'我想当您的学生。'他对我说：'年轻人，为什么要在健康之时进病房呢？看看我，我是一个凝视过深渊而被毁掉的人。邪族从不给我安宁，无论是醒是眠。'巴比伦的犹太人说话时，我听见奇怪的敲打声。既不是屋外传来的，也不是屋里的。仿佛一只啄木鸟钻进了他坐的椅子里——也许是那个啄了邪恶提图斯[1]脑子的长了铜尖嘴的生物。'什么声音？'我问。巴比伦的犹太人回答：'空间充满了裸露的灵魂，都有其幻觉和要求。和你说话的同时，我能看见马其顿的亚历山大和他的军团。死人不知道自己死了，就像活人不知道自己活着。拿破仑还在挥舞他的剑。'

"我和他坐了三小时。我从未遇到过更智慧的贤人。他对我承认，他是所罗门王的转世。等到他确信无法摆脱我，他说：'梅耶尔，我警告过你，但如果你坚持，这是一本羊皮纸小册子，你可以自己从中创造你的老师。'他引用《密西拿》里的话说：'造你的主人。'第二天，他就走了。他迷失在四十九道玷污之门的某处了。他极有可能娶了某个莉莉丝。

"我开始研习那本小册子，里面全是圣洁的名称——至少我这么觉得。把小册子的内容说给你们听要花一年时间。首先，我

1　提图斯（Titus，39—81），罗马皇帝，曾率军攻破耶路撒冷。

必须斋戒七天七夜。然后是一长串的符咒、咒语、冥想，各种各样的魔法玩意。字母的组合不是瞎摆弄的东西。弄错一个字母或一个元音，就能够摧毁大地。你点亮一根蜡烛，你焚香，你念一个神圣的名字，然后一个生物就在你的眼前长出来了，像胚胎在母亲子宫里生长。念名字还不够。在卡巴拉里，思想是物体。最细微的缺陷能够颠覆一切。恶力时时想抓住神圣之物。在埃及发生了什么？不管摩西做什么，法师们都模仿。但摩西是摩西，梅耶尔是个不满十八岁的男孩。每天都出小事故。午夜，人人都入睡了，我站在阁楼房间的窗前，正要念示玛，然后睡觉。突然间一阵骚动，一记哨响，一股风，一阵混乱。桌子开始跳舞，号叫声响起，好像一千个女人齐叫，墙壁抖动，整座房子摇晃，好像海上的船。我说了一个词，想平息这风暴。又突然冒出了怪胎、恶魔，扭着脸大笑，哭喊，挣扎——长话短说，我忽略了字母‘jud’[1]的字头，于是，我没有像神圣的约瑟夫·卡鲁那样造出一位天使，而是唤出了一个生残了的生物，一个小妖怪。这一刻我看见一个无身体的头，下一刻看见一个无头的身体。腿自己在走，走进了墙壁。一张垂着公羊胡子的嘴在布道。它如卡巴拉信徒般说话，但突然如婚礼说笑人般叨叨起打油诗来，杂着好多淫秽亵渎之语。我自己说起一种奇怪的语言。后来，我写字时，我

1　希伯来字母。

的书写只有从镜子里看才能读懂。我父亲刚好去了莱比锡的集市，女佣生病了，躺在她姐姐家里。我一个人。但我能把这些事情隐瞒多久呢？的确，小册子里有如何摧毁不受欢迎实体的指南，但在魔法卡巴拉中，抹除比创造更难。我的小妖怪跟我大段辩论起来——胡话连篇，全出于怨毒。我想睡觉，他吵醒我。他拧我的边落。他挠我的脚心，他用舌头舔我，求我给他找个配偶。

"一天晚上，我半睡半醒时，他上我的床，劝我跟他发生性关系。我在陷阱边快掉下去了，但我的敬畏神的祖先一定插手帮我了。我跳下床，赶走了他。我穿上衣服，包好经文匣和《创世之书》[1]，跑出了镇子。我父亲是巴泽夫的拉比的追随者，我找了辆车把我载到了那里。不是现在主持那儿的拉比，而是他祖父卡斯里尔拉比。那一路上，我造出的恶魔好说歹说想把我拖进他的网。但除了《创世之书》，我还有一个装满符咒的包挂在脖子上。我熬到了拉比的书院，在那儿待了二十年，直到那邪灵湮灭。"

阉人梅耶尔沉默了。

玻璃工扎尔曼摇着头。"在巴泽夫他没来烦你吗？"

"在巴泽夫邪主罩不住。"

"它们想干什么？"

---

1 《创世之书》(*Book of Creation*)，犹太神秘主义现存最早的文献，认为宇宙源自希伯来语的 22 个字母和 10 个数字。

"小的只是跳梁小丑，大的试图接管天堂。"

"上帝不管它们？"

"这是场战争。"

"为什么他要造出它们？"

"为了有自由选择。"

大家安静下来，钟敲了十二点。透过半冻的窗户，一轮凸月照进来。阉人梅耶尔用两个手指尖捏起了光溜溜的下巴，好像要拽出一根毛。他说："那天巴比伦的犹太人告诉了我一件事，我到死都不会忘记。"

列维·尤契沙克摘下眼镜。"他说了什么？"

"无限之光退缩黯淡、创世开始的那一刻，疯癫就诞生了。魔鬼们彻底疯了，连天使的神志也不完全正常。物和事的世界是一个疯人院。"

"那石头呢？"玻璃工扎尔曼问。

阉人梅耶尔发出一声笑，嗓音先是男人的，最后成了女人般的假声。"不错，是个好问题。除了上帝和石头之外，一切都是疯狂的。"

自助餐馆*

1

如今我的收入得拿出很大一部分去交税了，但我却保留着一个习惯：一个人时去自助餐馆吃饭。我喜欢端着盘子，里面盛着锡刀、叉勺和纸巾，到餐台选我爱吃的食物。而且在那儿能碰到波兰的"侨胞"，还有各种各样的新手作家和懂意第绪语的读者。我刚在桌旁坐下，他们立刻过来了。"哈罗，阿伦！"他们打招呼，我们谈论意第绪语文学、大屠杀、以色列国，也常谈及一些熟人——上回我来的时候他们还在吃米布丁或炖梅干，现在已

---

* 本篇英语由艾萨克·巴什维斯·辛格和多萝西·斯特劳斯（Dorothea Straus）翻译。

经躺在坟墓里。自从不大读报纸，这种新闻我知道得不及时。每次我都吓一跳，但我这种年纪的人得习惯这类消息。食物卡在喉咙里，我们迷惑地彼此看着，眼睛无声地发问：下一个该轮到谁了？很快我们又咀嚼起来。这事常让我想起一部拍非洲的电影里的场面。一头狮子攻击一群斑马，杀死了一匹。惊吓的斑马们跑了一阵，然后停住，又吃起草来。它们有选择吗？

　　我无法和这些意第绪主义者相处太多时间，因为我总是很忙。我在写一部小说、一个短篇、一篇文章；今天或明天我得做个讲座；我的日程簿上堆满了各种各样的预约，排到几周或几个月后。有时候，离开自助餐馆后一个小时，我已坐在去芝加哥的火车上，或坐着飞机去加利福尼亚了。但另一方面，我们用母语交谈，我听说了一些钩心斗角和小心眼的事情，从道德的角度来讲，这些事情最好不要知道。每个人用自己的方式，用尽一切办法攫取尽可能多的荣誉、金钱和名望。没有人从那一条条死讯中学到什么。年纪没有净化我们。我们在地狱之门前并不悔悟。

　　我在这一带住了三十多年了，和我生活在波兰的时间一样长了。我认识每一个街区、每一座房子。过去几十年，百老汇上城没建什么新建筑，我有一种错觉：我在这儿扎下根了。我在多数犹太会堂里发过言。一些商店里的人认识我，素食馆的人认识我。和我有过韵事的女人们住在小街道里。连鸽子也认识我，我拿着一袋饲料出来的那一刻，它们就从几个街区之外飞来。这片区域从九十六街到七十二街，从中央公园到河滨大道。几乎每天午饭后散步，我都经过那家殡仪馆，立在那儿等着我们以及我们的一切抱负和幻觉。有时，我想那殡仪馆也是一种自助餐馆，前往永恒之路上的人在那儿得到一段快捷的悼词或卡迪什祷文。

我在自助餐馆遇到的大多是男人：我这样的老单身汉，想当作家的人，退休教师，某些顶着可疑的博士头衔的人，一位无会众的拉比，一个画犹太题材的画家，几个译者——都是波兰或俄国来的移民。我很少知道他们的名字。某个人消失了，我认为他已去了另一个世界，突然他又出现了，告诉我他试了试能不能到特拉维夫或洛杉矶定居。他又吃起了米布丁，在咖啡里放糖精。他的皱纹多了几道，但讲着同样的故事，做着同样的手势。他也可能从兜里掏出一份报纸，给我读一首他写的诗。

那是五十年代的事，一个女人出现在这个群体中，模样比其他人都年轻。她顶多三十出头。矮个子，苗条，少女气的脸，棕色头发挽成小圆髻，短鼻子，脸蛋生着酒窝。她的眼睛是榛子色的——其实很难说是什么颜色。她的衣着是端庄的欧洲风格。她说波兰语、俄语和一口地道的意第绪语。她总是带着意第绪语的报纸杂志。她进过一个俄国囚犯营，也进过德国的几个囚犯营，后来得到了美国护照。男人全围着她转。他们不让她付钱。他们殷勤地送来咖啡和奶酪蛋糕。他们听她说话，听她讲笑话。经历过那番磨难，她仍快快活活的。有人介绍她给我认识。她的名字是埃斯特。我不知道她是未婚、孀居还是离了婚。她告诉我，她在一家工厂分拣纽扣。这个新来的年轻姑娘不该混在我们这个过气老人的群体里。也很难理解她怎么找不着一个比在新泽西分拣纽扣更好的工作。但我没有问太多问题。她告诉我，在波兰时，后来在战后的德国囚犯营里，她就读过我的文字。她对我说："你是我私心的作家。"

她说出这话的那一刻，我觉得我爱上了她。我们是单独坐着（我们桌的另一个人去打电话了），我说："为了这句话，我一定要吻你。"

"嗯，那你还在等什么？"

她给了我一个吻，还咬了一下。

我说："你是一团火。"

"是的，地狱的火。"

几天后，她邀请我去她家。她住在百老汇大道和河滨大道之间的一条街，和父亲一起住；她父亲没了双腿，坐在轮椅里。他的腿在西伯利亚冻没了。一九四四年冬天，他从斯大林的一个劳改营里往外逃。他看上去是个强壮的男人，一头厚厚的白发，脸色红润，眼神热烈。他说话神气活现，有着男孩子般的张扬和欢快的笑声。不过一个小时，他已对我讲了他的故事。他出生在白俄罗斯，但在华沙、罗兹和维尔纳[1]住了很多年。三十年代初，他成了共产主义者，很快又成了党的干部。一九三九年，他带着女儿逃到俄国。妻子和其他孩子留在了纳粹占领的华沙。在俄国，有人揭发他是托洛茨基主义者，他被送到北方挖金矿。格柏乌[2]把人送去的是一个死地。那里的寒冷和饥饿，最强壮的人也撑不过一年。他们未经宣判就遭流放。他们死在一起：犹太复国主义者、崩得分子[3]、波兰社会党员、乌克兰民族主义者，还有普通难民。把他们抓起来全是因为劳力短缺。他们常常死于坏血病或脚气病。伯里斯·梅尔金，也就是埃斯特的父亲，讲起这些就像讲一个大笑话。他把斯大林主义者叫作社会弃儿、强盗、谄媚之徒。他向我保证，要不是美国，希特勒会占领整个俄国。他讲到，囚犯如何哄骗守卫，弄到额外的一片面包或双份的清汤水，以及用什么方法抓虱子。

埃斯特喊道："父亲，够了！"

"有什么问题吗——我撒谎了吗？"

"人连三角馄饨都会吃腻的。"

"女儿，你自己不也这样吗？"

埃斯特到厨房煮茶时，我从她父亲那儿得知，她曾在俄国有

1　维尔纳（Vilna），即立陶宛首都维尔纽斯。
2　格柏乌（G.P.U.），苏联国家政治保卫局。
3　崩得分子（Bundist），立陶宛、波兰和俄罗斯犹太工人总联盟（简称"崩得"）的成员。

一位丈夫，一个波兰犹太人，志愿加入红军，战死了。纽约这儿，有个难民追求她，他以前在德国搞走私，开了家书籍装订厂，阔了。"求她嫁给他呢，"伯里斯·梅尔金对我说，"对我也有好处。"

"也许她不爱他。"

"没有爱这种东西。给我根烟。在劳改营里，人像虫子一样爬成一团。"

2

我请埃斯特吃晚饭，但她打来电话，说她得了流感，必须卧床。然后，几天的工夫，出了个事情，我得去一趟以色列。回程时，我顺便到了伦敦和巴黎。我想写信给埃斯特，但丢了她的地址。回到纽约，我想打电话给她，但电话黄页里没有伯里斯·梅尔金或埃斯特·梅尔金，父女俩肯定是租了别人的公寓。几个礼拜过去了，自助餐馆里没见她再露面。我向那群人打听，没人知道她在哪儿。"最有可能的是她嫁给了那个书籍装订商。"我对自己说。一天傍晚，我去自助餐馆，预感会见到埃斯特。我见到了黑色的墙和木板封住的窗户——自助餐馆烧了。老单身汉们肯定聚到另一家自助餐馆了，或是那种有自动售餐机的餐馆。但在哪儿呢？硬去找不合我的本性。不算埃斯特，我也有一大堆麻烦呢。

夏天过去了，到了冬天。一天傍晚，我路过自助餐馆，又看到了灯光、柜台和顾客。老板给重建起来了。我进了门，领了单子，便看见埃斯特独自坐在一张桌子旁，读着意第绪语报纸。她没注意到我，我观察了她片刻。她戴一顶男式土耳其毡帽，穿一件有皮毛领的夹克，皮毛褪色了。她模样苍白，好像刚生过一场病。难道那流感引起了某种严重的病？我走向她的桌子，问："纽扣界有什么新闻吗？"

她吃了一惊，笑了。然后她喊道："奇迹真的会发生！"

"你上哪儿去了？"

"你失踪到哪儿去了？"她回答，"我以为你还在国外。"

"我们的自助餐伙计们在哪儿？"

"他们现在去五十七街和第八大道路口的那家自助餐馆。这地方昨天才重开。"

"我给你来杯咖啡？"

"我喝太多咖啡了。好吧。"

我去给她拿咖啡，还有一大块蛋黄酥饼干。站在餐台边时，我回头看了看她。埃斯特脱掉了男子气的毡帽，整理着头发。她合上了报纸，说明她准备聊天了。她起身，翘起另一把椅子靠在桌沿，表示有人了。我坐下时，埃斯特说："你没告别就走了，我却在这边快要敲珍珠之门[1]。"

1　珍珠之门是《圣经》中的词语，敲珍珠之门意为快死了。

"发生什么了？"

"哦，流感变成了肺炎。他们给我盘尼西林，但我属于不能用这种药的人。我全身上下都发了疹子。我父亲身体也不好。"

"你父亲怎么了？"

"高血压。他得了某种中风，嘴全歪了。"

"哦，可怜。你还在干纽扣的活吗？"

"是的，纽扣。至少我不需要动脑子，只是动手。我可以自己琢磨事。"

"你琢磨什么？"

"有的没的。其他工人都是波多黎各人。他们从早到晚用西班牙语唠叨个没完。"

"谁照顾你父亲？"

"谁？没人。我傍晚回家做晚饭。他有一个愿望——把我嫁掉，为了我自己好，大概，也是为了他的舒适。但我不能嫁给我不爱的人。"

"什么是爱？"

"你问我！你写关于爱的小说。但你是男人——我估计你真不知道爱是什么。对你来说，一个女人是一件商品。对我来说，说蠢话的男人或笑得像白痴的男人很讨厌。我宁愿死也不跟他过。而一会儿找这个女人、一会儿找那个女人的男人也不是我要的。我不想和任何人分享。"

"恐怕，人人都这样的时代正在到来。"

"反正我不是。"

"你过去的丈夫是什么样的人？"

"你怎么知道我有过丈夫？我父亲，我估计。只要我一出房间，他就多嘴。我的丈夫有信仰，愿意为之而死。他不完全是我喜欢的类型，但我尊重他，也爱他。他想要去死，也英雄般地死了。我还能说什么呢？"

"别的人呢？"

"没有别的人了。男人们追着我。战争中人的行为——你永远不会懂的。他们完全没了廉耻。有一次，我旁边的上下铺，一个妈妈和一个男人睡，她女儿和另一个男人睡。人就像禽兽——禽兽不如。身处这一切中间，我梦想着爱。现在我甚至不再梦想了。来这儿的男人无聊得可怕，而且多数人疯了一半。有一个人想给我读一首四十页的诗，我快晕倒了。"

"我不会给你读我写的任何东西。"

"有人告诉过我你是什么样的人了——不行！"

"不行就是不行。喝咖啡吧。"

"你甚至都不尝试说服我。这里的多数男人缠着我，摆脱不了。在俄国人们受苦，但我从没在哪里遇到过像在纽约这么多疯子。我住的那幢房子是个疯人院。我的邻居们精神错乱。他们互相指控各种各样的事情。他们唱啊，哭啊，摔盘子啊。有一个还跳窗自杀了。她和一个小她二十岁的男孩搞在一起。俄国的问题是甩掉虱子，这儿疯狂包围着你。"

我们喝了咖啡，分吃了蛋黄酥饼干。埃斯特放下杯子。"我不敢相信和你坐在这张桌子旁。我读你的所有笔名的所有文章。你写了那么多你自己的事，我感觉已经认识你好多年了。不过，你对我还是一个谜。"

"男人和女人永远不能理解彼此。"

"对——我不能理解我自己的父亲。有时候觉得他完全是陌生人。他活不长了。"

"他病得这么厉害？"

"各种事情加起来。他丧失了活的意愿了。没有腿，没有朋友，没有家庭，为什么活下去呢？他们都死了。他整天坐着看报纸。他装得好像对世上发生的事情感兴趣。他的理想没了，但他仍然希望发生一场公正的革命。一场革命能怎么帮助他？我自己从不把希望寄托在任何运动或政党身上。如果一切到头都是死，我们怎么能去希望？"

"希望本身就证明了没有死亡。"

"是的，我知道你经常写到这个。对我来说，死是唯一的慰藉。死人做什么呢？他们继续喝咖啡，吃蛋黄酥饼干？他们还读报纸吗？死后的生活不过是个笑话。"

3

有几个自助餐伙计回到了重建的自助餐馆。新人出现了——全都是欧洲人。他们进行冗长的讨论，说意第绪语、波兰语、俄语，甚至希伯来语。有些来自匈牙利的人把德语、匈牙利语和意第绪-德语混着说——然后，突然之间又说起了平易的加利西亚意第绪语。他们要求咖啡倒在玻璃杯里，喝的时候牙齿咬着方糖。不少人是我的读者。他们介绍自己，责备我犯了种种文学过失：自相矛盾，写性写得太过分，对犹太人的描写会被反犹分子拿去当宣传素材。他们对我讲他们在犹太隔离区、纳粹集中营和俄国的遭遇。他们相互指出。"你看见那个家伙了吗——在俄国他立刻成了斯大林主义者。他揭发自己的朋友。到了美国这儿，他转而去反布尔什维克主义了。"说到的那个人似乎感觉到有人说他坏话，因为对我透露这事的人刚走开，他就拿着咖啡杯和米布丁坐到了我这一桌，说："一个字也不要相信他们跟你说的话。他们编造各种各样的谎言。在一个绳子永远套在你脖子上的国家，你能做什么呢？你只能调整自己，如果还想活下去，而不是死在哈萨克斯坦的什么地方。为了弄一碗汤，或找一个地方住，你只能出卖灵魂。"

有一张桌子的难民不来找我。他们对文学和报纸不感兴趣，只对生意有兴趣。在德国他们是搞走私的。在这里，他们似乎也做着灰色生意。他们窃窃私语，眨眼，数钱，写下长串的数字。有人指出其中一人。"他在奥斯维辛开了一家店。"

"什么意思，一家店？"

"上帝保佑我们。他把货物藏在睡觉的稻草里——一个烂土豆，有时候是一块肥皂，一把锡勺，一点点脂油。但这还是做生意。后来在德国，他走私做得极大，有一次被没收了四万美元。"

有时候，我隔几个月才去一次自助餐馆。一两年过去了（也许三年或四年，我记不清了），埃斯特没有出现。我打听过她几次。有人说她现在去四十二街的那家自助餐馆了，另一个人听说她结婚了。我得知，有几个自助餐伙计死了。他们正开始在美国安顿下来，重新结了婚，开办了生意、作坊，甚至又生了孩子。然后癌症或心脏病就来了。据说，是希特勒和斯大林那些年造成的。

一天，我走进自助餐馆，看见了埃斯特。她独自坐在一张桌子前。是那个埃斯特，甚至还戴着那顶毡帽，但一缕灰发落在额前。真奇怪——那毡帽似乎也灰了。其他的自助餐伙计显得不再对她感兴趣，要么不认识她。她脸上有岁月的痕迹，眼下有黑眼圈。她的目光不再那么清澈。嘴边有一种表情，可以称为苦涩、幻灭。我向她打了招呼。她微笑，但笑容立刻退去了。我问："你怎么了？"

"哦，我还活着。"

"我可以坐下来吗？"

"请坐——当然。"

"我给你来杯咖啡？"

"不用。好吧，如果你坚持。"

我注意到，她在吸烟，而且她读的不是我供稿的那份报纸，而是一份与之竞争的报纸。她投敌了。我给她端来咖啡，给自己拿了炖梅干——能缓解便秘。我坐下来。"这几年你到哪儿去了？我打听过你。"

"真的？谢谢你。"

"发生什么了？"

"没好事情。"她看着我。我知道，她看到了我在她身上看到的：肉体的缓慢凋谢。她说："你没什么头发了，但反正也白了。"

我们沉默了片刻。然后我说："你父亲——"话没说完，我就知道她父亲死了。

埃斯特说："他死了快一年了。"

"你还分拣纽扣吗？"

"没有，我当了一家礼服店的员工。"

"你个人有什么情况，我可以问吗？"

"哦，没有——完全没有。你不会相信的，但我刚才坐在这儿正想到你。我掉进了某种陷阱。我不知道怎么叫它。我想，也许你可以给我建议。你还有那种耐心，听听我这样的小人物的麻烦

吗？没有，我不是想侮辱你。我甚至怀疑你不记得我了。简单
说，我工作，但工作变得越来越困难。我得了关节炎，感觉我
的骨头会断掉。我早晨睡醒了坐不起来。一个医生告诉我，是
因为背上的椎间盘，其他医生认为是神经问题。有一个给我照
X光，说长了瘤。他要我住院几个礼拜，但我不急着做手术。
忽然来了一个小个子律师，他自己也是难民，和德国政府有关
系。你知道他们现在正在提供赔偿金。确实我是逃到俄国去了，
但我依然是纳粹的受害者。还有，他们对我的经历了解得不确
切。我有可能得到养老金，再加几千美元，但我错位的椎间盘
派不上用场，因为是后来得的——出了集中营之后。这个律师
说，我唯一的机会是证明我的精神遭到了摧残。这是痛苦的事
实，但怎么能证明呢？德国的医生，神经科医生，精神病医生，
他们要求证明。一切得根据教科书——必须完全吻合。那律师
要我装疯。当然，他可以得到赔偿金额的百分之二十——也许
更多。我不懂他要那么多钱干什么。他已经七十多了，是个老
单身汉。他想和我上床，诸如此类吧。他自己疯了一半了。但
我是正常的，怎么装疯呢？整件事让我恶心，我担心真把自己
搞疯了。我恨欺诈。但这个讼棍追着我。我睡不着觉。早上闹
钟响时，我醒过来，疲惫不堪，就像在俄国要在早上四点步行
到森林里锯木头。当然，我吃安眠药——要是不吃，根本睡不
了。情况大概就是这样。"

"你为什么不结婚呢？你仍然是一个好看的女人。"

"嗯，老问题——没有合适的人。太晚了。如果你知道我的感受，你不会问这个问题。"

4

过了几个礼拜。下雪了。下完了雪下雨，然后结霜。我站在家里的窗前，看着百老汇大道。行人边走边滑。汽车缓慢移动。屋顶的天空亮着紫光，没月亮，没星星，虽然是晚上八点，天光和空旷恍若拂晓。商店都没人了。一时间，我觉得自己是在华沙。电话响了，我奔过去接，就像十年、二十年、三十年前——仍然期待电话带来好消息。我说哈罗，但没回音，我忽然一阵恐惧：难道是某个邪灵要在最后一刻阻止好消息？然后，我听见一个结结巴巴的声音。一个女人的声音在咕哝着我的名字。

"是的，是我。"

"不好意思，打扰你。我的名字是埃斯特。我们几个礼拜前在自助餐馆见过——"

"埃斯特！"我叫道。

"我不知道哪来的勇气打电话给你。我需要和你说说一件事情。当然，要是你有时间——请原谅我的冒昧。"

"不冒昧。你愿意来我的公寓吗？"

"如果不打搅的话。在自助餐馆很难谈话。很吵，还有偷听的。我想告诉你的是一个只能讲给你听的秘密，别人我都信不过。"

"请来吧，过来吧。"

我告诉埃斯特怎么走。然后我想整理一下房间，但很快发现不可能。信件、手稿散落在桌子椅子上，角落里的书和杂志堆得老高。我打开衣橱，手边拿到什么就往里塞：夹克、裤子、衬衫、鞋、拖鞋。我拎出一个信封，诧异地发现还没打开过。我撕开信封，里面有一张支票。"我怎么了？我傻了吗？"我大声说。我想读一读那封夹着支票的信，但眼镜不知放哪儿去了，自来水笔也没了。好吧——我的钥匙呢？我听见一声铃响，但不知是门铃还是电话铃。我打开门，看见了埃斯特。肯定又下雪了，因为她的帽子和大衣肩膀点缀着白色。我请她进来，我的邻居开了门，盯着我的客人。这个离了婚的女人，竟不害臊地公然窥探我——上帝知道，根本不为了什么。

埃斯特脱掉靴子，我把她的大衣搁在《大英百科全书》的书盒上面。我扫开沙发上的几份稿子，好让她坐下。我说："屋里一片狼藉。"

"没关系的。"

我坐到撒落着袜子和手帕的躺椅里。我们先是聊了聊天气，纽约晚上出门的危险——甚至傍晚出门也危险。然后埃斯特说：

"你还记得那次我和你说到我的律师吗？为了赔偿金我要去看精神病医生。"

"是的，我记得。"

"我没把全部事情告诉你。那太荒唐了。现在说起来还是无法相信，连我自己也觉得。不要打断我，我请求你。我不是完全健康，甚至可以说病了，但我明白事实和幻觉的差别。我几个晚上没睡着了，一直在犹豫该不该给你打电话。我决定不要，但今天晚上我想到，如果这样的事情我不能讲给你听，那就没有人可以说了。我读过你的文字，我知道你能理解非常神秘的事情——"埃斯特说这些话时，一直打着结巴，不时停顿。有一刻，她的眼睛在微笑，然后又黯然了，摇曳不定了。

我说："你可以对我讲任何事情。"

"我担心你会觉得我丧失了理智。"

"我发誓不会。"

埃斯特咬咬下唇。"我想告诉你，我看见了希特勒。"她说。

即便预备好了听见不寻常的事情，我的喉咙还是一紧。"什么时候——在哪儿？"

"你看，你已经吓坏了。这件事发生在三年前——几乎四年前。我在百老汇大道看见了他。"

"在街上？"

"在自助餐馆。"

我努力把喉头咽下去。"最可能的是某个像他的人。"我最后说。

　　"我知道你会这么说。但是别忘了，你答应听我讲的。你记得自助餐馆的那场火吗？"

　　"记得，当然。"

　　"那场火肯定跟这件事有关系。唉，反正你也不相信我，干吗要掰碎了讲呢？事情是这样的。那天晚上我没有睡。睡不着的时候，通常我起来泡茶，或者试着读本书，但这一次某种力量命令我换衣服出门。我无法向你解释，我怎么敢在那么晚的时候走在百老汇大道上。肯定是两三点了。我到了自助餐馆，想着也许它通宵营业。我往里面看，但那扇大窗户蒙着窗帘。里面有微弱的光亮。我推了推旋转门，门转动了。我走进去，看见一个场景，这场景直到我生命的最后一天都不会忘记。桌子都拼了起来，周围坐着的人穿着白袍，像医生或护理人员，袖管上都有万字符。桌首坐着希特勒。我求你听我讲完——有时候一个精神错乱的人讲的话也值得听听。他们都说德语。他们没看见我。他们围着元首忙。然后安静下来了，他开始说话。那个卑劣的嗓音——我在电台里听过许多次。我没完全听明白他的话。我吓坏了，听不进去。突然，其中一个狗腿子回头看我，霍地站了起来。我根本不知道我是怎么活着跑出来的。我拼了死命地跑，浑身发抖。等到了家，我对自己说：'埃斯特，你的脑子不太对了。'我现在也不知道那一晚是怎么过来的。第二天早晨，我没有直接去上班，而是先到自助餐馆看看它是不是真在那儿。这种经历使人怀疑自己的感官。等到了地方，我看见那房子烧掉了。一见它烧掉了，我就知道肯定跟我看到的事情有关系。在场的人想要抹掉一切痕迹。这些话都是确凿的事实。我没有理由编造这种古怪的事情。"

我们都沉默了。然后我说："你看见了幻象。"

"什么意思，幻象？"

"过去没有丧失。多年前的某个画面仍然在，在第四维空间的某个地方，在那一刻它连接上了你。"

"据我所知，希特勒从未穿过白长袍。"

"也许他穿过。"

"为什么自助餐馆恰恰在那天晚上烧了？"埃斯特问。

"也可能是那场火唤出了幻象。"

"当时还没有起火。我好像预料到了你会给我这一类的解释。如果那是幻象，我和你坐在这儿也是幻象。"

"不可能是别的东西。即使希特勒还活着，藏在美国，他也不太可能在百老汇大道的一家自助餐馆会见密友。而且，这家自助餐馆是一个犹太人的。"

"我看见了他，就像我现在看着你。"

"你是在时间之中向过去瞥了一眼。"

"好吧，就算是这样吧。但后来我一直不得安宁。我一直想着它。如果我注定要失去理智，这个样子就快了。"

电话响了，我猛地起身去接。打错了。我又坐下。"那个精神病医生呢，你的律师让你去找的？跟他讲讲，你会拿到全额的赔偿。"

埃斯特侧头看我，目光并不友好。"我知道你什么意思。我还没有堕落到那地步。"

5

我担心埃斯特继续打电话过来。我甚至打算换电话号码。但几个礼拜、几个月过去了，她再没找过我，我也再没见过她。我没去自助餐馆了。但我常常想起她。大脑如何能产生出那样的噩梦？那头骨下的一点点脑髓是怎么回事？我能保证同样的事情不会发生在我身上吗？谁又知道人类的结局就不是这样？我瞎想过，是不是所有的人都有精神分裂。原子在分裂，智人的人格也在分裂。思考技术时，大脑还能工作，但别的一切都开始退化。他们全都精神错乱了：共产主义者、法西斯分子、民主的鼓吹者、作家、画家、教士、无神论者。很快，技术也会瓦解。建筑将崩塌，电厂将停止发电。将军们把核弹丢向自己人。疯狂的革命者跑到街上，喊叫狂热的口号。我经常想，这事情会从纽约开始。这大都市具有心智癫狂的一切症状。

不过，因为疯癫尚未完全接管世界，人的行事还得貌似有秩序——依照费英格的"仿佛"原则[1]。我继续耍笔杆子。我把稿子发给出版社。我做讲座。一年四次，我把支票寄给联邦政府、州政府。我把花费后剩余的钱存进储蓄银行。一个出纳把某些数字写到我的存折上，意味着我的生存有保障。某人在杂志或报纸上印了几行字，说明我作为作家的价值提升了。我惊异地看到，我的努力全转化成了纸。我的公寓是一个大废纸篓。一天天，这些纸变得越来越干燥和干枯。我夜里醒来，害怕它们烧起来。没有哪一个钟头我没听见过消防车的鸣笛。

上一回见到埃斯特的一年后，我要去多伦多宣读一篇论文，内容是十九世纪下半叶的意第绪语。我把几件衬衫放进行李箱，还有各种各样的纸，其中的一张纸让我成为美国公民。我口袋里的纸币足够叫出租车去中央车站。但出租车好像都有人了。空车不肯停。司机们没看见我吗？难道我突然成了一个看得见别人的隐身人？我决定坐地铁。路上，我看见了埃斯特。她不是一个人，身旁是一个我多年的老相识，我来美国不久就认识的。他是东百老汇大道一家自助餐馆的常客。他老坐在桌边表达观点，批判，抱怨。他小个子，砖色的脸颊凹陷，眼珠突出。他气愤新作

---

1 费英格（Hans Vaihinger，1852—1933），德国哲学家，著有《仿佛哲学》。

家，贬低老作家。他自己卷烟，烟灰弹到我们吃饭的碟子里。我上次见他几乎是二十年前。突然他和埃斯特一同出现了。他甚至搂着她的手臂。我从未见过埃斯特的气色这么好。她穿着新大衣，戴着新帽子。她朝我微笑点头。我想叫住她，但我的手表显示已来不及了。我差一点没赶上火车。我的卧铺间里，床已经铺好了。我脱了衣服睡去。

半夜我醒了过来。正在换挂我的车厢，我几乎摔下了床。我睡不着了，便努力回忆我见到的和埃斯特在一起的那小个子男人的名字。但想不起来。我能记起的是，即使三十年前他也早已不年轻了。他是一九〇五年俄国革命后来到美国的。在欧洲，他有演说家和公众人物的名声。他现在得多老了？根据我的计算，他得有八十七八——甚至九十了。埃斯特可能和这么个老人如此亲密吗？但今天傍晚他看着不老。越在黑暗中琢磨，这偶遇就越觉奇怪。我甚至想，我曾在报纸的某个地方看到过他的死讯。尸体会在百老汇大道走来走去吗？这意味着埃斯特也不在人世了。我拉开百叶窗，坐起来，看外面的夜——黑，漆黑，没有月亮。几颗星星跟着火车走了片刻，消失了。一个亮灯的工厂出现了，我看见了机器但没看见操作工。然后黑暗吞了工厂，另一群星星开始跟着火车。我正随地球绕地轴旋转。我正随着地球绕太阳转，向着一个我忘了名字的星座运动。是不是没有死？或者是不是没有生？

我想着埃斯特告诉我的在自助餐馆看见希特勒的事。我觉得是纯粹胡扯，但现在开始重新估量。如果时间和空间只不过是感知的形式，如康德主张的，而质量、数量、因果只是思想的范畴，为什么希特勒不可以在百老汇的自助餐馆和他的纳粹们开会呢？埃斯特当时并不像失去了理智。她看见了天上的审查制度通常禁止人看的一段现实。她朝着现象的帘幕背后瞥了一眼。我后悔当时没有追问更多的细节。

　　在多伦多，我几乎没有时间思索这些问题，但回纽约后，我去自助餐馆做了一点私人调查。我只遇到一个相识：一个成了不可知论者、辞去教职的拉比。我向他打听埃斯特。他说："以前常来这里的那个漂亮的小女人？"

　　"是的。"

　　"我听说她自杀了。"

　　"什么时候——怎么死的？"

　　"我不知道。也许我们说的不是同一个人。"

　　无论问多少问题，无论怎么描述埃斯特，还是一团迷糊。某个过去常来这儿的年轻女人开煤气了结了自己——前拉比能告诉我的只有这么多。

　　我决意追查下去，直到确切地弄清埃斯特怎么样了，也弄清我记忆中那个东百老汇的作家-政治家怎么样了。但我一天天忙了起来。自助餐馆关门了。这一带变了。好多年过去了，我再没见过埃斯特。是的，尸体确实行走在百老汇。但为什么埃斯特选择了那一具尸体？她可以找到更好的，即使是在这个世界。

导师*

1

一九五五年我到以色列时，见到了两类相识：一些是一九三五年我离开华沙去美国后再未见过的，一些是一九二二年我离开亚杜夫去华沙后再未见过的。华沙人的记忆里，我是个青年作者，作家协会的会员，国际笔会意第绪语分会的成员；在亚杜夫人的记忆里，我是个小青年，教希伯来文，把诗歌投到杂志即遭退稿，坚信自己深爱一个十六岁女孩，热衷于种种波西米亚式的行为。华沙人叫我的文学笔名，亚杜夫人叫我伊切，或拉比

---

* 本篇英语由艾萨克·巴什维斯·辛格和伊芙琳·托顿·贝克（Evelyn Torton Beck）翻译。

的伊切，因为我是拉比的孙子。

在特拉维夫，意第绪语作家为我举办了欢迎会，并致词。他们发誓，我几乎没变。亚杜夫人都问我同一个问题——"你的红头发呢？"他们聚在一个做皮革生意阔了的老乡家里。在那儿我有一种奇怪的体验：前女佣和前车夫对我说流利的希伯来语。说意第绪语的人当中，有些人带着俄国或立陶宛口音，因为二战时他们从波兰逃了出去，在维尔纳、比亚韦斯托克、江布尔[1]或塔什干住了许多年。我偷偷吻过的女孩们，过去叫我"莫拉"（老师）的，如今给我讲她们结了婚的孩子，甚至孙子孙女。面孔和身材已变得认不出来了。

慢慢地，我适应了。几个亚杜夫女人向我吐露，她们从未忘记我。我的少年伙伴提起我玩过的狂野恶作剧、我讲过的离奇故事，甚至我讲过的关于当地人的笑话。缺了不少亚杜夫人。他们死在了犹太隔离区和集中营，或者在俄国死于饥饿、伤寒和坏血症。有些亚杜夫人在一九四八年与阿拉伯人的战争中失去了孩子。我的老乡们又笑又叹气。他们为我准备了宴会，还为未幸存的人办了纪念晚会。

因为他们叫我伊切，说话亲切，我在这个群体里感觉年轻。

---

1 比亚韦斯托克（Bialystok），现为波兰东北部城市，曾属于苏联。江布尔（Jambul），即哈萨克斯坦江布尔州的塔拉兹。

我又叨叨起来，讲各种各样的笑话，村里的傻蛋波尔啦，亚杜夫道学家雷布·莫德海·梅耶尔啦。我对这些中年男女说着话，好像他们还是男孩女孩。我甚至试图重续浪漫旧情。亚杜夫人善意地取笑我，说："真的，伊切，你还是老样子！"

来见我的亚杜夫人当中，有一个叫弗里得尔，以前是我的学生，现在是医生。她比我小差不多十岁。我十七岁时，她八岁。她的父亲阿维格多·罗森巴赫是开明犹太人中的一个，是富有的木材商。在以色列，弗里得尔把自己的名字希伯来化了，人们叫她迪察。我离开亚杜夫前，弗里得尔已经是出了名的聪颖。她说意第绪语和波兰语，跟一位老师学法语，跟另一位老师学钢琴。她迅速掌握了我教给她的希伯来语。她是个漂亮的小女孩，黑头发，白皮肤，绿眼睛。她缠着我提出各种各样我回答不了的问题。她孩子气地对我调情，每次上完课我必须吻她。她许下诺言，长大后要嫁给我。后来，在华沙我听说弗里得尔以优等成绩从文法学校毕业，到索邦学习医科了。有人告诉我，她通八门语言。一天，我听到一个奇怪的消息，她嫁给了一个亚杜夫男孩，托比亚斯·斯泰因。托比亚斯是和我差不多年纪的年轻人，理想是到巴勒斯坦当农民。尽管父亲是富有的商人，他却学习木工，以便能在定居点建房子。他暗色皮肤，黑眼睛含笑，一头黑卷发。他穿着带绶带的上衣，戴蓝白色帽子，帽上绣着大卫之星，以表达他犹太复国主义的狂热。木工之外，他学习步枪射击，以便成为巴勒斯坦的卫兵，抵御阿拉伯人对侨民地的攻击。他比所有人都熟悉巴勒斯坦的地理，唱所有的犹太复国主义歌曲，诵读比亚利克[1]的诗。我离开华沙后一段时间，托比亚斯得到了进入巴勒斯坦的批准，不过，既然他能和弗里得尔结婚，他应该有段时间回了欧洲。我不知道细节，不知道也无所谓。

二战结束几年后，我听说弗里得尔和托比亚斯生了个女儿，两个人分居了。弗里得尔在以色列有了事业；她是神经科医生，写了一本书，译成了几种语言。据说她有各种各样的恋情，包括和一个英军的高级军官。托比亚斯住在某个偏远的集体农场。他还爱着弗里得尔。他们的女儿留在他身边。

那晚，看见弗里得尔进了有钱皮革商的家门，亚杜夫人一阵骚动。她一直躲避他们的所有聚会，他们认为她是势利鬼。进屋的这女人也许四十多了，但模样年轻许多：比中等个子略高，身材苗条，黑头发剪得极短，皮肤依然很白，绿眼睛。我认出了很久以前的那个弗里得尔——只有鼻子变成了严肃成年人的样子。尽管她没戴眼镜，皮肤上却有印子，好像刚刚摘掉了夹鼻眼镜。她穿一件英格兰花呢套装，系着女式领带，手提包像个公文包。她的手指套着一个大大的祖母绿戒指。她身上散发出干练、蓬勃和坚定的气息。她疑惑地看着我。然后她叫道："莫拉！"然后我

---

1 比亚利克（Bialik，1873—1934），犹太民族主义诗人，现代希伯来诗歌的奠基人。

们亲吻。我臆想和她有过恋情的所有男人的气味仍然黏着她。几句话过后，她不再和我说希伯来语，改说意第绪语。我感到难堪——我，教给她希伯来字母的我，跟不上她说的希伯来语；她的希伯来语说得飞快，发音有力，带着现代中东犹太人的口音。她告诉我，她和耶路撒冷的大学有联系。外国的大学她也有接触，连美国也有。亚杜夫人沉默了。他们敬畏地听着我们的交谈。

我问："我还可以叫你弗里得尔吗？"

她回答道："在你这儿，我永远是弗里得尔。"

2

欢迎会完了，几个亚杜夫人想送我回旅馆，但弗里得尔宣布她开车来的，要载我，没人敢提出异议。在车里，弗里得尔对我说："你急着回去吗？夜色很美，兜个风吧。"

"好啊，乐意奉陪。"

我们开车穿行于城中。真奇怪啊，身处一个犹太国家，见到新造的希伯来文店招，经过的街道以拉比、犹太复国主义领袖、作家的名字命名。那天天气炎热——实际是吹来了喀新风[1]，虽然不

---

1 喀新风（chamsin），每年三月下旬至五月，由撒哈拉沙漠吹至埃及、地中海东岸地区的热风。

是最糟糕的那种。我看见女人用头巾盖住脸，以免吸入风中的沙漠细沙。日落了——又大又红，不及平时圆，底部有些尖，像带柄的水果。通常，特拉维夫天黑后会凉快下来，但这个晚上，热风继续吹着。汽油味混合着软化沥青的气味，还有从田野、山地和山谷飘进来的清新味。海边传来死鱼和城市垃圾的恶臭。月亮低低的，暗红色，半亏，我有种感觉，它正在一场宇宙浩劫中往地球上掉。星星摇曳，像看不见的线绳吊着的小灯。我们上了去雅法的路。右侧，海闪耀银色的光。绿色的影子掠过海面。弗里得尔说："这样的晚上，反正我也睡不着。我踱来踱去，抽烟。"

我想问她为什么离开托比亚斯，但知道这问题应该换一种问法：她为什么嫁给他？不过，我等着她自己开口说。我们经过阿拉伯房子，许多穹顶，像神话野兽的乳房。有些房子没有门，而是挂着珠帘。弗里得尔指着一座清真寺和宣礼塔，一天五次，宣礼师从塔上召唤虔诚的信徒。过了一会儿，她开口了。

"那是疯了，那整件事情。我小时候对他有印象，留下了一个浪漫的幻觉。我属于那种女人，年纪大的男人吸引我——你知道弗洛伊德的术语是怎么说的。其实我也迷过你，但我听说你结婚了。我很早就明白，我们犹太人在流散的路上没有未来。不只是希特勒——全世界都想把我们撕成碎片。你写过，现代犹太人有自杀倾向，你说得对。现代犹太人没有反犹主义就没法活。如果没有，他们就非造它出来不可。他们必须为了人类而流血——征战反动派，忧虑中国人、俄国人、印度的贱民、美国的黑人。他们宣扬革命，同时自己却要资本主义的全部好处。他们要摧毁别人的民族主义，但自豪自己属于上帝的选民。这样的部落怎么能生存于外人之中？我想到这儿定居，和我所谓的兄弟姐妹一起，而托比亚斯在这儿——一个理想主义者，一个先驱。我来过这儿，我以为我爱他。其实我和他站在婚礼华盖下时，我就知道自己犯了个错误。我让自己相信他是英雄，但很快看出他是个笨蛋，没头脑，多愁善感像个老处女。一开始，他的希伯来语闪闪发光，但细听之下，我听出来他满嘴陈词滥调。他鹦鹉学舌，学小册子，学报纸上的各种社论。他津津有味地唱空洞的歌曲。他病态地爱我，那爱使我极为难堪。一个傻瓜爱你，没有比这更痛苦的了。他使你性冷淡，使你羞愧于自己的性别。在他身边，我变得残忍恶毒。我立刻想结束掉，但我们的丽娜来了。孩子终归是孩子啊。她长得像我家的人，不像他家的人。但他拿她当人质。他教她反对我，最后她完全成了我的对手。我也对基布兹[1]很失望。共产主义的缺点和资本主义的缺点它都占了。她在那儿能成为什么样的人？一个半开化的农民。你抽烟吗？"

"不抽。"

---

[1] 基布兹（kibbutz），希伯来语意为"聚集"，是以色列的一种集体社区，传统上以农业为主。

“我听说你也不吃肉。”

“对。”

“为什么呢？自然可不懂怜悯。就自然而言，我们就像虫子。你教过我《圣经》，我父亲灌输给我上帝为犹太人行的奇迹。但在犹太人的这些遭遇之后，还相信上帝和那一切蠢话的人一定蠢透了，木透了。而且，信仰一个有同情心的上帝是对受害者最坏的背叛。有一位美国来的拉比到这儿宣讲说，那六百万犹太人全坐在天堂里，吞吃利维坦的肉，和天使一起学习《托拉》。用不着心理学家，我们就能明白那种信仰是在补偿什么。在耶路撒冷，有一群人在玩灵媒。我也参与了一点——甚至参加了他们的降神会。全是假的。他们要么欺诈别人，要么骗自己。没有大脑的运作，就没有思想。如果死后的世界真的存在，将是最大的残忍。为什么一个灵魂要记得自己生存的一切琐琐碎碎呢？如果我父亲的灵魂继续活着，而且记得他的搭档偷了他的东西，记得他的房子烧光了，记得我姐姐米莱尔出生时就死了，还记得犹太隔离区、集中营和纳粹的炉子，那又有什么好的呢？假如自然还有一丝正义，那就是身体腐烂时灵魂的毁灭。我不理解人怎么还会有其他想法。”

“如果人这么想，他就没理由不当纳粹了。”

“这不是该不该的问题。纳粹是人类的敌人，必须允许我们消灭他们就像消灭臭虫。”

“那些弱者呢？他们有什么权利？”

"他们有权利团结起来，变强。"

"为什么不同时享受各种特权和不公？" 我问。

"我们确实在享受。此刻我们开着车，而不是拖着载人的黄包车，或者站在稻田里，水深及膝，干一天挣六皮阿斯特[1]——这个事实已经是一种特权，甚至是一种不公。我们不谈这个了吧。谈不出结果。你自己什么也不信。"

"某个谁掌管着这个世界。"

"谁？胡说。纯粹胡说！"

"星星呢？"

弗里得尔仰了仰头。"星星是星星。"

我们沉默了。路穿过田野和果园，也许是橘树林，太黑了看不清。不时有灯光在远处闪动。我没问我们去哪儿。这土地的前后左右都转过了，我的好奇心已满足。我们开了半个小时没遇到一辆车。半夜的寂静悬于大地上。风停了。马达声被蟋蟀的叫声、蛙鸣声，以及生活在这圣地的无数昆虫寻找食物、保护和配偶的沙沙声所覆盖。

弗里得尔说："如果你困了，我就往回开。对我来说，没有比这种夜游更愉悦的了。"

我想问问弗里得尔的那些恋情，但忍住了。我知道，多数人

---

1 皮阿斯特（piastre），埃及、约旦等中东国家的辅币单位。

喜欢自己说出来，但受不了别人公然好奇地强索真相。我不记得是怎么说到的，但弗里得尔又开口了。

"有什么能阻止我呢？"她说，"我不爱他，而且就算我爱他，我也会想尝尝其他人的滋味。在他之前，和他在一起时，在他之后，我都有男人。在我俩的所谓蜜月时，我也有。有专一的女人，甚至专一的男人，但我不属于这种。我的感觉像莫泊桑：两个情人好过一个，三个好过两个。当然，我必须回绝一些人，但从来不是出于道德动机。我同意柯伦泰夫人[1]的观点，我的身体是我的私有财产。爱究竟是什么，我不知道，大概永远不会知道。每一个都有自己的理解。我听过我病人的无数故事。但并不存在任何对人类行为的解释——有的只是行为模式。最近，我成了格式塔心理学的信徒，因为它不去寻找动机。猫抓老鼠。蜜蜂酿蜜。斯大林渴求权力。现代犹太人也渴求权力——不是直接地，只是背后偷偷地搞。在这个意义上，他们像女人。犹太人是天生的批评家。他们非得拆台。在这地方，他们无法贬低一切，这使他们恼火。我是，像你看到的，一个彻底的享乐主义者。但存在着各种阻挠，不让人享受事物。你能相信吗，我女儿是我生活的主要烦恼。每天我告诉自己一百次，孩子只不过是一个偶然受精的卵，人感觉到的对孩子的爱

1　柯伦泰夫人（Mme Kollontai，1872—1952），俄国革命家、作家、女权主义者。

和忠诚都只是盲目的本能——或者随便你叫它什么。但还是照样烦心。她的恨、她的抱怨，使我凄惨。一天一天更加糟糕。我时时在耳边听见她回我的嘴，叱责我，要为了人们眼中我对她父亲的羞辱而报复我。我想送她到国外读书，但她拒绝拿我的任何东西。她不回我的信。我打电话给她——在基布兹不容易接通——她挂我的电话。只有一种挽救的办法——回去和托比亚斯一起过——但这连想一想都反胃。我想不通他是怎么给她灌输这种仇恨的。这实际上成了他生活的根本。他面上甜如糖精，但内心苦恨恶毒。他说的话愚蠢难解，可又让我害怕。蠢人有某种神秘的力量。蠢人根源于原初的混沌。这些话在这世上我只对你一个人吐露过。我没了哥哥弟弟，你就像我的兄长。三十三年是很长的时间，不知道为什么我还记得你。好多次我想写信给你。不过，写信对我来说是不可能完成的任务。你不困吗？"

"不困。"

"还不困？很晚了。"

"这片土地的历史不让我睡。"

"谁？父亲亚伯拉罕？"

"先知。"

"第一次的时候，我担心无法在耶路撒冷上厕所，那儿太圣洁了，但慢慢就习惯了。你愿意坐我的车一整夜吗？"

"愿意，但去哪儿？"

"别笑我。我想带你去我女儿的基布兹。我不再去看她了。我发了个誓——世俗的誓，我们能凭什么发誓呢？——我再也不去看她。每次我去，她都露出敌意。对我的恨完全支配了她。她拒绝在餐厅和我坐在一起。她朝我的脸吐唾沫。我想要带你去的原因是这样的。托比亚斯见到你会很高兴。你和他算是亲密的朋友吧。他忠实地读你的东西。丽娜也知道你。她炫耀你是她父亲的朋友。在这边作家仍然能得到一些尊重。这一点，以色列像亚杜夫。反正我在床上睡不着，而且我不再服用安定药了。我乐意去看一眼她。然后我们开车回去，十点钟你能到旅馆。我得去诊所，不过你在这儿不用工作，可以关了窗爱睡多久就睡多久。"

"好啊，我同意。"

"我是在利用你吗，呃？我知道我现在软弱，但强大的人也会软弱。我们天亮时会到基布兹。那儿有个高中，丽娜读高年级。在那儿她也干活。她选了马棚，只是为了伤我的心。她挤牛奶，打扫粪便。有一个领域人人都是天才，那就是伤人。"

"是哪种基布兹？"

弗里得尔提了个名字。

"那不是个左派基布兹吗？"

"是的，他们是左派。他和他女儿都是。他们的神是伯罗霍夫[1]。他们到那儿传播直接来自锡安的革命《托拉》。其他人有点降温了，但对他们两个来说列宁仍然是摩西。全是冲我来的，就因为我取笑那些东西。她挺好看的，十足的美人——也很聪明。在美国，好莱坞会立刻抢走她，但在这儿她成了个女马倌。"

"她和男孩子玩吗？"

"有，但不是认真的。她会嫁给某个粗汉，那就完了。"

"她会给你生外孙外孙女。"

"对这个我完全没感觉。"

"你现在的情人是谁？"

弗里得尔沉默了片刻。"哦，有一个。一个律师，一个 orech-din[2]。他有妻子孩子。呼之即来，挥之即去。反正托比亚斯不会和我离婚。我过四十了，强烈的欲望过去了。曾经我对工作有激情，现在连这也不像从前了。我想写个小说，但没人等着看我编的故事。而且，其实我已经没有自己的语言了。希伯来语不是我的母语。在这儿，用意第绪语写没有意义。我法语流利，但好多年没用了。我的英语挺不错，但不足以写作。反正，我不会成为你的对手的。躺下点，睡一会儿吧。"

"我向你保证，我不困。"

1　伯罗霍夫（Borokhov，1881—1917），出生于俄国的马克思主义者、犹太复国主义者，是早期劳工锡安主义（劳工犹太复国主义）的理论代表人物。

2　希伯来文的律师。

"如果你早几年来，我可能会和你发生点什么，但是，有一段时间了，我觉得一切都晚了。也许是我的更年期来了，或者是死亡的征兆。这个女儿夺走了我的全部快乐。"

"真的，你应该去做做精神分析。"

"什么？我不信。不会有帮助的。有生以来，我一直有一个大的神经症，以及许多小的，我称之为'候选者'。一个出去了，另一个就起来占据它的位置。它们一直在变动，就像一个政治派系。一个当几年领袖，然后把权力交给下一个。有几次，发生了类似宫廷革命的事情。这个女儿的事相对新一点，不过不是那么新。它像癌一样在生长，我感觉到它在长。"

"你想要她怎么样？"

"要她爱我。"

"那会带给你什么？"

"我问你呢。"

我往后躺，打起了盹。

3

我半睡半醒。我做梦，梦做到一半，我睁开一只眼睛，看见月亮消失了。黑夜沉重地堆在大地上，我想起创世之初的黑暗，然后上帝说："要有光！"昆虫安静了。弗里得尔开得飞快，我有种怪异的感觉，我们正顺着斜坡滑入一个深渊。她红热的烟头晃动着，向上，向下，向两边。她似乎在用火语向谁发信号。你永远不知道谁将是你的死亡天使，我想。是亚杜夫的弗里得尔。我又睡去，看见崎岖的山峦和缥缈的巨人。他们想在山峰间架一座桥。他们说一种古老的话，嗓音洪亮，长长的手臂伸到天际。下方，水流湍怒，白沫溅起，掀开巨石。"这会是桑巴提庸河[1]吗？"我问自己，"是的话，就不只是个传说了……"我睁开眼睛，一座山后面出现了太阳，沐浴过的太阳，《圣经》里的太阳，投出一道非日非夜的光。在我的半寐中，这个场景好像联系着祭司给予犹太人的降福，不可注视以免变瞎。我又睡去了。

弗里得尔叫醒我。我们到了基布兹。在拂晓的晨光中，我看见露水闪烁的仙人掌树、一个个花圃，以及敞着门的小屋里走出衣衫不整的男人女人。他们都晒红了，几乎黑了。有些拿着毛巾、肥皂和牙刷。弗里得尔对我说："你睡得像个神。"

她拉着我的手臂，带我走一条狭窄的小路，路上湿草丛生。她敲了一扇门，没人答应，她更用力地敲。我听见一个沙哑的声音，弗里得尔回话。门开了，出来一个男人，夹杂着白发的黑头发凌乱，赤着脚，衬衫没扣扣子，露出了毛茸茸的胸脯。他一边

---

1 桑巴提庸河（Sambation），犹太传说中一条神秘的河流，河水喧嚣，巨石奔涌，使人无法渡河，只有安息日才会停止流动。

的脸比另一边有更多的皱褶，粗红，好像生了疹子。他一只手拽着裤子。"这是托比亚斯？"我问自己。他宽肩膀，粗鼻子，脖颈满是青筋。

弗里得尔对他说："原谅我吵醒了你。我给你带来一位客人。"

我开始看出这位老人和亚杜夫的托比亚斯的相似之处。但他困倦地眯着眼，没认出我。

弗里得尔微笑。"这是拉比的伊切，亚杜夫的。"

"伊切。"托比亚斯重复着，迷惑地站在那儿，手拉着没扣扣子的裤子。过了一会儿，他用空着的那只手拥抱我。我们亲吻，他的胡子像钉子一样扎我。

弗里得尔说："我想见丽娜。我只是看她一眼。我们马上就要回去。"

"丽娜不在家。"托比亚斯迟疑地回答，嗓音有气无力。

弗里得尔紧张起来。"她在哪儿？"

"不在家。"

"在哪儿？"

"和一个女性朋友。"

"谁？你撒谎。"

丈夫和妻子用希伯来语吵了起来。我听见托比亚斯说："她在她导师那儿。"

"和她的导师？半夜？"

"和她的导师。"托比亚斯重复。

"你疯了吗，或者你觉得我疯了？"

"她在那儿睡。"托比亚斯好像对自己说话。

尽管太阳在弗里得尔的脸上投下紫斑，我看出她的脸色白了。她的嘴唇在颤抖。她的表情变得愤怒怨憎。她说："一个十六岁的女孩睡到一个男孩家里？你在伊切面前使我蒙羞。"

"她从她妈妈身上学的。"托比亚斯粗眉毛下的眼睛锐利冷漠。我甚至看见一丝嘲讽的表情。我退转身，托比亚斯做了个手势示意我等等。他微笑，我第一次真的认出了亚杜夫的托比亚斯。他进了屋。

弗里得尔冲他背影骂了一句。她转向我。"他疯了。堕落的疯子。"

我们静静站着，分开站着。托比亚斯不急着出来。弗里得尔的脸似乎凝固了，苍老了。"都是因为恨。为了伤害我，他把自己的女儿变成了妓女。好吧，我没有女儿了。"

"也许不是真的。"

"走，我们去看看。"

弗里得尔走在前面，我跟着。露水打湿了我的裤子和袜子。我们经过一辆卡车，裸胸的男人正往车上搬一箱箱活鸡。睡着的鸡咯咯叫着。我们走近一个建筑，一半像干草厩楼，一半像瞭望塔。锥形屋顶上有个铁公鸡风向标。这是导师住的地方。一个梯子通向入口。弗里得尔叫道："丽娜！"她的嗓音显得尖利，有一丝颤抖的哭意。她叫了许多次，但没人从开着的窗户往外看。弗里得尔侧脸瞥了我一眼，仿佛在问："我该爬上去吗？"

我觉得冷，膝盖发颤。这一切似乎都很不实在，好像那种醒来就消失的噩梦。我想告诉弗里得尔，站在这儿没有意义，最好回去，但就在这一刻，一个女孩的脸出现了。那脸像影子般闪过。弗里得尔一定也看见了。她张着嘴站着。她不再是今晚说了那些聪明话的医生了，而是一个震惊的犹太母亲。她仿佛要哭出来，但没声音。此刻天已大亮，不知从哪儿飘来一阵雾。我说："走，弗里得尔，没有用的。"

"是的，你是对的。"

我担心，弗里得尔会带我回到托比亚斯的屋子，和他吵起来，但她领我走了别的方向。她走得太快，我几乎跟不上。我们经过空荡荡的餐厅。裸露的灯泡照亮那屋子。一个女孩把纸铺到窄桌子上。一个男孩用布拖把清洗石头地板。空气中有消毒剂的刺鼻味。很快我们到了弗里得尔的汽车前。

她开得很快。我朝后躺，盯着前方。天很凉，我打着寒战。我竖起夹克的领子。感谢上帝我没有女儿，我想。东方，一团云铺展开，像一个燃烧的巨大煤床。一长串鸟尖叫着飞过。我们经过一群绵羊，它们像是在一片荒野的沙土中吃草。尽管我对上帝、他的怜悯和保佑存有疑虑，《圣经》中的段落浮上我的心头——

以赛亚的末日训诫："犯罪的国民，担着罪孽的百姓，行恶的种类……他们离弃耶和华，藐视以色列的圣者……"我有种冲动，想向弗里得尔表明她用了双重标准——她自己用一套标准，对别人用另一套——但我知道她的矛盾也是我的矛盾。支配历史的力量把我们带回到祖先的土地，但我们已经用丑行玷污了它。太阳变得炙热，呈现出硫黄色。火花和小火苗自其落下，如同从火炬上落下。它投下黯淡阴郁的光，像日食时那样。一阵干风从沙漠吹来，卷起细沙。弗里得尔的脸变得灰白凹陷。这一刻，我看出她像她的母亲，德波拉·伊塔。

我们在一个加油站停车，加油站的招牌是希伯来文，弗里得尔对我说："我们该从这儿去哪儿？如果那人也算导师，一切都丧失了。我治愈了，永远治愈了！"

鸽子*

1

妻子去世后，弗拉迪斯拉夫·埃伯舒茨教授只剩下了书和鸟。他已辞去了华沙大学的历史教授之职，因为他再也受不了学生的流氓行径。这些学生属于"波兰鹰"兄弟会。他们戴着绣金的兄弟会帽子来课堂，炫耀沉沉的手杖，随时要挑起打斗。不知道为什么，反正埃伯舒茨教授从未搞明白，他们大多数人脸蛋鲜红，脖颈长着疹子，塌鼻子，方下巴，仿佛对犹太人的共同仇恨把他们变成了同一个家族的成员。连他们吆喝犹太学生坐到犹太凳子

---

* 本篇英语由艾萨克·巴什维斯·辛格和伊丽莎白·舒布（Elizabeth Shub）翻译。

区的嗓音也很像。

退休后，弗拉迪斯拉夫·埃伯舒茨有一笔不多的养老金。这钱刚刚够租房和吃饭，但人到老年还需要别的什么呢？他的半瞎女佣特克拉是个波兰农村妇女。教授早就停付她工资了。她给两人做汤和炖菜，没牙齿也能吃。他俩都不需要买新衣服，连双鞋也不用买。礼服、大衣、破皮草，还有埃伯舒茨夫人的裙子是以前留下来的，都小心地包好，放了樟脑丸。

多年来教授的书越积越多，书架从地板到天花板遮满了每面墙。衣橱里，箱子里，地窖里，阁楼里，都有书和稿子。埃伯舒茨夫人活着的时候，偶尔会整理整理。书拿出来掸掸、晾晾，修补破损的封面封底。没了用处的稿子丢到炉子里烧掉。但她死后家事就懈怠了。还有，如今教授已集了十几笼鸟——鹦鹉、小鹦哥、金丝雀。他一直爱鸟，鸟笼的门是开着的，这样鸟就可以自由地飞。特克拉抱怨，鸟弄的烂摊子收拾不干净，但教授说："小傻瓜，凡是属于上帝创造的东西都是干净的。"

好像这些还不够似的，教授每天都会喂街上的鸽子。每天早晨和下午，邻居看到他拿着一袋饲料出门。他小个子，驼背，稀疏的胡子，颜色从白又变回了黄，鹰钩鼻，干瘪嘴。在厚厚的镜片后，粗眉毛下的棕色眼睛显得大了些，略显斜视。他总是穿同一件绿兮兮的外套，同一双鞋——弹力鞋垫，圆鞋头，已经没人生产的款式。小圆帽下，露出几缕乱糟糟的白发。教授走出前门的那一刻，其至还没喊出"嘟什-嘟什-嘟什"（召唤鸽子的信号，就像用"泽普-泽普-泽普"召唤鸡），一群群鸽子就从四面八方聚拢过来。它们早等在皮肤病医院周围的老瓦片屋顶和树上了。教授住的那条街一头是新世界大街，另一头落到维斯瓦河边。夏日，草茎在路面的卵石中间蹿出来。路上车行稀少，隔一段时间，一辆灵车来带走某个死于梅毒或狼疮的死者，或者一辆警车运来一群得性病的妓女。有几个院子里还在用水泵。多数租客是很少出门的老年人。鸽子在这儿能躲开城市的喧嚣。

教授告诉特克拉，喂鸽子的意义对他来说如同上教堂或犹太会堂。上帝并不渴望赞美，但鸽子每天从日出时就等着喂食。要侍奉造物主，没有比善待他的造物更好的方法了。

喂饥饿的鸽子不仅带给教授愉悦，他还从鸽子身上学到东西。他曾读到《塔木德》中的一段，其中把犹太人比作鸽子，近来他才领会这比方的含义。在生存的斗争中鸽子没有武器。它们几乎完全靠人丢来的渣屑存活。它们害怕喧闹，逃避最小的狗。它们甚至不追赶偷它们食物的麻雀。鸽子，就像犹太人，凭借和平、宁静和友善而兴旺。但凡是规则，都有例外。鸽子当中，就像犹太人当中，也有好战的类型，拒斥本族的遗产。有些鸽子赶走其他鸽子，啄它们，抢在它们之前攫走种子。埃伯舒茨教授离开大学，不只是因为反犹学生，也是因为犹太共产党学生，他们利用其他人对犹太人的骚扰为自己宣传。

许多年里，埃伯舒茨教授做研究、教书、梳爬文献、为科学期刊写作，一直在寻找一种意义、一种历史哲学、一种法则，能解释人类的趋向和人之恒常战争背后的驱动力。曾有一时，教授倾向于一种对事件的唯物论解释。他钦佩卢克莱修、狄德罗、福格特[1]、费尔巴哈。他短暂地相信过卡尔·马克思。但那个青年时期很快过去了。现在教授走到了相反的一极。不需要信神，人就能看出自然有目的，看出科学视之为禁忌的所谓目的论是对的。是的，自然有一个计划，即便在我们眼里自然常常是彻底的混乱。每一个人的存在都是必要的：犹太人、基督徒、穆斯林、亚历山大大帝、查理曼大帝、拿破仑，甚至希特勒。但为什么？为了什么？让猫吃老鼠，让鹰杀兔子，让波兰兄弟会学生攻击犹太人，神从中能成就什么？

　　近来，教授几乎放弃了历史研究。在这把年纪，他得出结论，自己的真正兴趣在生物学和动物学。他弄到了几本谈动物和鸟的书。他得了青光眼，右眼几乎没视力，尽管如此，他还是给自己买了架旧显微镜。他的研究没有专业目标。他读书是为了自我教化，正如虔诚的男孩读《塔木德》，甚至像他们那样边读边点头吟唱。他也会拽一根胡须下来，放到载片上用显微镜检视。每根毛有着自己的复杂机制。一片树叶，一片洋葱皮，特克拉花盆里的

1　福格特（Karl Vogt，1817—1895），德国自然科学家、哲学家。

一点点湿土，都揭示了美与和谐，他的精神从中重获生机。埃伯舒茨教授坐在显微镜前，金丝雀鸣唱，小鹦哥吱吱喳喳、说话、亲吻，鹦鹉叽叽喳喳，用特克拉村里的口音叫对方猴子、小弟弟、贪吃鬼。信仰上帝的仁慈并不容易，但上帝的智慧在每一片草叶、每一只苍蝇、每一朵花和每个小生命中闪耀。

特克拉走进来。她小个子，麻脸，草黄夹灰的头发渐渐稀疏。她穿着一件褪色的裙子和破旧的拖鞋。高颧骨上，一双斜眼瞥着，眼珠如猫眼一般绿。她拖着一条腿。她关节痛，从江湖医生那儿弄来药膏软膏来治。她上教堂为她的圣人点蜡烛。

"我煮了牛奶。"她说。

"我不想喝。"

"要不要加点咖啡？"

"不用，特克拉，谢谢。我什么也不要。"

"你的喉咙会干的。"

"哪里写了喉咙必须是湿的？"

特克拉没回答，但没走。埃伯舒茨夫人临终时，特克拉发誓要照顾教授。过了一会儿，教授从椅子里抬起身子。他的坐垫是个特制枕头，好不戳到痔疮。

"你还在这儿，特克拉？你和我过世的妻子一样顽固，愿她安息。"

"教授该吃药了。"

"什么药？傻女人。没有心脏能永远泵动。"

教授把放大镜放到《波兰的鸟》打开的那一页上，然后走去看一眼自己的鸟。

喂食街上的鸽子是纯粹的愉悦，但几十只住在开放笼子里的鸟在公寓里自由随意地飞来飞去——照顾它们是很需心力的。对特克拉来说，这不只是个清扫的问题。没有哪一天不闹出些灾祸来。一只小鹦哥卡在书架里，需要解救。雄鸟打架。雌鸟新生的蛋给糟蹋了。教授把不同的鸟种分隔到不同的房间，但特克拉会忘记关门，只是虚掩着。现在是春季，窗户不能开。鸟粪使空气腐浊、微甜。鸟通常晚上睡觉，但有时一只鹦鹉被某种鸟的噩梦惊醒，在黑暗里瞎飞。灯必须开着，不然它会撞死。不过，这些吃了一点点谷物的生灵给教授回报了多少欢乐啊！有一只小鹦哥学会了几十个单词，甚至学会整个句子。它会立在教授的秃顶上，轻啄他的耳垂，爬上他的眼镜架，甚至如杂技演员般站到正写字的教授的食指上。这些年和鸟打交道的经验使教授信服，这些生物极为复杂，性格和个性极为丰富。观察一只鸟数年之后，他仍会惊异于它的古怪行为。

教授尤其中意的是，这些生物没有历史感。过去了的过去了。所有的历险立刻忘记。每一天是一个新的开始。即便如此，还是有例外。教授见过，一只雄鹦哥在伴侣死后形容憔悴。他注意到，有些鸟会痴迷、嫉妒、拘谨，甚至谋杀和自杀。他可以看着它们几个小时。上帝赋予它们的感官、它们的本能、它们翅膀的构造，它们如何孵蛋、褪羽、变色——这里面是有意图的。这一切是怎么运作的？遗传？是哪些染色体、基因？

　　自从妻子死后，教授养成了自言自语的习惯，或和早已死去的人说话。他会对达尔文说："没有，查尔斯，你的理论没有解开谜团。你的也没有，拉马克[1]先生。"

　　这天下午，吃过了药，教授在一个包里装上亚麻籽、黍粒和干豌豆，出门喂鸽子。尽管是五月，天下了雨，冷风从维斯瓦河吹来。现在雨停了，阳光切穿云层，像一把天上的斧子。埃伯舒茨教授一出现，鸽子就从四面八方俯冲过来。有些急急忙忙的，扑到了教授的帽子，几乎给扇下来了。他意识到，带来的食物不够喂这么一大群。他留意把饲粒撒开些，以免鸽子相互争夺，但很快它们就扭成一团。有些鸽子落到其他鸽子的背上，强钻进去。街道狭窄，挤不下这么一大群鸟。"可怜的家伙们饿了。"埃伯舒茨教授嘟哝。他完全明白，自己的喂食解决不了它们的问题。你喂得越多，它们繁殖得越多。他读到过，澳大利亚的某个地方，鸽子的数量剧增，结果压垮了屋顶。长远来看，没有人能击败自

1　拉马克（Jean-Baptiste Lamarck，1744—1829），法国博物学家，他最先提出生物进化的学说。

然法则。但教授也不能看着这些生灵挨饿。

埃伯舒茨教授回到前厅，那儿存着一大袋饲料，又把他的包装满。"希望它们等着。"他嘟囔着。他出去，鸟还在那儿。"感谢上帝。"他说。这话里的宗教含义使他略觉尴尬。他开始撒饲料，但手发抖，谷粒散得离他过近。鸽子落到他的肩膀、手臂上，扑棱翅膀，鸟喙啄着他。一只胆大的鸽子想直接降落到饲料包边。

突然一块石头击中了埃伯舒茨教授的前额。他一时不明白发生了什么。然后他又被击中了两次，一次打中了肘，一次打中了脖子。鸽子全飞了起来。教授挣扎着回了屋。他经常在报纸上读到，在萨克森花园、郊区，有流氓攻击犹太人。但之前从未在他身上发生过。那一刻，他不知道哪个伤害更大——额头的疼痛，还是自己的耻辱。"我们这么堕落了吗。"他喃喃道。特克拉肯定透过窗户看到了。她张开手跑过来，脸气绿了。她咒骂，呲呲喷气，冲到厨房拿毛巾浸上冷水。教授已除了帽子，揉着头上的包。特克拉带他回卧室，脱下他的大衣，让他躺下。照顾他的同时，她不停咒骂："惩罚他们，上帝。惩罚他们，天上的父。让他们在地狱里烧。让他们的肠子烂掉，得黑死病！"

"够了，特克拉，够了。"

"如果我们的波兰是这个样子，应该一把大火给它烧了。"

"波兰有许多好人的。"

"渣滓、娼妇、疯狗！"

特克拉出门，大概是去叫警察。教授听见她的尖叫声，和邻居说话的抱怨声。一会儿，一切安静了。她似乎没找到警察，因为他听见她一个人回来。她在厨房里转悠，嘟囔，咒骂。教授闭上眼睛。"迟早一切都会落到自己头上，"他想，"我哪里又比别的受害者强呢？这就是历史，就是我一辈子钻研的东西。"

一个早已忘却的希伯来文单词突然浮上心头：reshayim，邪恶者。造就历史的是邪恶者。

教授惊诧地躺了片刻。只在一瞬间，他已找到了自己寻找多年的答案。就像牛顿看见树上掉落的苹果，流氓扔的那块石头向他埃伯舒茨，揭示了一个适用于一切时代的真理。恰如《旧约》里写的。每一代人中都有虚假之徒、嗜血之辈。恶棍不肯安生。战争抑或革命，举着哪一面旗帜而战，喊着什么口号，他们的目标都是一样的——作恶，带来苦痛，流血。一个共同的目标穿起了马其顿的亚历山大和哈米尔卡[1]、成吉思汗和查理曼、赫梅利尼茨基和拿破仑、罗伯斯庇尔和列宁。太简单了？引力原理也简单，所以才花了那么长时间发现它。

黄昏了。弗拉迪斯拉夫·埃伯舒茨打起了盹。睡去前的那一刻，他对自己说："不过，还是不可能那么简单。"

1　哈米尔卡（Hamilcar Barca，前275—前228），迦太基将军、政治家。

傍晚，特克拉找来冰，给教授弄了块新敷布。她想叫医生，但他不让她去。在医生和邻居面前他会羞耻。特克拉给他煮了点燕麦粥。平常，晚上休息前，教授会检查每一个鸟笼，放点新水，加点谷粒和蔬菜，换沙。这个傍晚他交给特克拉弄了。她关了灯。他卧室里的小鹦哥有的待在笼子里，有的栖在窗帘杆上睡。尽管累了，教授无法立即入睡。他那只好眼睛的上方肿了，几乎动不了眼睑。希望我不会全瞎了，他向统治世界的力量恳求。如果必须要瞎，我宁可死。

他睡着了，梦见陌生的土地，从未见过的地方，山峦、山谷、长着巨树的花园和奇异的花床。"我在哪里？"他在梦中问自己，"意大利？波斯？阿富汗？"身下的土地在移动，仿佛坐着飞机旅行。可是，他没在飞机里。他好像悬在空中。"我脱离地球的重力了？怎么发生的？这儿没有空气。但愿我不会窒息。"

他醒了，一时记不起自己在哪里。他感觉到敷布。"为什么我的头包了起来？"他疑惑。忽然一切都想起来了。"是的，造就历史的是邪恶者。我找到了历史的牛顿公式。我得重写我的书。"他突然感觉身体左侧疼。他躺着，听着胸部的疼痛跳动。他有专治心绞痛的药片，但放在书房的抽屉里。斯蒂芬妮，他过世的妻子，给了他一个小铃，晚上不舒服时叫特克拉用的。但他不情愿用它。他甚至连开床头灯也犹豫。灯光和噪声会吓着鸟。一天的劳作和不快的经历之后，特克拉一定累了。流氓的攻击带给她的不快甚至多过于带给他的。她还有什么呢，除了那区区几小时的睡眠？没有丈夫，没有孩子，没有亲戚，没有朋友。他立下了遗嘱把自己的财产留给她。但那又值几个钱？他未发表的手稿有什么价值？那个新的公式……

有一时，埃伯舒茨教授觉得胸口的刺痛缓解了。然后他感到切割的剧痛，心脏、肩膀、手臂、肋骨。他伸手抓铃铛，但没够到手指就软了。他从没想到还能有这么厉害的疼，仿佛某个拳头挤榨着心脏。他呛气，喘气。他心里闪过最后的念头：鸽子们会怎么样？

第二天清晨，早早来到教授的房间时，特克拉几乎认不出他了。她看见的人形不再是教授，而是某种怪诞的玩偶：黄如土色，硬如骨头，大张的嘴，歪扭的鼻子，胡须指着上方，一只眼睛的眼睑粘住了，另一只半睁的眼睛含着非人间的微笑。一只手搁在枕头上，手指像蜡做的。

特克拉尖叫起来。邻居们跑来。有人叫了救护车。不久救护车的鸣笛声传来，但进屋的实习医生瞟了一眼床，摇摇头："我们帮不了他了。"

"他们杀了他，杀了他，"特克拉哀号，"他们朝他扔石头。他们应该暴毙，谋杀犯，给他们黑诅咒、霍乱，邪恶的魔鬼！"

"他们是谁？"医生问。

"他们是我们波兰的割喉凶手、流氓、禽兽、杀人犯。"特克拉回答。

"是犹太人，嗯？"

"是的，一个犹太人。"

"哦……"

教授活着时几乎没人记得，死后出了名。代表团来了，来自华沙大学、自由大学、历史学会以及各种其他组织、团体、兄弟会和学会。克拉科夫、伦贝格[1]、维尔纳的大学历史系发来电报，说派代表参加葬礼。教授的公寓里摆满了鲜花。教授们、作家们、学生们向遗体致敬。教授是犹太人，犹太丧葬会派了两个人为逝者念诵赞美诗。惊吓的鸟在屋里扑腾，从墙到墙，书架到书架，往灯、墙楣、窗帘上停。特克拉想把它们嘘回笼子，但它们不让她近身。有的从不小心开着的门窗飞出去消失了。一只鹦鹉嘎嘎地反复说同一个词，语调警峻。电话响个不停。犹太社区的官员要求预先支付墓地费用，然后一个波兰少校，也是教授的前学生，威胁他们说将有严重后果。

次日早晨，一辆犹太灵车上了这条街，马匹全身罩黑布，只眼睛有开口。棺材被抬出房子，葬礼队伍出发，向着塔姆基街和旧城下坡而去，此时成群的鸽子掠过屋顶飞来。它们的数量极速

1　伦贝格（Lemberg），即乌克兰西部城市利沃夫。

增加，遮住了狭窄街道两侧房子之间的天空，天色暗如日食。它们停住，悬在空中片刻，然后合为一群跟随着队列，盘旋。

灵车后，抬着丝带花圈的代表们缓缓走着，惊异地仰望。街上的居民，老的病的出来向教授最后致敬的，画起了十字。一个奇迹正在他们眼前发生，如同《圣经》的时代。披着黑巾的特克拉举起双臂，喊道："耶稣！"

鸽群护送灵车到布洛瓦那街。盘旋时它们的翅膀轮替进入阳光和阴影，时而血红，时而铅黑。显然，鸟群有意既不超过也不落后队列。一直到了弗曼斯卡街和玛丽恩施塔特街的路口，鸽子才盘旋了最后一圈，整群掉头而去——插翅的天使已将它们的施主送往永恒安息。

第二天早晨的破晓仿佛秋天，灰暗阴沉。天空低垂惨淡。烟囱的烟垂落，集于瓦片屋顶之上。下了一场薄雨，雨丝痒如针。夜里，有人在教授的门上涂了个万字符。特克拉拿着一包饲料出去，但只有寥寥几只鸽子飞来。它们迟疑地啄着食物，四处瞟着仿佛害怕因违反某种禁鸟令而被抓。阴沟里升起焦味和腐味，将至的毁灭的刺鼻臭味。

烟囱清扫工[*]

敲啊撞，敲啊撞。撞了脑袋可不是开玩笑的事。大脑是精巧之物，不然灵魂为什么寄居在大脑里？为什么不住到肝里，或者，请原谅，肠子里？能在人的眼睛里看见灵魂。眼睛是灵魂往外瞧的小窗户。

我们这地方有一个烟囱清扫工，绰号黑雅什。烟囱清扫工全都黑乎乎的——还能怎么样呢？——但雅什的黑像是与生俱来的。头发一根根竖着，漆黑。眼睛是黑的，皮肤上的煤烟永远洗不掉。

＊ 本篇英语由米拉·金斯伯格（Mirra Ginsburg）翻译。

只有牙齿是白的。他父亲曾是镇子的烟囱清扫工，雅什继承了这个活。他已经是成年男人，但还没结婚，和老母亲马茨科娃住在一起。

他一个月来我家一次，光着脚，每走一步在地板上留下个黑印子。我母亲，愿她安息，总是跑着迎上去，不让他再往前走。镇子付他薪水，但他干完活，女人们会给他一个格罗申或一片面包。这是习俗。孩子们非常怕他，尽管他从未伤害一个孩子。他当烟囱清扫工的时候，烟囱从未失火。礼拜天，和所有的外邦人一样，他擦洗完身子和母亲一起上教堂。但是，擦洗过的他显得比平常更黑了，也许因此他才一直找不到媳妇。

一个礼拜一——我记得很清楚，好像是昨天的事——运水工费特尔进门来，告诉我们雅什从图威亚·博如赫家的屋顶上摔了下去。图威亚·博如赫在市场那儿有一栋两层楼房子。人人都为这位烟囱清扫工难过。雅什攀爬屋顶一直敏捷如猫，但如果一个人命里要遭受不幸，那是避免不了的。而且偏得是镇上最高的房子。费特尔说雅什撞到了头，但手脚都没摔坏。有人送他回了家。他住在镇子的郊外，靠近树林，在一间破破烂烂的棚屋里。

好些天没有雅什的消息。但一个扫烟囱的算得了什么？如果他干不了活了，镇子会另雇个人。一天，费特尔又来了，扁担挑着两桶水，对我母亲说："费格·布莱娜，你听说新闻了吗？扫烟囱的雅什变成了读心术士。"我母亲笑了，啐了一口。"这算什么玩笑话？"她问。"不是玩笑，费格·布莱娜，"他说，"根本不是开玩笑。他正躺在他的小床上，脑袋包着绷带，猜每个人的秘密呢。""你是不是疯了？"我母亲叱骂道。很快全镇都在谈论这件事了。雅什脑袋那一撞撞松了什么螺丝，开了天眼。

镇上有一个教师，叫诺克姆·梅克尔斯，他说雅什是个占卜师。谁听说过这样的事？如果脑袋撞一下就能开天眼，那每个镇上都会有几百个了。但人们跑去亲眼见证了。男人从口袋里拿出一把硬币，问："雅什，我手里有什么东西？"雅什就回答："有这么多三格罗申的硬币，这么多四格罗申、六格罗申的，这么多戈比。"然后就数硬币，结果一个格罗申都不差。男人还会问："我上礼拜这个时候在卢布林做了什么？"雅什就回答，他和另两个人去了一家小酒馆。他描述得仿佛当时他们就站在他面前。

医生和镇上的大人物听说了这事，跑去了。马茨科娃的棚屋很小很矮，访客的帽子碰上了天花板。他们开始盘问他，而他全答得上来。神父警觉起来，农民开始说雅什是个圣人。还不止，他们本来要带着他去朝圣，就像带着个圣像。但医生说不能挪动他。而且，除了礼拜天，从没人在教堂见过雅什。

嗯，他就躺在那草垫上，说话和普通人一样，吃饭，喝水，和他妈妈养的狗玩。但他知道一切：人们的胸袋和裤袋里有什么，这个人把钱藏在哪里，那个人前天喝酒糟践了多少钱。

看到来访的人流，他母亲开始收一人一戈比的进门费。她也真收到了钱。医生写了封信到卢布林。镇长发出了一份——你们是怎么说的，现在？——报告，高层人士从扎莫希奇[1]和卢布林下来。据说省长本人派了个代表来。镇长吓坏了，下令清扫所有街道。市场扫得极干净，地上一根枯枝或稻草也没剩下。镇政厅匆忙地粉刷了。这都是因为谁？烟囱清扫工雅什。旅馆老板吉特尔家忙乱不堪——谁梦到过这么重要的客人？

全班人马前往雅什的棚屋看他。他们盘问他，他说的话把恐惧戳进官员的心里。天知道那些人都犯了什么罪。他们都收受贿赂，他就这么对他们说了。一个烟囱清扫工懂什么？那个最重要的访客——我忘了他的名字——坚称雅什疯了，应该把他送去疯人院。但我们的医生认为，这病人不能移动，那会要了他的命。

传言说，医生和省长的代表吵得很凶，几乎动了手。但我们的医生自己也是官员，是县里的医生，也是征兵委员会的。他是个刚硬的人——从来没人能收买他，所以毫不惧怕雅什的天眼。无论如何，医生赢了。但事后，代表报告说雅什精神错乱，也肯定投诉了医生，因为很快医生就被调到另一个地方了。

这期间，雅什脑袋的伤长好了，回去扫烟囱了。但他的古怪能力还在。他进门拿那个格罗申，女人问他："雅什，那儿有什么，左手边的抽屉里有什么？"或者，"我拳头里有什么？"或

1　扎莫希奇（Zamosc），波兰卢布林省的一座城市。

者，"我昨天晚饭吃了什么？"他什么都知道。她们问他："雅什，你怎么会知道这些事情？"他耸耸肩膀："我就是知道。是脑袋撞的那一下来的。"他指着自己的太阳穴。他本来可以上大城市，人们会买票去见他，但谁想得到搞这些麻烦事呢？

镇上有几个贼。他们到阁楼偷浆洗的衣物，偷一切能偷的东西。现在他们不能再偷了。失主会去找雅什，雅什就告诉他们贼的名字和赃物的藏所。附近村里的农民听说了雅什，只要有匹马被偷了，马主就来找他问出马在哪里。几个贼已经进了监狱。贼盯上了他，公开警告要干他。但他们的计划雅什全都事先知道。某个晚上他们来揍他，但他躲到了邻居的谷仓里。他们朝他扔石头，但石头还没飞过来，他已经跳闪开了。

人们自己乱放的东西找不着了——钱啊，珠宝啊——雅什总能告诉他们在哪里。他连想都不用想。要是孩子走丢了，妈妈跑来找雅什，他就带她去孩子那儿。贼们开始说，是他自己偷了孩子，但没人相信他们。他帮这些忙连钱也不收。他母亲要钱，但他自己傻乎乎的。他从没真正搞懂一个硬币的价值。

我们镇上有位拉比，雷布·阿热勒。他是从大城市来的。逾越节前的大安息日，他在会堂讲道。他讲些什么呢？扫烟囱的雅什。他说，不信神的人否认摩西是先知。他们说一切必须符合理性。可扫烟囱的雅什是怎么知道烤面包圈的伊绨·夏耶的结婚戒指掉在了井里？那么，如果扫烟囱的雅什能知道隐秘之事，又有谁能怀疑圣人的力量？我们镇上有一些异端，但连他们也答不上来。

同时，雅什的新闻传到了华沙和其他地方。报纸出了写他的文章。然后从华沙派下来一个调查组。镇长又一次派人上街喊话，命令人们清扫院子、房子。市场又一次扫得簇簇新。住棚节后，开始下雨了。我们只有一条砖石路——教堂那条路。到处都垫了板子、木头，以便华沙来的绅士不用蹚烂泥。旅馆老板吉特尔准备了简易床和被褥。全镇人都翘首以盼。雅什是唯一毫不在意的。他像平常一样走街串巷扫烟囱。他甚至不懂得害怕华沙的官员。

发生什么了呢？调查组到达的前一天，下了一场雪，一场急霜。前一夜，烤面包的查姆家的烟囱里溅起了火星，甚至火舌。查姆担心起火，就叫人请来烟囱清扫工雅什。雅什带着扫帚来了，扫烟囱。面包房的烤炉一烧就是好多小时，好些煤灰积在烟囱里。爬下烟囱时，雅什脚一滑，又摔了下来。他又撞了脑袋，但不如第一次严重。连血都没出。他缓了缓，回家了。

亲爱的朋友们，第二天，调查组到了，开始询问雅什，可他什么也不知道。第一次撞脑袋打开了什么东西，第二次则给关上了。绅士们问，我们有多少钱，我们昨天干了什么，我们一个礼拜前的这个时间吃了什么，但雅什只是像个傻子一样咧着嘴笑，回答说："我不知道。"

官员们大怒。他们责骂警长和新任医生。他们质问，为什么他们要走这么远的路来看这个傻瓜，这个笨南瓜，这个普普通通的烟囱清扫工。

警长和其他人发誓，雅什一两天前还什么都知道，但来者不听。有人告诉他们，雅什又从屋顶摔下来撞了脑袋，但你知道人的德性：只相信自己看见的事情。警长找到雅什，用拳头敲起了他的脑袋。也许那颗螺丝钉又会松掉。但大脑里的那扇小门一旦关上了，就关上了。

调查组返回华沙，完全否定这个故事。雅什继续扫了一两年烟囱。然后镇里暴发了一场传染病，他死了。

大脑里布满了各种各样的小门和小房间。有时脑袋撞了一下，就全搞乱了。不过，这一切必定与灵魂有关。没有了灵魂，头不会比脚更聪明。

谜 *

1

　　赎罪日前一天，晨星尚未出现，奥伊泽尔-多维德尔就睁开了眼睛。栖木上的白公鸡——即将为了给主人赎罪而宰杀——开始猛烈打鸣。妮切尔的白母鸡轻柔地咯咯叫。妮切尔下了床，点了根蜡烛。她光着脚，穿着睡衣，拉开咯吱咯吱的柜子抽屉，拽开衣橱门，翻箱子。奥伊泽尔-多维德尔惊愕地看着她一件件摆出衬裙、亚麻衣物，种种物件。没人在赎罪日前一天晾衣服的。但妮切尔想干什么就干什么，不管允许不允许。她几个月没剪头发了。

＊ 本篇英语由查娜·费尔斯坦（Chana Faerstein）和伊丽莎白·波莱（Elizabeth Pollet）翻译。

几绺黑发从她的头巾下钻出来。睡衣的一根肩带滑落了，露出一只乳房，白如牛奶，乳头嫣红。是的，她是他妻子，但这种行为带来邪念。

近来，奥伊泽尔-多维德尔完全搞不懂他和妻子是怎么了。该洗净浴的时候她不去。她总有遁词，经期的日子一会儿一个算法，把他弄糊涂了。"算了，今天是赎罪日前一天！"他告诫自己。曾有一时，他还给她讲道理，想依照圣书的建议，用温柔的言语和寓言故事说动她。但他已放弃了。她顽固不化。有时候，她好像就是为了惹他生气。但为什么呢？他爱她，忠于她。结婚时，他没有按照习俗寄住在她父母家，而是他父母为她开销。现在他父母不在世了，他靠遗产养活她。是什么让她违逆他呢？为什么她永远为了无意义的琐事争执不休呢？愿天上的主饶恕她，他想。愿她的心在这个赎罪日变得更好。

"妮切尔！"

她转身面对着他。她鼻子窄细，双唇间齿如珍珠，双眉生得毗连。黑眼睛里总烧着一道愤怒的光。

"干什么？"

"今天是赎罪日前一天！"

"怎么了？你要干什么？别来烦我！"

"赶紧把你的事情弄完。一天过得很快。你会亵渎圣日的。呸呸。"

"不用担心。你不会为了我的罪被烤的。"

"妮切尔，人必须悔悟。"

"如果非要有个人悔悟——你来吧。"

"唉，唉，妮切尔。我们不会永远活着。"

她侮慢地笑。"我们这小命……还是太长了！"

奥伊泽尔-多维德尔冲天摊手。没法跟她说话了。每句话她都报以嘲讽。他下了决心，自己不再张嘴。他为她找借口。她恼怒，一定是因为没怀上孩子，因为头胎孩子死了之后——愿他在天上帮助他们——她的子宫闭上了。"对，悔悟、祈祷和慈善对一切事情都有益！"他告诉自己。

奥伊泽尔-多维德尔是个弱小的男人。下一个大和撒那日[1]他就二十四岁了，但仍没长出像样的胡子，只零落生出些须毛。他的边落稀薄，金黄色，仿佛几缕亚麻丝。他仍瘦小得像男学生，脖子细细，下巴尖尖，脸颊凹陷。父母为他婚礼订做的衣服预留了长身体的空间，如今还是太长太松。长袍垂到脚踝，流苏汗衫松松垮垮，甚至带穗银领的祷告披巾也太大了。

而他脑子里想的也仍是孩子气的东西。他想象各种各样的事情。例如，他琢磨，要是他长出翅膀像鸟一样飞，会怎么样？妮切尔会说什么？她还会想做他妻子吗？还是会嫁给别人？或者，要是

---

1 大和撒那日（Hoshana Rabbah），住棚节的第七天。

弄到一项能使他隐形的帽子！他时时回想姑姑阿姨给他念过讲过的历险故事，不过现在所有故事里都有妮切尔了。夜里，他梦见吉卜赛女人、洞穴里的强盗、装满金币的口袋。有一次，妮切尔好像成了男性，他在她的蕾丝抽屉下看见了男孩的流苏衣服；但他要吻她时，她爬上了屋顶，敏捷得像个扫烟囱的，冲着下面叫：

灶台馋嘴包，
布丁吃到饱，
一骨碌下来，
砸破天灵盖。

奥伊泽尔-多维德尔起床后没有一刻闲着。首先得洗手和念诵晨祷文。然后得行牺牲礼。他抓来那只白公鸡，攥住它颤抖的脚，在自己的头边甩圈。然后送到屠夫那儿杀掉，为自己赎罪。他觉得这仪式是个折磨：这公鸡有什么错？

然后他去特里斯克祷告堂。开始祷告后，他觉得自己就要赶走所有傻念头了，可它们如苍蝇般扑向他。他边祷告边叹气。他想成为有身份的男人，但脑子里充满了杂念。男人应当爱妻子，但没日没夜想着她是不对的。他无法把她逐出脑海。他记得，她仪礼洁净的那些日子，他在床上翻身向她，她说那些嬉笑话，还有她卷他的边落、挠他、咬他、吻他，给他起稀奇古怪的昵称。

其实，他绝不该容忍这种放浪的行为。如果一开始就阻止，他不会滑落进邪念中。

一位犹太妻子应当对丈夫唠叨吊袜带、蕾丝和裙衬这些事吗？她非得给他讲她买的拉到臀部的长筒袜吗？她描述在净浴室看见的裸体女人有什么益处？她一个个学她们的样，描述她们毛茸茸的腿、松垮的乳房、肿胀的肚子，嘲笑老的，诽谤年轻的。她就是想证明她是最漂亮的。但那是几个月前的事了。近来她不肯让他近身。她说她抽筋了，或者胃灼热，或者背痛，或者在被褥上发现了污迹。她用各种托词以及律法的细微之处挡开他。但他无法抹掉过去的画面。

奥伊泽尔-多维德尔使劲祷告，前后晃动，摇手，跺脚。偶尔激动地咬嘴唇或舌头。祷告结束时，哈西德派教徒吃蜂蜜蛋糕喝白兰地补给身体。奥伊泽尔-多维德尔通常不碰烈酒，但今天喝了点，因为在赎罪日前一天吃喝是好的行为。白兰地灼烧他的喉咙，使他的鼻孔刺麻。他的心境敞亮起来了。他想起策诺博勒拉比的话：对邪恶嗤之以鼻。不要像米斯那格底姆派[1]，那些在地狱前颤抖的阴郁学者。萨麦尔做他该做的。你做你该做的。奥伊泽尔-多维德尔坚定起来。"我不会再拒绝喝白兰地了，"他决定，"在天堂，

---

1 米斯那格底姆派（misnagdim），希伯来文意为"反对派"，提倡理性，反对盲从，反对 18 世纪中叶在波兰兴起的神秘主义派别哈西德派。

最低等的快乐比最崇高的忧郁更受青睐。"

奥伊泽尔-多维德尔动身回家吃节日正餐。赎罪日前一天的中午，妮切尔总是准备一席盛宴：蜂蜜面包卷、炖梅干、汤饺子和辣根烧肉。但今天他回到家，简直什么吃的都没有。妮切尔连一碗稀粥都没给他。奥伊泽尔-多维德尔不是为生活享受而抱怨的人，但赎罪日前一天的这一顿饭简直是一记耳光。"她想干什么？毁掉一切？"他想。房子散发着灰尘和驱蛾片的难闻气味，令他直想打喷嚏。妮切尔穿着条红衬裙，正往沙发上堆衣服，和逾越节前刷墙时的做法一样。"她脑子坏了吗？"奥伊泽尔-多维德尔自问。他再也控制不住嘴了。

"什么情况，呃？"

"没什么情况。别瞎干涉家务事。"

"谁会在赎罪日前一天做这个？"

"做的人自然就做。"

"你是想毁了一切吗？"

"也许——"

奥伊泽尔-多维德尔努力不看妻子，但眼睛禁不住一直转向她。她的小腿肚子在短衬裙下闪耀，看见她穿红色衬裙也惹恼他。红色代表审判，卡巴拉经文说；但赎罪日是仁慈的日子。显然，她是心怀怨恚才这么干的。但他对她犯了什么罪呢？

尽管肚子还饿，奥伊泽尔-多维德尔还是净了手，念了谢恩祷告。念诵祝福文时，他看向窗外。农民的马车驶过。一个外邦男孩放风筝。他总是为世上的那些人悲伤：在西珥山和巴兰山上，主向他们而去时，他们没有接受《托拉》。敬畏日时，他比以前任何时候都更明白外邦人遭了天谴。

街对面是一个猪屠夫的房子。猪就在院子篱笆后被宰杀，滚水淋烫。狗总是围在那边溜达，吠叫。屠夫的一个儿子波莱克，镇政厅的一个小职员，总是揪男学生的边落，追着骂脏话。今天，赎罪日前一天，那边的人正从篱笆的门搬出大块大块的猪肉，装到一辆大车上。奥伊泽尔-多维德尔闭上眼睛。"要到什么时候，哦主，要到什么时候？"他喃喃道，"让这黑暗的流放彻底终结。让弥赛亚降临。让光明最终涌现！"

奥伊泽尔-多维德尔垂下头。自童年以来，他就沉浸在犹太教的事情中，渴望成为一个圣人。他研究过哈西德派书籍、德性书，甚至想在卡巴拉经文中找到自己的路。但撒旦堵住了他的去路。妮切尔，她的怒火，是一个确凿无疑的信号，表示上天对他不满意。一种冲动攫住了他：跟她把话说清楚，问问她为什么和他作对，提醒她世界只有靠和平才能延续。但他知道会怎么样，她会尖叫，咒骂他。妮切尔还在拽出一堆堆的衣物，怒气冲冲地咕哝着。猫试图磨蹭她的脚踝，她把它一脚踢得喵喵乱窜。不了，最好还是不作声。

突然，奥伊泽尔-多维德尔双手一拍额头：天快黑了！

2

奥伊泽尔-多维德尔来到会堂。赎罪日前一天受鞭挞，虽在米斯那格底姆派中常见，却不是哈西德派教徒的习俗。但奥伊泽尔-多维德尔念过下午祷告后，要求司务葛策尔鞭打自己。他在前厅像个男孩般铺展四肢。葛策尔站在他身后，拿着根皮鞭子，抽打起了律条规定的三十九鞭。并不疼。他在愚弄谁呢，奥伊泽尔-多维德尔想。宇宙之主？他想要葛策尔打狠点，但羞于启齿。"哦，我活该要被铁棍鞭挞。"他悲叹道。

受鞭打时，奥伊泽尔-多维德尔数着自己的罪。他曾在妮切尔不洁的日子对她动了情欲，曾不经意地触碰她，并感到欢娱。他听了她讲猪屠夫那里的事情，净浴室里、河里——夏天年轻女人在那里洗澡——裸女的故事。妮切尔总是向他夸耀自己的乳房坚挺、皮肤白皙，别的女人如何妒忌她。她甚至说别的男人色眯眯地看她。"唉，'女人是轻浮的'，"奥伊泽尔-多维德尔想，并想起了《革马拉》里的话，"女人只嫉妒别的女人的大腿。"

鞭打完毕，他付给司务十八格罗申，因为他救赎了自己的灵魂，然后动身回家吃斋戒前的最后一餐。太阳在西天燃烧。乞丐排在街边，端着乞讨盘。各种各样残疾的人坐在箱子、木头、脚凳上：瞎子、哑巴、没手的、没脚的，有个人鼻子烂掉了，嘴只剩一个洞。奥伊泽尔-多维德尔在口袋里装满了硬币，但很快送得一分不剩。乞丐们还在讨着、要着，在身后叫他，展示伤口，递出盘子。他后悔没有拿一张钞票去换零钱。"为什么我该有钱，可有些人却活得这么穷？"他责怪自己。他向乞丐们表示歉意，承诺很快回来。

他急匆匆回家。他眼前出现了那杆衡量自己善行和恶行的天平：一边站着撒旦，堆着他的罪；另一边站着善天使。可是他所有的祷告、《革马拉》的书页、送出去的慈善钱，这一切都不足以压过另一头。指针一动不动。但是，还没有到悔过已经太迟的时候。就是为此，才给了我们赎罪日。刺耳的哀哭回响在整个镇子上方：会堂院子里女人们正在为她们无助的婴儿祷告。奥伊泽尔-多维德尔的眼睛里噙满泪水。他没有孩子。这肯定是一种惩罚。那就是妮切尔这么焦躁的原因。谁知道呢？也许是他的错，也许不育的是他，而不是她。

进门时，他叫道："妮切尔，你有零钱吗？"

"我啥都没有。"

他看着她，惊呆了。她正站着熨一条裙子，闭着牙齿滋口水弄湿它。"她脑子坏了吗？上帝不许。"他想，"就要到点蜡烛的时候了！"衣物盖满椅子和凳子。她衣柜里的衣物都铺出来了。裙子、衬衫、长筒袜乱作一团。一张小桌子上，她的首饰闪着光。"都是因为怨恨，怨恨，"他告诉自己，"赎罪日念全誓约[1]之前，她想大吵一

1　全誓约（Kol Nidre），赎罪日晚祷之前吟诵的祷文，以求上帝免其未践的誓约。

架。这是魔鬼弄出来的。但我不会去争吵的。"

"有什么吃的吗？"他问，"这是斋戒前的最后一餐。"

"桌上有辫子面包。"

一罐蜂蜜、一个苹果和半块辫子面包摆在桌上。他瞥了一眼妮切尔，她的脸是湿的、憔悴的。极少洒一滴泪的她正在哭。"我永远弄不明白她。"奥伊泽尔-多维德尔咕哝着。她是个谜，对他来说她一直是个谜。自婚礼那天起，他一直希望她对自己敞开心扉，但她的心封上了七道封印。

不过，今天不是考虑这事的时候。他在桌旁坐下，上半身前后摇晃。奥伊泽尔-多维德尔常常郁闷，但这一年的赎罪日前一夜，他格外郁闷。某种祸事正在酝酿，某种上天裁定的惩罚。一种深深的忧郁来袭。他无法控制自己，冲口而出："你有什么毛病？"

妮切尔没回答。

"我有什么事情对不起你的？"

"就当我死了吧。"

"什么？你说什么？我爱你胜过世上的一切！"

"要是有个能给你生孩子的妻子，你会活得更好。"

再过三刻钟就要日落了，可蜡烛仍未插到烛台里，他也没看见用来插大纪念蜡烛的那盒沙子。往年这个时候，妮切尔已经穿戴上了丝绸披肩和节日头巾。房子则弥漫着鱼肉、甜蛋糕和姜炖苹果的香气了。"但愿我有气力熬过这次斋戒！"奥伊泽尔-多维德尔恳求道。他咬那苹果，但酸苦难以下咽。他嚼完了干硬的辫子面包，觉得胃里肿胀，不过他又咽下十一口水，以防口渴。

他完成了祝福礼，向屋外看。赎罪日的天空铺展到世上。大块的云，中间硫黄色，边缘紫红色，时时变着形状：这一刻像一条火河，那一刻像一条金蛇。天空溢着非尘世的光辉。突然，奥伊泽尔-多维德尔不耐烦起来：她想做什么就做吧。他必须赶到祷告堂。他脱掉鞋子，穿上拖鞋，穿上白色的节日长袍，戴上皮帽，腰间系上饰带。

手拿祷告披巾和祷告书，他走向妮切尔："赶快，就现在！为新的一年祈祷！"

妮切尔咕哝了什么话，他没听清。她纤细的手猛地举起熨斗。奥伊泽尔-多维德尔出了屋子，关上门。"一个谜，一个谜。"他喃喃道。

猪屠夫房子前停着辆马车，马嚼着麻袋里的燕麦，一只麻雀啄着马粪。"外邦人连今天是赎罪日都不知道。"奥伊泽尔-多维德尔想。他对这些人感到一阵怜悯，他们完全沉溺于肉体。他们和他们的马一样盲目。

街道挤满了戴皮帽的男人，戴披巾、头巾、无檐帽的女人。每一扇窗户都闪着光。为了摒除诱惑，奥伊泽尔-多维德尔避免看女性，可他还是注意到了她们的珠粒披肩、拖着的裙子、丝带、链子、胸针、耳环。四面八方都响起哀哭声。众多面孔笑着哭着，互致问候，互相亲吻。这一年里失去孩子或丈夫的年轻女人尖叫着伸出双臂跑过。一直躲着彼此的敌人深深拥抱并和解。

奥伊泽尔-多维德尔到达时，小祷告堂已经满了。灯和蜡烛在夕阳的晖光中闪烁。啜泣的会众念诵着纯洁祷文。房间里有蜡烛油和蜡的气味，为了匍匐时不弄脏衣服而铺的干草的气味，还有一种说不出名字的气味，强烈，甜兮兮的，赎罪日独有的气味。男人们悲恸的样子各有不同：有的沙哑痛哭，有的如女人般呜咽。一个小伙子不停地叹气，在空中挥拳。一个白胡子老人，深深地弯下腰，好像不堪重负，念诵着祷告书："天可怜见，我和野兽交配了，和牛和禽……"

奥伊泽尔-多维德尔来到他常去的位置，东南角。他把祷告披巾披在头上，拉过来蒙到脸上，脸缩在披巾的褶条里，仿佛进了一个帐篷。他再次恳求上帝，妮切尔千万不要——万万不可啊——错过点蜡烛的时间。"我应该和她谈谈的，劝说她，用友好的话说动她。"他责备自己。她能有什么和他作对的理由呢？奥伊泽尔-多维德尔一只手放到额头上，前后摇晃。他检视自己的生活，想搞明白怎么惹怒了妮切尔。难道他，万万不可啊，让某个坏字眼蹦出了自己的嘴？难道他疏忽了，没夸奖她煮的某道菜？难道他不小心说了什么指摘她家庭的话？他不记得对她做过最轻微的不公正之事。但这样的对立行为不是没来由的。这谜一定有某种解答。

奥伊泽尔-多维德尔开始念诵纯洁祷文。但一个老人已经喊出了前导词，"经由全能之主的允许……"，礼赞员吟诵起了全誓约。"上帝啊，"奥伊泽尔-多维德尔想，"我确定她的蜡烛点得太迟了！"他把头顶在墙上。"不知怎么她失控了。我应该警告她，遏止她。"他想起《革马拉》里的话："谁要是有能力阻止一桩罪行却没有做，他将比那罪人更早受到惩罚。"

会众祷告着，念诵《你知道心的秘密》，这时后头传来一阵喧哗。奥伊泽尔-多维德尔听见身后的人们在叹息、交谈、手拍祷告书，甚至有压低的笑声。"能有什么事呢？"他纳闷，"他们为什么在祷告时大声说话？"他忍住不转头，可能和他毫无关系。有人戳了他的肩膀。奥伊泽尔-多维德尔转过身。闲人门德尔站在他后面。这男孩戴着农民的帽子，穿着定做的靴子，是那群糙人中的一个，他们从来不进祷告堂，祷告者进门时，站在门厅跺脚，大声说话。奥伊泽尔-多维德尔掀开祷告披巾。

"怎么了？"

"你妻子跑了……跟波莱克，猪屠夫的儿子。"

"什么？"

"她坐在他的马车里穿过了市场……就在刚点完蜡烛的时候……上了去卢布林的路。"

祷告堂突然安静了，只有蜡烛的火焰噼啪嘶响。礼赞员停了吟唱，回头望。男人们站着目瞪口呆，男孩们张大着嘴。女人那边响起奇怪的嗡嗡声，既有哀号也有噎住的笑声。

奥伊泽尔-多维德尔面对会众站着，脸色和身上的亚麻布袍一样白，恍然大悟："啊哈，那就是了！现在一切都清楚了！"他的一只眼睛像在哭泣，另一只像在笑。听到这邪恶的讯息后，通往圣洁的路在他面前敞开了。一切诱惑都消失了。什么也没有了，只剩下爱上帝，侍奉他，直到最后一息。奥伊泽尔-多维德尔重又给自己蒙上祷告披巾，慢慢地转向墙壁，就那么站着，裹在披巾的褶条里，直到第二天晚上念完了结束祷文。

阿尔特勒*

1

十岁时，阿尔特勒已经是孤儿。先是她爸爸死了，然后是她妈妈。阿尔特勒是奶奶带大的。她奶奶，寡妇霍得勒，在墓地讨生活。要是哪个女人在节日的第一天死了，葬礼总是安排在第二天。由于节日是禁止做针线活的，霍得勒把自己的裹尸布借给死者，裹尸布是收在一个箱子里准备好的。为此她从丧葬会收到一点点报酬。此外，她还到墓园里为病人祷告，挣一点钱。如果谁需要，霍得勒用烛芯量某个圣人的墓，然后把烛芯浸到蜡里，切

＊ 本篇英语由米拉·金斯伯格（Mirra Ginsburg）翻译。

成蜡烛，点到会堂里。霍得勒还给小礼拜堂里的长明灯添油，礼拜堂是殉道者雷布·扎尔蒙墓上的，他因拒绝改变信仰被地主鞭打而死。

霍得勒又有多少需求呢？礼拜一和礼拜四她斋戒。她恪守犹太人早忘记了的、只在羊皮经史和古代对开本里提过的斋戒日。霍得勒有一本老布拉格城印刷的祷告书，木封，其中的悔罪祷告和悼词涵盖了一切可能的不幸，学生骚乱和大屠杀，事件的年代可上溯至黑死病时期，甚至更早。

霍得勒身材短小，如六岁女童，而且年纪越大长得越小。她总是在哆嗦，仿佛有冷风吹来，连暑热中也如此；她穿几条裙子，一条套着一条，还裹着条披巾。四十岁时，她的脸就瘪皱如无花果了。无斋戒的平日，她一天只吃一顿，吃的是泡在甜菜汤里的面包屑。

霍得勒的牙齿早就全没了。背是驼的，眉毛掉光了，下巴颏冒出了老妇人的胡子。她苍白的嘴唇总是在咕哝，既为了具体的人也为了整个以色列：愿他们健康、富裕，享儿孙之乐；愿他们培养儿子献身《托拉》，领着女儿来到婚礼的华盖之下；愿弥赛亚降临，死者复活。

在每个葬礼上，霍得勒哭号。自己一文不名，却给救济所的病人送去面食和汤。礼拜五，霍得勒拿着一个篮子一家家犹太人走过去，主妇们把可以匀给穷人的东西放进篮子：一片面包或辫子面包，鸡头鸡脚，鱼尾巴，鲱鱼头。

阿尔特勒像奶奶般虔诚，但遗传了妈妈的美貌。她肤白如奶油，蓝眼睛，金头发，奶奶给她编成辫子。她帮奶奶拿着《祈愿书》和《墓祷书》到墓地。还有，霍得勒的披巾常常从肩头滑落，阿尔特勒帮她拉回来。奶奶给她灌注了对上帝的虔诚恐惧，她每日祷告三回，不看男人，甚至目光躲开狗和猪。每个月首日和末日的前一夜，阿尔特勒匍匐在妈妈和爸爸的坟墓上。

阿尔特勒满十四岁，奶奶给她定了婚约，对方是什切布热申的一个教师助手。凭她的美貌，阿尔特勒很容易结一门富亲，但那位教师助手，格鲁纳姆·莫特尔，是个出了名的虔诚之人。而且，他也是个孤儿，不强壮。他大脑袋，大肚子，短腿。他在学堂教男孩们认字母、拼写、吟诵，他和他们吟唱祷文，给他们削教鞭。

每个礼拜五，教师付给格鲁纳姆·莫特尔几个戈比，这点钱不够生活，每天他到不同的人家吃饭。一次，什切布热申半夜起了火，格鲁纳姆·莫特尔跑去救自己教的小孩子。他跑进许多燃烧的房子，救了许多条人命。他的边落烧着了，一只耳朵灼伤了。霍得勒听说过他的善行，选了他当阿尔特勒的丈夫。

婚约是普珥节前夕拟定的。婚礼定在慰藉安息日[1]，埃波月第

---

1 慰藉安息日（Sabbath of Comfort），圣殿被毁日（犹太历埃波月第九日）之后的安息日，在公历七、八月间。

九日的斋戒之后。阿尔特勒没有嫁妆。奶奶请人给她做了两条裙子，还有一双鞋和一顶主妇帽。婚礼前夕，浴室女侍给阿尔特勒剃了发。婚礼穷酸，但一步步都依照律条。礼拜五傍晚，婚礼华盖在会堂前立了起来。安息日傍晚，乐手们在霍得勒的房子演奏。房子的泥墙泥地如马厩里面那般黑。霍得勒烘烤了几盘饼干，做了些糖渍胡萝卜。客人带来了葡萄酒、白兰地、豌豆和扁豆。新人收下结婚礼物：几个盆罐，一个桶，一个平底锅，一个揉面板，一个盐瓶。霍得勒的房子只有一个房间，所以在阁楼上给新婚夫妇支了婚床。

新郎格鲁纳姆·莫特尔的头发是黄的，有许多雀斑。尽管婚礼是在夏天，格鲁纳姆·莫特尔来到婚礼华盖下时却穿着棉絮马甲，戴着有耳罩的毛绒帽，脚踏一双沉重的皮靴子。他和男学生一样害羞。女孩们取笑他，咯咯地笑。

婚后不久，格鲁纳姆·莫特尔成了伊切勒·克拉斯诺斯托夫老师的助手。这对年轻夫妻和霍得勒一起住在她那单间里。夜里，他们就在霍得勒的凳床旁放一个屏风。

一结婚，霍得勒就等着阿尔特勒怀孕，但冬天过去了，阿尔特勒还是来月经。霍得勒到圣墓前祷告。她请人写了祷文，放到了殉道者雷布·扎尔蒙的小礼拜堂里。

霍得勒试了一切法子让阿尔特勒受孕。礼拜五，她给格鲁纳姆·莫特尔烤大蒜，好增加他的种子。她给阿尔特勒吃牛羊的乳房，让她咬住棚节时犹太人祝福过的香橼的尖尖，给阿尔特勒念诵各种各样的咒语来打开她的子宫。阿尔特勒自己呢，在礼拜五点完祝福蜡烛后祈愿，祷告求子。在净浴室，女侍教给阿尔特勒各种窍门来勾起丈夫对她身体的欲望，并祛除阻止受孕和生产的恶力。但一年过去了，阿尔特勒的子宫仍然深锁。

霍得勒看到，她的祷告和阿尔特勒的祈愿还不够。在佐科尔科夫有一个行奇迹者雷布·赫舍勒，霍得勒把一条面包、几个洋葱、几头蒜包进一条头巾，带着阿尔特勒去了佐科尔科夫。

因为没有盘缠，两个女人步行上路。霍得勒挪动得极慢，到佐科尔科夫走了几个礼拜。夜里，奶奶和孙女就睡在田野里，有时睡在旅店或农民的谷仓里。友善的人，有犹太人也有基督徒，会给两个女人一片面包、一个芜菁、一个萝卜或一个苹果。树林里有许多浆果和蘑菇。阿尔特勒懂得摩擦两片木头取火。埃波月的天气很热，连夜里也暖和。就这样，霍得勒和阿尔特勒走到了佐科尔科夫。

雷布·赫舍勒，那个行奇迹者，一天只见六个女人，但镇子里挤满了不孕的女人、生病的女人、着魔的新娘、鬼附身或打嗝不止的女孩，以及寻找丈夫的弃妇。

雷布·赫舍勒的屋前，女人们整日坐在木头上，每人拿个包裹，等着进门。一个怒目黑须的执事负责进出，一次只让一个女人进去。花几个格罗申贿赂他的先进。他调笑年轻女人，叱责老女人。

霍得勒和阿尔特勒全然不懂奉承或贿赂。两个礼拜过去了，她们还未见到圣人。最后有人可怜她们，疏通执事让她们进去。雷布·赫舍勒身形矮小如霍得勒，白胡子垂到腰下，白眉毛粗长，白边落垂到肩膀。白袍子拿绳子系着，拖到地上。他的亚莫克帽也是白色的。雷布·赫舍勒要求付费，霍得勒把绑在披巾角里的十八格罗申给了他。

雷布·赫舍勒把手放到阿尔特勒头上，祝福了她。他给了她一个细小的亚麻香袋，里面有个辟邪符。他告诉她，洗净浴的晚上，丈夫和她好时，她要用手指尖蘸一点他留在她身体里的精液，涂到安息日领退仪式时他用的酒杯沿上。

雷布·赫舍勒说："现在回家吧。明年此时你会有一个儿子。"

不过，这时回家已经晚了，因为敬畏日到来了。霍得勒和阿尔特勒留在佐科尔科夫的救济所里，直到过完住棚节。

2

一年过去了，五年、十年过去了，阿尔特勒还是没孩子。霍得勒死了，尸骨埋在圣雷布·扎尔蒙的小礼拜堂近旁。葬礼前料理她的女人们发誓，她轻得像只小鸡，死后唇边有笑容。格鲁纳姆·莫特尔为她念了卡迪什祷文。

霍得勒死后，镇上把她的职责转给了阿尔特勒。人们找她为病人祷告，量坟墓。但阿尔特勒很少待在老家。她总是上路去找圣人、行奇迹者，甚至女巫、算命师和术士。她永远在试新的怀孕法子。她脖子上挂了许多辟邪符、狼牙齿、月亮石、魔法硬币和琥珀。她包里装着各种各样的草药、魔法药水瓶和药膏。阿尔特勒不放过任何一条建议，无论是圣人提的还是另一个不孕女人提的。谁知道呢，可能有用。

格鲁纳姆·莫特尔从助手升为初级班的教师了，但还是到不同人家吃饭，因为，首先他挣得不够，其次阿尔特勒很少在家。她在节日回来，洗净浴，和丈夫同床。节日过完，她很快又上路走向四面八方，手里拿根棍子，肩上背个麻袋。

她长年游荡，不仅因为这带给她希望，还因为她已经习惯了上路。好人们不至于让她饿死。几乎到处都有救济所或一堆稻草让她栖身。每个地方，她都听到新的神奇事迹，圣人啊，祛除邪恶之眼或浇注熔蜡算命的女人啊，还有用卡牌预知未来的，看手相、颅相的，窥视黑镜的，或者用死人骨头占卜的。

所有镇子的拉比都警告，犹太女儿不可理会施魔法的人、召唤不圣洁鬼灵的人或用魔鬼、莉莉丝名字做法的人，但不孕的女人们不懈地寻觅。为了把一个孩子带到世上，她们肯做任何事，即便死后要滚地狱的钉床。通常，拉比和吉卜赛人给出同样的建议。阿尔特勒采用各种各样的恶心疗法：刚行完割礼的男孩的包皮，新娘的处女血，魔鬼的粪便和枯干的青蛙，新生儿的胎盘，雄鹿的睾丸。既然是在求助，就别怕反胃。

有个女巫要阿尔特勒钻进一个浅坑，然后这女巫用苔藓、干叶子和烂稻草盖住她。阿尔特勒在那活死人墓里躺了一个小时，为了哄魔鬼相信她死了，不再注意她。一个用油滴占卜未来的老男人令阿尔特勒诵小精灵和魔鬼的名字，令她念出使她充满恐怖和厌恶的词句。

一年年过去了，阿尔特勒说不出日子是怎么过去的，去了哪里。在冬天，游荡的生活不容易，但在夏天，行路是一种愉悦：小路和大路，树林和田野，睡在玉米地和干草堆里、棚屋和谷仓里、果园和花园里。

阿尔特勒很少独自赶路。哪里都碰上相似的苦命人。她的月经停了，但女人们保证她还有希望。撒拉不是九十岁生了以撒吗？如果上帝有意，子宫和卵巢能够重新焕发生机。在伊兹比察，有个五十岁的老妇人生了双胞胎。在克拉斯尼斯托，有一家的祖母和孙女一起生产。在皮亚斯基，一个九十岁的男人娶了一个十七岁的女孩，她给他生了八个孩子，全是男孩。

一次，住棚节后，阿尔特勒回到家，背着个装满草药的麻袋，满心相信这一次奇迹终于要发生了，但她发现屋子空空如也：格鲁纳姆·莫特尔几个月前走了。他没告诉任何人他要去哪里。他在学期中途扔下学生，甚至没把学费收上来。有些邻居说，看见他在去卢布林的路上。另一些人坚称他是往桑河方向走的。小偷从厨房偷走了一些锅盘，还偷了阿尔特勒的节日礼服——她的嫁衣里仅剩的一件。起初阿尔特勒以为，格鲁纳姆·莫特尔出去找教职了，或者看哪个亲戚去了，大概很快会回来，或者写封信来。但几个礼拜过去了，几个月过去了，没有任何格鲁纳姆·莫特尔的音讯。阿尔特勒成了个弃妇。现在她再也没有希望怀上孩子了。

那个冬天，阿尔特勒留在了家里。她重又每日去墓地。那时候，镇上疫病肆虐。孩子们死于麻疹、天花、哮吼和猩红热。大人遭受痢疾的折磨。等又到了普珥节，疫病渐渐散去，阿尔特勒去给一个面包师傅干活，做无酵饼时揉面。

到那个冬天为止，阿尔特勒看起来仍然年轻。她的脸蛋仍像年轻女孩般光滑红润。但现在她的脸苍白了，鼻子尖利了，眼睛周围出现了一堆皱纹。没有人和她一起吃逾越节晚餐，于是她去救济所吃逾越节晚餐，那是社区为乞丐和残疾人安排的。

镇上的人以为现在阿尔特勒会留在家里了。但逾越节后没几天，阿尔特勒告诉中介她要卖掉房子。

冬天过完了。天空清朗，阳光闪耀，水洼开始干涸。微风从树林吹来，阿尔特勒决定要出门寻找格鲁纳姆·莫特尔。这一次，阿尔特勒和一群弃妇结伴而行，她们都在寻找自己的丈夫。她们跑去一个个城市，跑进会堂和祷告堂的男人中间，搜遍旅店、救济所和集市，甚至验查墓园里的墓石。她们当中，有些人带着拉比的文书，证明她们确实是弃妇，并请求社区长老的帮助。

弃妇们谈到各种事情，互相讲述自己以前伴侣的故事。阿尔特勒听说了种种奇怪的男人：为了惩戒自己犯下的稀奇古怪的罪而拒绝和妻子同床的苦行者；到处拜访拉比而忘了回家的哈西德派教徒；步行前往耶路撒冷的，或者出去寻找桑巴提庸河对岸失落的以色列部族的。阿尔特勒还听说了懒惰的投机者、酒鬼，以及另找了老婆甚至改宗娶外邦女人的色鬼。还有些男人就是消失了，无影无踪。

一个弃妇告诉阿尔特勒，逾越节前夕她丈夫出去关百叶窗，从躺椅上起身时还穿着白色正餐袍和居家拖鞋，然后再也没人见过他。显然，魔鬼把他弄到黑暗之山后头的什么地方去了，或者弄到了阿斯摩太的城堡里。

夏天过去了，阿尔特勒在以禄月回了家。但没有任何格鲁纳姆·莫特尔的音讯。阿尔特勒在家过了节，住棚节后一天，她又上路了。这一次她走了一整年。阿尔特勒一年后回到家时，发现自己的棚屋已经烧毁。阿尔特勒在救济所祝祷了节日。

3

差不多五年过去了。一个夏日，阿尔特勒走进大波兰[1]一个镇

1　大波兰（Great Poland），一个位于波兰中西部的历史地区，首府为波兹南，大多数地方现今属于大波兰省。

子的救济所时，突然看见了格鲁纳姆·莫特尔。他坐在一堆稻草上，吃着个萝卜。就是那同一个格鲁纳姆·莫特尔，尽管已经有了白胡子。阿尔特勒认出那大大的头、大大的肚子、扁鼻子。她看着他，问：

"我的眼睛是不是骗了我？"

"没有，我是格鲁纳姆·莫特尔。"

"你认得我吗？"

"认得，阿尔特勒。"

"天可怜见，你为什么让我遭受这样的不幸？"阿尔特勒问他。

格鲁纳姆·莫特尔把萝卜放到稻草上。"我自己也不知道。"

"你怎么能做出这种事？"

一时间，格鲁纳姆·莫特尔怯懦地目瞪口呆，耸起肩膀。然后他严肃起来。"我厌倦了教书。"

"所以一个男人厌倦了教书，就要离开他的妻子？"阿尔特勒追问。

"呃。"

"回答我。既然现在我找到了，你别想轻易糊弄过去。"

"我走出去，走到了世界里。"

"但为什么？为什么？"

"反正你也永远不在家。"

"你有了别的妻子吗？"

"上天不允许。"

"那是为什么？"

"没什么。"

"你不知道抛弃妻子是一条大罪吗？"

"知道，你是对的。"

救济所的其他人听见他们说话，起了公愤。男人们斥责格鲁纳姆·莫特尔，女人们咒骂他。他沉默地低着头。

一会儿，他说："这个萝卜是我唯一拥有的东西。"

"去找拉比，马上。"

"就我而言……"

拉比听说了这事，皱起了眉头。是的，依据法条，男人和妻子认出对方，又无人否认他们是结了婚的一对，那么必须相信他们。可镇里发生过各种各样的事情。有一次，一位弃妇据说认出了丈夫，他同意和她离婚，但后来发现根本不是她丈夫，同时，她已经再婚，于是就生出了私生子。此刻，拉比把胡子拢在手里，问阿尔特勒："你有什么记号吗？"

"什么记号？"

"他身上的。只有妻子会知道的。"

"我不记得有什么记号。"

"他有没有哪里长了个疣、痣或者胎记？"

"我从来不看。"

"她身上有什么印记吗？"

格鲁纳姆·莫特尔耸起黄眉毛："我说不上来。"

拉比把格鲁纳姆·莫特尔带到另一个房间，私下问他。他很快回来了。

"他是哪个部族的，柯恩还是利未？"他问阿尔特勒。

"我不知道，拉比。"

"他母亲的名字是什么？"

"我的婆婆？我们结婚时他是孤儿。"

"他从没提起他的母亲？"

"我不记得。"

"他父亲呢？"

"我也不知道。"

"你确定他是你的丈夫吗？"

"是的，拉比，他是格鲁纳姆·莫特尔。"

"格鲁纳姆·莫特尔，你认出你的妻子了吗？"

格鲁纳姆·莫特尔眨了眨眼。"我认为是的。"

"你认出了她，还是你有怀疑？"

"我认为我认出了。"

"你们现在想怎么办？一起生活，还是离婚？"拉比问。

两人沉默了很长时间。然后格鲁纳姆·莫特尔说："她想怎么样都行。"

"你想怎么样，女人？你想和他一起生活吗？还是你想离婚？"

"我们为什么要离婚？他没有伤害我。"阿尔特勒回答。

拉比继续盘问了很久。渐渐地，他问出了一些身份的证据。格鲁纳姆·莫特尔记得阿尔特勒的奶奶霍得勒。阿尔特勒想起格鲁纳姆·莫特尔左脚大脚趾甲是黑色的。拉比令格鲁纳姆·莫特尔脱掉鞋，解开裹脚的破布，发现那指甲确实是黑色的。

拉比说："你们可以去一起生活了。"

但他们到哪儿去过日子？格鲁纳姆·莫特尔现在没有任何收入了。他靠施舍活着。

他们回到了救济所。救济所的杂工为阿尔特勒添了一堆稻草。快活的乞丐们吹起了撩拨夫妻的口哨。阿尔特勒的麻袋里有一个锅、一把燕麦粒和一个洋葱，她架起炉子给自己和丈夫煮晚饭。格鲁纳姆·莫特尔出去捡了些烧火柴。礼拜四，两个人都出门乞讨。镇上的人听说格鲁纳姆·莫特尔遗弃了妻子，一个格罗申都不肯给他。而阿尔特勒呢，他们告诉她，她有丈夫——让他养活她吧。傍晚，两人回来时都袋子空空。

救济所里挤满了人，弥漫着烟气和臭气。孩子们号哭。母亲们咒骂，抓虱子。救济所的活宝们搞各种各样下流的恶作剧，捉弄这一对新团聚的夫妻。

几个礼拜过去了，格鲁纳姆·莫特尔毫无接近阿尔特勒的意思。显然他不再需要一个妻子了。他干躺着直到深夜，嘴里咕咕唉唉。每半个小时，他爬起来到尿桶撒尿。晨星出现之前，他跑到读经堂，待到昏祷结束。阿尔特勒表示，他们可以到社区澡堂睡，但格鲁纳姆·莫特尔回答："我害怕鬼怪。"

"我们去田里吧。"

"那是不对的。"

"那这样有什么好处？"

"我可以和你离婚。"

阿尔特勒仔细想了想。离婚了会怎么样呢？如果她不再是个弃妇，她就得到某个镇子住下来，当一个仆人，或出去找揉面或洗衣服的零活。再婚？但谁会要她？就算有人要，她也完全不想重新来过了。阿尔特勒渴望赶路的生活、路边的旅馆、讲述古怪故事的弃妇们、伤心的谈话和慰藉的话语。

一天晚上，格鲁纳姆·莫特尔正打鼾时，阿尔特勒起身，拿上麻袋和藤条，出了门，走向无论哪个上帝领她去的地方。很快她走到一条通向田野的路。残月把鹑光洒到黄色的麦子上。蟋蟀鸣叫，青蛙呱呱。露水降下。游荡在天地之间的看不见的精灵的影子闪过麦田。

阿尔特勒很清楚天亮前独自在外的危险，但她想起了一条咒语，可以祛除夜里出没的不洁鬼怪。阿尔特勒再也没回她出生的镇子，再也没回找着格鲁纳姆·莫特尔的地方。又一次，她成了一个弃妇。又一次，她来到会堂、读经堂和集市寻找失去的丈夫。

和别的弃妇一起，她读墓石上的刻字，翻检丧葬会的记录。到最后，她甚至忘了碰上格鲁纳姆·莫特尔的那个镇子的名字。

阿尔特勒知道，欺骗社区是有罪的。但这也许不是欺骗——也许她碰上的格鲁纳姆·莫特尔是个妖怪。小妖常常会变成人的模样。死人爬出坟墓和活人混在一起的事情也是有的。阿尔特勒安慰自己，至少她知道自己没有犯过别的罪。连圣人都被允许犯一次禁。

不是，那个稻草床上躺在阿尔特勒身旁、自己咕咕哝哝的格鲁纳姆·莫特尔不是她渴望的丈夫。一位拉比的妻子曾诲示阿尔特勒，真正的婚姻只在来世才能找到，等到装骨头的袋子扔了、只剩下灵魂的时候。男人和妻子的真爱在天堂才开始，男人坐在金椅上，妻子当他的脚凳，两人都被接引进入《托拉》的神秘之中。这儿的大地上，这苦海中，女人都是弃妇，即便她和丈夫共枕而眠……

笑话[*]

1

为什么一个纽约的波兰犹太人要出版一本德语文学杂志？这本叫《词语》的杂志说是三个月一期，但一年堪堪出三次，有时候只有两次——一本九十六页的小册子。上面的德国作家我一个都不知道。希特勒已经掌了权，这些作家都是难民。稿子来自巴黎、瑞士、伦敦，甚至澳大利亚。故事乏味，句子一整页长。无论怎么努力，我一篇也读不完。诗歌既无韵也无律，照我看也没有内容。

出版商里伯金德·本德尔来自加利西亚，在维也纳住过几年，在纽约这儿靠股票市场和房地产赚了钱。他在一九二九年崩盘前变现了所有股票，在金钱稀有的时候他却有许多现金，并以之购买房屋。

我们相熟是因为里伯金德·本德尔计划出版一本与《词语》相似的意第绪语杂志，他想让我当编辑。我们见了许多次，在饭店、咖啡馆见，也在里伯金德·本德尔位于河滨大道的公寓见。他个子小小的，窄脑壳上没有一根头发，长脸，尖鼻子，长下巴，手脚小得快像个女人了。他的眼睛是黄色的，类似琥珀。我觉得他像个安了成人脑袋的十岁男孩。他穿俗丽的衣服——金色的锦缎领带。里伯金德·本德尔兴趣广泛。他收集名人签名和手稿，买古董，参加象棋俱乐部，自认是美食家和唐璜。他喜欢小玩意——带日历的手表、带手电筒的圆珠笔。他赌马，喝干邑白兰地，收集了大量色情文学。他总是在制订某个计划——挽救人类，把巴勒斯坦还给犹太人，改革家庭生活，把做媒变成一门科学和艺术。他有一个宝贝主意，搞一种彩票抽奖，大奖是个美女——美国小姐或宇宙小姐。

里伯金德·本德尔有一位德国妻子，名叫弗里得尔。她不比他高但比他宽，黑卷发。她是汉堡一个洗衣女工和一个铁路工人的女儿，父母都是雅利安人，但弗里得尔看着像犹太人。许多年来，她都在写一篇论施莱格尔翻译莎士比亚的论文。她的工作都在家做，此外也是丈夫的秘书。他也有一位情人，叫萨拉，是一位有个疯女儿的寡妇。萨拉住在布朗斯维尔。里伯金德·本德尔曾经把我引见给她。

里伯金德·本德尔只会一种语言，意第绪语。对不懂意第绪语的人，他说一种结合了意第绪语、德语和英语的洋泾浜语。他有杂糅语词的天赋。我很快明白，他和文学没啥关系。《词语》的真正编辑是弗里得尔。意第绪语版的杂志从未出过，但那个欢腾的矮个子男人身上有什么东西吸引着我。也许是我猜不透他。每次我觉得看懂他了，他总又冒出什么新的奇思怪想。

里伯金德·本德尔常常谈到他和一位著名的老希伯来语作家的通信。这位作家是亚历山大·瓦尔登博士，是一位多年住在柏林的哲学家。他在那儿编辑一套希伯来语百科全书，头几卷在一战前出版了。这套百科全书的出版拖了这么多年，已经成了个笑话。据说，最后一卷将在弥赛亚降临、死人复活后出版，那时，书里的人物有三个日期：生日、忌日和从坟墓中复活之日。

从一开始，百科全书就由一位柏林的米希纳斯[1]资助，此人名叫丹·柯尼阿斯特，现已是个八十多岁的老人。尽管亚历山大·瓦尔登由丹·柯尼阿斯特资助，他却过得像个富人。他在库

1　米希纳斯（Maecenas，前70—前8），古罗马贵族，资助过维吉尔、贺拉斯等诗人。在西方，他的名字是文学艺术赞助人的代名词。

尔斯腾达姆附近有一所大公寓，拥有许多绘画，还有管家。年轻时，亚历山大·瓦尔登身上发生过一桩奇迹：一位犹太百万富翁的女儿爱上了他。她叫玛提尔达·奥本海姆，是梯茨家和瓦伯格家的亲戚。她只和他过了几个月就和他离婚了。但是，亚历山大·瓦尔登博士一度是一位德国女继承人的丈夫，而且用德语写作，所以那些希伯来学者敬畏他。他不理睬他们，于是他们就指控他势利。他甚至回避说意第绪语，尽管他是一个波兰小村子的拉比之子。据说他和爱因斯坦、弗洛伊德和柏格森关系密切。

直到今天，我也不明白为什么里伯金德·本德尔渴望与亚历山大·瓦尔登博士通信。瓦尔登博士有不回信的名声，而里伯金德·本德尔喜欢显摆没人能蔑视他。他写信请亚历山大·瓦尔登给《词语》写文章。他的几封信未受理睬。他发去长长的电报，但瓦尔登博士仍保持沉默。这时，里伯金德·本德尔决心不惜一切代价得到一封瓦尔登博士的信。

在纽约，里伯金德·本德尔碰到一位希伯来书志编撰者多夫·本·泽夫，此人因读了太多书眼睛已半失明。多夫·本·泽夫能背出瓦尔登博士写过的几乎每一个词。里伯金德·本德尔邀请多夫·本·泽夫来他的公寓，叫弗里得尔做了一顿奶酪薄饼和酸奶油的晚餐，三人一起琢磨出一个精巧的计划。一封信寄给了瓦尔登博士，据称由一位纽约的富家姑娘所写，她是莱曼家和席夫家的亲戚，是数百万美元的女继承人——埃丽诺·塞里格曼-布劳德小姐。信中洋溢着对瓦尔登博士的著作和品性的爱慕和敬仰之情。对瓦尔登博士著作的知识来自多夫·本·泽夫，典雅的德语出自弗里得尔之手，而阿谀之词则由里伯金德·本德尔贡献。

里伯金德·本德尔把捉无误，尽管这把年纪了，瓦尔登博士仍然梦想一桩新的富亲。还有比这更好的诱饵吗？一位美国的女百万富翁，未婚，深深地沉浸在瓦尔登博士的著作中。几乎立刻，来了一封航空邮寄的八页长的手写信。瓦尔登博士以爱报爱。他想来纽约。

弗里得尔只写了那一封信；她抗议整件事是个丑陋的把戏，不肯再牵扯其中。但里伯金德·本德尔找着了一个德国来的老难民，一位因格·舒尔迪尔纳夫人，她愿意与他合作。通信开始了，从一九三三年持续到一九三八年。这些年里，只有一个原因瓦尔登博士才没来纽约：他坐海船晕得厉害。一九三七年，丹·柯尼阿斯特搬到了伦敦——他在柏林的产业即将被没收，生意由儿子接管。他带上了瓦尔登博士。横穿海峡的短途旅行中，瓦尔登病得厉害，在多佛躺在担架上被抬下船。

一九三八年夏天的一个早晨，七点钟，有人叫我到租的公寓楼下接一个公用电话。我睡晚了，花了点时间才套上浴袍和拖鞋走下三层楼梯。是里伯金德·本德尔。"我吵醒你了吗，呃？"他尖叫，"我凉凉了。我一晚上没合过眼。如果你不帮我，我就完了。里伯金德·本德尔完蛋了。你可以给我念卡迪什了。"

"发生什么了？"

"瓦尔登博士坐飞机来了。舒尔迪尔纳夫人收到一封伦敦发来的给埃丽诺的电报。他献给她一千个吻！"

我用了几秒钟才明白发生了什么。"你要我来做什么？"我问，"扮成一个女继承人？"

"唉唉！我搞砸了！要不是害怕战争随时爆发，我会逃到欧洲去的。我该怎么办？我疯了。应该把我关到疯人院里。必须有个谁去见他。"

"埃丽诺可以在加利福尼亚。"

"但她刚向他保证过，这个夏天就留在纽约城。而且，她的地址是西八十街的一间家具屋。他会立刻明白这不是个女百万富翁的公寓。他有她的电话号码，舒尔迪尔纳夫人会接，然后就全爆了。她是傻帽，而且没有幽默感。"

"我怀疑连上帝也帮不了你。"

"我该怎么办——自杀吗？他本来一直害怕飞行的。突然这个老白痴有了勇气。我准备向梅尔拉比——那个行奇迹者捐一百万美元，让他的飞机掉到海里去。但上帝和我不是哥们。我们俩还有一天时间，到晚上八点。"

"请不要把我算成你的冒险的搭档。"

"你是我的朋友当中唯一知道这件事的。昨晚弗里得尔暴怒，威胁离婚。那个笨蛋多夫·本·泽夫在医院。我给那些希伯来学者打电话，但瓦尔登博士藐视他们太久了，他们已经是他的死敌。他连旅馆房间都没订。他非常有可能期待埃丽诺直接从机场把他领到婚礼华盖下。"

"真的，我帮不了你。"

"至少一起吃个早饭吧——如果不跟谁聊聊，我会发狂的。你想几点钟吃？"

"我想睡觉，不想吃。"

"我也是。我昨晚吃了三片药。我听说丹·柯尼阿斯特离开德国时身无分文。他是个八十五岁的过气老家伙了。他的儿子们是真正的普鲁士人，同化派，半改宗了。如果战争爆发，这个瓦尔登博士将是吊在我脖子上的包袱。而且我又怎么向他解释呢？他可能会中风。"

我们说好十一点在百老汇的某家饭馆见面。我躺回床但没睡。我半打盹，半暗自发笑，瞎琢磨着有什么解决方案——不是因为对里伯金德·本德尔有什么效力之情，而是好像面对着一道我有时候会琢磨的报纸谜题。

2

在饭馆，我几乎没认出里伯金德·本德尔。他穿着黄夹克、红衬衫，系一条金色的圆点领带，但他的脸如生过病般苍白。他叼着一根长雪茄，捻动着，已经点了干邑白兰地。他坐在椅子边缘。我还没坐稳，他就冲我叫道："我找到了一条出路，但你必须帮我。埃丽诺刚刚在飞机失事中遇难了。我和舒尔迪尔纳夫人谈过，她会佐证我的说法。你要做的只是到机场等那个老裙底猎人，带他进一家旅馆。告诉她你是埃丽诺的朋友或侄子。我会给他弄个房间，预付一个月的房钱。然后我就没责任了。让他回伦敦给自己找一个爵爷的女儿吧。"

"你当埃丽诺的朋友不是和我一样嘛。"

"我不行。他会像水蛭一样缠着我。他能要你什么东西——你的手稿？你陪他几个小时然后他就不会再烦你了。要是最坏的情况发生，我就付他回英格兰的路费。你是救我的命啊，我永远不会忘记的。别把你的地址给他。跟他说你住在芝加哥或迈阿密。曾有一时，为了和他相处半小时我愿意大出血一笔，但现在我没那个胃口了。我害怕他。我确定，一见到他，他一说出埃丽诺这个名字，我就会笑喷。其实，我正坐在这儿冲自己笑呢。侍应生以为我脑子坏了。"

"本德尔，我做不了。"

"是你的最终决定吗？"

"我不能演这么出闹剧。"

"好吧，不行就是不行。我只能自己干了，那么——我会告诉他我是个远房表亲，一个穷亲戚。她甚至还资助我。我应该用什么名字？李普曼·盖格尔。我有个维也纳的合伙人叫这名字。等等，我必须打个电话。"

里伯金德·本德尔跳起身，跑向一个电话亭。他在那儿待了约十分钟。我透过玻璃门能看见他。他翻着一个笔记本。他做出奇怪的鬼脸。回来时，他说："我已经弄好了旅馆和其他事情。我到底为啥要搞这么个无聊事？我马上要收掉杂志了。我要去巴勒斯坦当犹太人。所有这些作家——空脑壳们，他们根本就没有话要说。我爷爷五十岁时每夜醒来念午夜祷告，瓦尔登博士六十五岁时却还想勾引一个女继承人。他的最后一封信就是一首歌——《雅歌》[1]。而且，谁需要他的百科全书？那个舒尔迪尔纳夫人是个傻瓜，而且说话办事也傻气。"

"也许他会娶舒尔迪尔纳夫人。"

"她七十多了，已经是个曾祖母了。她曾经在法兰克福……在汉堡——忘了在哪儿了——当老师。她的用语都是从一本标准情书集里抄的。也许我应该做的是找一个能演埃丽诺的女性。那些意第绪女演员怎么样？"

"她们只会号哭。"

"在纽约的什么地方也许真有一个他的崇拜者——某个渴望这种亲事的老处女。但你到哪儿去找她呢？就我而言，我厌倦了一

---

1 《雅歌》(the Song of Songs)，《圣经》中的一卷书，主要歌颂爱情。

切。那个弗里得尔足够有文化但毫无想象力。她脑子里只有施莱格尔。萨拉完全被她的疯女儿占住了。现在有个新做法——他们把病人从疯人院送回家，然后又接回去。这个月她在那儿，下个月她在她妈妈家。我坐在她们身边，开始觉得在那儿的根本不是我自己。为什么我跟你说这些？帮我个忙，陪我去机场。我会一直记得的。同意吗？把手给我。我们一起来搞定。来，为成功干杯。"

3

我站在玻璃隔墙的后面，看着旅客到达。里伯金德·本德尔情绪焦躁，雪茄烟差点呛死我。不知为何，我相信瓦尔登博士身材高大。但他是个小个子，身形宽胖，大肚子，大脑袋。那个炎热的夏日，他穿着长大衣，系一根飘垂的领带，戴一顶宽边长毛绒帽。他留着浓浓的灰髭须，抽着烟斗。他带着两个皮箱，有老式的锁和边袋的那种。他浓眉下的眼睛搜寻着什么人。

里伯金德·本德尔的紧张会传染。他身上有酒精味，像只公猫咕噜咕噜。他挥手叫道："那肯定是他。我认出他了。看看他变得多肥了——左右比上下宽。一只老公羊。"

瓦尔登博士坐着扶梯上来时，里伯金德·本德尔把我推向他。我想跑但跑不掉。我转而向前。"瓦尔登博士？"

瓦尔登博士放下箱子，从黑乎乎的牙齿中间取下烟斗，火还没灭，放进了口袋。"是的[1]。"

"瓦尔登博士，"我说，用的是英语，"我是埃丽诺·塞里格曼-布劳德小姐的朋友。出了一个事故。她的飞机失事了。"我说得很匆忙。我觉得喉咙和上颚发干。

我以为要闹一场了，但他只是用粗眉毛下的眼睛看着我。他用手拢着耳朵，用德语回答我说："你介意再说一遍吗？我听不懂你们的美式英语。"

"发生了一件不幸的事——巨大的不幸，"里伯金德·本德尔说起了意第绪语，"您的朋友从加利福尼亚飞过来，她的飞机掉了下来，直接掉进了海里。全部乘客身亡——六十个人。"

"什么时候？怎么掉的？"

"昨天——七十个无辜的人——大多数是孩子的母亲。"里伯金德·本德尔说话时带着加利西亚口音，节奏有如诵经，"我是她亲近的朋友，这个年轻人也是。我们听说您要来。我们想给您发电报，但已经太迟了，所以我们来接您。这是我们极大的荣幸，但带来这样可怕的消息却又令人心碎。"里伯金德·本德尔挥舞着手臂，摇晃着身体，冲着瓦尔登博士的耳朵喊，仿佛他是聋子。

瓦尔登博士摘下帽子，放到行李上头。他前面秃了，但脑后

1　原文为德文"Ja"。

长着一蓬灰金发。他拿出一条脏手帕，擦额头的汗。我感觉他仍然没明白。他似乎在考虑。他的脸耷拉着，有尘色，皱皱的，也没刮胡子。一簇簇毛从他的耳朵和鼻孔支出。他身上有股药味。一会儿，他用德语说："我以为她在纽约这儿。她为什么去加利福尼亚？"

"生意上的事。塞里格曼-布劳德小姐是一位生意人。涉及一大笔钱——好几百万——美国这儿的人说：'先干活，后快活。'她赶着回来接您。但命里不该有啊。"里伯金德·本德尔一口气说完这些，嗓音变尖，"她什么都告诉我了。她崇拜您，瓦尔登博士，但老话说，谋事在人，成事在天。八十个活蹦乱跳的人——年轻女人和小宝宝——在他们的黄金年华——"

"我能问问你是谁吗？"瓦尔登博士说。

"一个朋友，一个朋友。这位年轻人是个意第绪语作家，"里伯金德·本德尔指我，"他的作品发表在意第绪语报纸上啊，各种其他的——文化版之类的。全是用母语写，普通人能欣赏。纽约这儿有许多同胞，他们觉得英语是一种枯燥的语言。他们想要故土的鲜活。"

"是的。"

"瓦尔登博士，我们给您租了一个旅馆房间，"里伯金德·本德尔说，"我对您深表同情！真的，这是个悲剧。她叫什么来着？——布劳德-塞里格森小姐是一位出色的女人。文静，举止娴雅。也很美。她懂希伯来文以及十种其他语言。突然间引擎里的什么东西断了，一个螺丝松了，这一切教养就全毁了。人就是这样——一根稻草，一粒灰尘，一个肥皂泡。"

我很感激瓦尔登博士表现出的高贵的举止。他没有哭泣，没有叫喊。他耸起眉毛，那双泪汪汪的眼睛，满是血丝，震惊而狐疑地盯着我们。他问："请问洗手间在哪里？一路折腾，不太舒服。"

"就在那儿，就在那儿！"里伯金德·本德尔叫道，"美国不缺厕所。跟着我们，瓦尔登博士——我们刚路过洗手间。"

里伯金德·本德尔拎起一只箱子，我拎着另一只，我们领着瓦尔登去了卫生间。他疑虑地看着我们和他的行李。然后他进了洗手间，在里面待了相当长一段时间。

我说："他的做派像个好人。"

"最糟的时候过去了。我刚才担心他会晕倒。我不会抛弃他的。让他在纽约想住多久就住多久吧。也许他终究会给《词语》写东西的。我会让他做主编，负责一切。弗里得尔厌倦了。作家们要求版税，寄来愤怒的信。如果他们发现一处印错了或者丢了一行，你的生命就有危险。我会付他一礼拜三十美元，让他坐下来耍笔杆子。我们可以一半用德语一半用意第绪语出这本杂志。你们两个可以一起当编辑。弗里得尔当当编辑——怎么说来着——总监就满足了。"

"你自己跟我说过瓦尔登博士恨意第绪语。"

"今天他恨，明天他就爱了。花几个钱，说几句恭维，这些知识分子都能收买。"

"你不应该告诉他我是意第绪语作家。"

"有好多事情我不应该干。首先，我就不应该出生；其次，我不应该娶弗里得尔；第三，我绝对不应该搞出这场滑稽戏；第四……我又没提你的名字，他永远找不到你的。都是因为我对大人物的敬仰。我一直爱作家。如果谁有东西在报纸或杂志上印出来了，他就是神。我读《新自由报》就像读《圣经》。每个月我都收到《世界》杂志，瓦尔登博士就在上面发表文章。我像疯了一样老跑去听讲座。就那样，我遇见了弗里得尔。我们的瓦尔登博士来了。"

瓦尔登博士看着有些发颤。他脸色蜡黄。他忘了扣上裤裆扣子。他盯着我们，咕哝。然后他说一句"不好意思"，又回了洗手间。

4

瓦尔登博士要我的地址和电话号码，我都给他了。我不能欺骗这个博学的人。他到纽约的第二天，里伯金德·本德尔去了墨西哥城。近来，他老是飞墨西哥。我疑心他在那儿有个情人，极有可能也有生意。里伯金德·本德尔怪异地结合了商人和艺术鉴赏家的身份。他到华盛顿给一个德国的犹太作家搞签证，在那儿他成了一家生产飞机零件的工厂的合伙人。厂主是个波兰来的犹太人，以前做皮革生意，毫无飞行的知识。我开始了解到，经济、工业以及所谓实际事务的世界不见得比文学、哲学的世界更实在。

一天，我吃完午饭回家，见到一条留言说瓦尔登博士打来过电话。我打给他，听到一个结结巴巴、气喘吁吁的声音。他跟我说的是德语化的意第绪语。他念错了我的名字。他说："请来一趟。我完了。"

里伯金德·本德尔把瓦尔登博士弄到了下城的一个正统犹太旅馆，而我们俩住在上城。我怀疑他想让他离我们越远越好。我坐地铁到拉菲尔街，走到了旅馆。大堂里全是拉比。他们似乎在开什么会。他们穿着长袍，戴着天鹅绒帽，走来走去。他们打手势，捻胡子，一齐说着话。电梯在每一层都停，门开时，我看到穿婚纱的新娘在拍照，书院男孩在打包祷告书和披巾，戴着亚莫克帽的侍应生在清理宴会残席。我敲了敲瓦尔登博士的门。他出现了，勃艮第红浴袍拖到脚踝。浴袍上满是斑点。他穿着磨损的拖鞋。房间里弥漫着烟草味、缬草镇静剂味和腐臭的疾病味道。他的模样浮肿、衰老、疑惑。他问："请问你是——叫什么名字来着——《青年》的编辑吗？"

我告诉他我的名字。

"你是给那个套话报纸《日报》写稿的吗？"

我讲了我的报纸的名字。

"哦——是的。"

瓦尔登博士一再尝试和我说德语，最后改说意第绪语了，他出身的那个村子的音调和发音扑面而来。他说："这是什么样的祸事？为什么她突然飞到加利福尼亚去？多少年来，我下不了决心要不要来。和康德一样，我有旅行恐惧症。我有一个朋友，蒙德克教授，那个著名的蒙德克的亲戚，给了我一些药片，但这药吃了无法撒尿。我确定我走到头了。挺好的，我想，如果飞机到纽约时我死在上面。可反倒是她走了。我就是弄不明白。我问了一个人，他没听说过这次飞机失事。我打了她的号码，一个老女人接的。她一定又聋又老——说话颠三倒四。到机场接我的另一个小个子男人是谁？"

"李普曼·盖格尔。"

"盖格尔——亚伯拉罕·盖格尔的孙子吗？盖格尔家不说意第绪语。他们大部分改宗了。"

"这个盖格尔是从波兰来的。"

"他和埃丽诺·塞里格曼-布劳德小姐是什么关系？"

"朋友。"

"我完全糊涂了，"瓦尔登博士半冲着我说，半自言自语，"我是读莎士比亚学英语的。我读过《暴风雨》原文许多遍。那是莎士比亚最伟大的作品，每一行都有极深的象征意味，一切方面都是杰作。卡利班[1]其实就是希特勒。但这儿他们说的英语听着像中文。他们的话我一个词也听不懂。埃丽诺·塞里格曼-布劳德小姐有家人吗？"

"远亲。不过就我所知，她跟他们不大来往。"

"她的财产怎么办呢？通常富人都留有遗嘱。不是说我对这种事有任何兴趣——绝对没有。然后尸体呢？不会在纽约办一场葬礼吗？"

"她的尸体在海里的某个地方。"

"从加利福尼亚飞到纽约要飞过海吗？"

"好像是飞机没往东飞，往西飞了。"

"这怎么可能？这次失事在哪里报道了？在哪个报纸上？哪一天？"

"我知道的都是李普曼·盖格尔告诉我的。他是她的朋友，我不是。"

"啊？一个谜，一个谜。人不能违反自己的天性。有一次，伊曼努尔·康德要从柯尼斯堡到普鲁士的另一个镇子去。走了没多远就下雨了，电闪雷鸣，他立刻下令返回。我一直暗暗知道此行

1　卡利班（Caliban），莎士比亚戏剧《暴风雨》中半人半兽的怪物。

会砸锅。我在这儿无事可做——丝毫没有。但我现在的状况无法飞回伦敦。坐船会更糟糕。我对你说实话，我身上几乎没带钱。我的好朋友和资助者，丹·柯尼阿斯特，现在自己也是个难民。我在编一部百科全书，但我们把印版留在柏林了——连手稿也是。纳粹在我们的办公室放了个定时炸弹，我们差一点就被炸成碎片了。有谁知道我在纽约吗？我这趟来，用他们的话说，是隐姓埋名的。现在事情这样了，也许跟报纸说一说是有用的。这儿有我的许多敌人，但也许能在哪儿找到个朋友。"

"我想李普曼·盖格尔通知了报纸。"

"哪儿也没提到我。我要了报纸。"瓦尔登博士指了指一把椅子上的一堆意第绪语报纸。

"我会尽力而为的。"

"我这个年纪不应该搞这种冒险。那个盖格尔先生在哪里？"

"他必须飞到墨西哥，但很快会回来。"

"去墨西哥？他在墨西哥干什么？那么，这就是我的结局。我不怕死，但我不愿意埋在这个荒野的城市。确实，伦敦也不安静多少，但至少那儿有我几个熟人。"

"您会活下去的，瓦尔登博士，"我说，"您会活着看见希特勒倒台。"

"为了什么？在这大地上，希特勒还有东西能糟蹋。但我的蠢事都已经干完了。太多了。这次倒霉的旅行甚至都算不上悲剧。只是个笑话——唉——是的，我这一生就是个大笑话，从头到尾。"

"您为人类，为犹太读者贡献了许多。"

"零碎，垃圾，废品。你认识塞里格曼-布劳德小姐本人吗？"

"认识——不认识。我只听说过她。"

"我不喜欢那个盖格尔——一个小丑。你在意第绪语报纸上写什么？有什么可写的？我们正在返回丛林。智人破产了。一切价值都没了——文学、科学、宗教。唔，就我而言，我已经完全放弃了。"

瓦尔登博士从口袋里掏出一封信，上面沾着咖啡和烟灰。他细细查看，闭上眼睛，皱脸，哼哼。"我开始怀疑这个塞里格曼-布劳德小姐从未存在过。"

5

一天夜里，我穿着全套衣服躺在床上，忧虑着自己的懒惰、没干的活以及缺乏意志力，有人传信说楼下的付费电话等我接听。我跑下三层楼梯，拿起荡着的话筒，听到一个不熟悉的声音说着我的名字。那声音说："我是林达医生。你是亚历山大·瓦尔登博士的朋友吗？"

"我见过他。"

"瓦尔登博士心脏病发作，在贝思·阿伦医院。他给了我你的名字和电话号码。你是他亲戚吗？"

"不是亲戚。"

"他在这里有家人吗？"

"好像没有。"

"他请我打电话给阿尔伯特·爱因斯坦教授，但没人接。我没办法操心这种事情。明天来医院吧。他在病房里。我们暂时只能为他做这些了。不好意思。"

"情况怎么样？"

"不太好。他有一系列并发症。你可以在十二点到两点或六点到八点来看他。再见。"

我想摸个五分镍币打给弗里得尔，但只找到一个五十美分的和两张一美元纸币。我到百老汇大道换零钱。等我换到了零钱、找到了一个药店的空电话亭，半个多小时过去了。我拨了弗里得尔的号码，线路忙。我一直拨，拨了有一刻钟，一直占线。一个女人进了旁边的电话亭，排出她的硬币。她回头看看我，面露得意的表情，仿佛在说："你等不到的啦。"她说话时用香烟比画着，时不时捻捻一绺脱了色的头发。猩红的尖爪子有一种贪婪的意味，和人类的悲剧一样深。

我找着一分钱，称了称自己。这个秤说我轻了四磅。掉出一张卡片，写着："你是一个有天赋的人，但你白白浪费了。"

我想再试一次，如果电话还占线就立刻回家，我对自己发誓。这个秤说出了苦涩的真相。

电话不占线了。我听见弗里得尔男性化的嗓音。就在那一刻，那个头发脱色、指甲猩红的女士匆匆离开了电话亭。她的假睫毛朝我眨眼。"本德尔夫人，"我说，"不好意思打搅你。瓦尔登博士心脏病犯了。他们把他送到了贝思·阿伦医院。他在病房里。"

"哦，我的上帝！我知道那个玩笑不会有什么好结果。我警告过里伯金德。这是犯罪——绝对是犯罪。里伯金德就是那样——想到一个把戏然后不知道什么时候收手。我能做什么？我连他在哪儿都不知道。他说是到古巴一趟。你在哪里？"

"百老汇的一个药店。"

"也许你可以来我这儿。这不是小事情。我自己都觉得内疚。我应该拒绝写那第一封信的。来吧，还早。我从来不在两点前睡。"

"你做什么呢，到两点？"

"哦，我读书，我思考，我忧虑。"

"唔，今晚反正没了。"我咕哝着或自忖。到里伯金德·本德尔位于河滨大道的公寓，只要走几个街区。那里的看门人认识我。我上了十四层，手刚摸上门铃，弗里得尔开了门。

弗里得尔身材短小，臀宽腿粗。鹰钩鼻，雄气的眉毛下长着棕色的眼睛。她总是穿着深色的衣服，我从未注意到她身上有一丝化妆的痕迹。我来里伯金德·本德尔家时，基本上她立刻给我端来半杯茶，说几句话，然后回去弄她的书和手稿。里伯金德·本德尔常打趣地说："你能期待一个当编辑的妻子做什么？她能泡杯茶就是奇迹了。"

这一次，弗里得尔穿着一件白色无袖裙，脚上是白鞋子。她涂了口红。她邀请我到起居室，咖啡桌上有一碗水果、一个灌满饮料的壶，还有一盘饼干。弗里得尔说的英语有很强的德国口音。她示意我坐沙发，自己坐到一把椅子上。她说："我知道这事不会有好结果。从一开始，就是魔鬼的把戏。如果瓦尔登博士死了，里伯金德将为他的死负责。老人是浪漫的。他们忘记了自己的年龄和能力。收到那个弱智的舒尔迪尔纳夫人写给他的那种信，他绝对有理由产生幻觉。人可以愚弄任何人，哪怕是圣人。"（"圣人"一词，弗里得尔用了意第绪词语"chochom"。）

人甚至可愚弄里伯金德·本德尔，什么东西在我脑子里低语——一个小妖或小精灵。我大声说："你不应该允许事情走到这一步，本德尔夫人。"

弗里得尔的厚眉毛皱了皱。"里伯金德爱干什么就干什么。他不问我的意见。他走了，我真不知道他去了哪儿或者去干什么。他本来是去墨西哥的。最后一分钟，他宣布顺便去哈瓦那。他在哈瓦那或墨西哥城都没有生意。你对他的了解也许比我多很多。我确定他向你炫耀他的猎物。"

"绝对没有。我完全不明白他为什么去，去见谁。"

"我倒有点明白。但为什么谈这个呢？我知道所有他那些加利西亚把戏……"

我们一时沉默了。弗里得尔从没这样跟我说话。我们几次不多的谈话谈的是德国文学、施莱格尔翻译莎士比亚，以及某些仍在德国方言里使用的意第绪语表达——弗里得尔发现是源自古德语。我正要回答加利西亚人里也有正派人，电话铃响了。电话机在门边的一个小桌子上。弗里得尔慢慢走过去，坐下来接。她轻轻地说话，但我听得出来那一头是里伯金德·本德尔。他从哈瓦那打来的。我以为弗里得尔会立即告诉他瓦尔登博士病了，我来了。但她两件事都没提。她语带嘲讽地和他说话：生意？当然。一个礼拜？需要多久就多久。交易？买吧，为什么不？我？我做我的事，老样子——还能有什么别的？

说话时，她不时瞥我。她露出会意的微笑。我似乎看见她朝我眨眼。这是个多么疯狂的夜晚啊，我想。我起身，犹犹豫豫地朝着洗手间方向的门挪。突然，我做了一件连我自己也感到困惑的事。我弯腰亲了弗里得尔的脖子。她的左手攥住我，用力搂我。她的脸变得年轻而轻蔑。同时她问："里伯金德，你在哈瓦那待多长时间？"

然后她起身，嘲弄地把听筒放到我耳边。我听到里伯金德·本德尔的鼻音。他正说着要在哈瓦那弄到的古董，解释着兑换的差别。弗里得尔靠着我，我们的耳朵抵着。她的头发撩到我的脸颊，她的耳朵几乎灼烧到我的耳朵。我感到羞耻——像个男孩。有一刻，我要去洗手间的需求紧急得尴尬。

第二天早晨，弗里得尔打电话到医院，他们告诉她瓦尔登博士死了。他半夜死了。弗里得尔说："太残酷了吧？我的良心会折磨我到最后一刻。"

接下来的一天，意第绪语报纸报道了这则新闻。里伯金德·本德尔曾跟我说拒绝报道瓦尔登博士抵达纽约的那些编辑们，现在冗长地描述了瓦尔登博士在希伯来文学中的成就。讣告也发表在英语媒体上。照片至少是三十年前的，瓦尔登博士看起来年轻欢快，一头浓发。据报纸说，纽约的那些希伯来学者，瓦尔登博士的敌人，在置备葬礼。犹太电报系统肯定把这事传遍了全世界。里伯金德·本德尔从哈瓦那打电话给弗里得尔，说要飞回家。

回到纽约，他和我在电话里聊了几乎一个小时。他反反复复说瓦尔登博士的死不是他的错。他一样会死在伦敦。终老于何处有什么差别呢？里伯金德·本德尔尤其急于知道，瓦尔登博士是否带了他的手稿。他计划出一期《词语》的特刊来献给他。里伯金德·本德尔从哈瓦那带回了一幅夏加尔的画，是从一个难民手里买的。他对我承认，肯定是从哪个画廊偷的。里伯金德·本德尔对我说："唔，如果这画被纳粹抢走了，就更好吗？马其诺防线不值一撮烟草。希特勒将到巴黎！记住我的话。"

举行葬礼的礼拜堂离里伯金德·本德尔的公寓只有几个街区，他、弗里得尔和我说好在礼拜堂门口碰头。大家都到了——希伯来学者、意第绪主义者、盎格鲁-犹太作家。出租车一辆接一辆来。不知哪儿冒出一个小个子女人，领着一个模样憔悴不安的女孩。她每几秒钟就停一停，拿脚敲敲人行道，女人催促她向前，鼓励她。那是萨拉，里伯金德·本德尔的情人。母亲和女儿想进礼拜堂，但里面已经满了。

一会儿，里伯金德·本德尔和弗里得尔坐一辆红车到了。他穿一件沙色西服，系一条哈瓦那的花哨领带，看上去神清气爽，晒黑了。弗里得尔一身黑，戴一顶宽边帽。我告诉里伯金德大厅挤满了，他说："别幼稚。让你看看美国是怎么办事的。"他对领宾员耳语了两句，领宾员领着我们进去，在前排给我们安排了位置。烛台的人工蜡烛投下柔和的光。棺材停放在讲坛旁。一位年轻的拉比，留着小小的黑髭须，小小的亚莫克帽融入涂了油的闪亮头发，用英语说着悼词。他似乎不太了解瓦尔登博士。他搞混了事实和日期，说错了瓦尔登博士著作的书名。然后一位留着白色山羊胡的老拉比，一个德国来的难民，戴着顶仿佛炖锅的黑帽子，用德语讲话。他强调变音符，大段引用希伯来文。他说瓦尔登博士是犹太教的栋梁。他称瓦尔登博士来美国是为了继续出版那套为之奉献了黄金年华的百科全书。

"纳粹断言大炮比黄油更重要，"拉比庄重地陈词，"但我们犹太人，《圣经》的子民，仍然相信语词的力量。"他呼吁人们捐款资助百科全书最后几卷的出版，瓦尔登博士不顾疾病来到美国，为之牺牲了生命。他拿出一条手帕，用一个角轻擦雾蒙蒙镜片后的一滴泪。他请大家注意，此刻礼拜堂的哀悼者当中有人们一致爱戴的阿尔伯特·爱因斯坦教授，一位死者的密友。人群一阵低语，四下张望。有几个甚至站起来，想看一眼这位世界闻名的科学家。

在德国拉比的布道之后，又有一位纽约某家希伯来文杂志的编辑致悼词。然后，一位戴着六角帽、长着斗牛犬脸的礼赞员唱诵《充满慈爱的上帝》。他的歌声响亮而哀伤。

我近旁坐着一位黑衣服的年轻女人。她黄头发，红脸蛋。我注意到她手指上的戒指有一颗巨大的钻石。年轻拉比说英语时，她撩起面纱，在一条蕾丝手帕里擤鼻子。老拉比说德语时，她攥着手哭泣。礼赞员唱出"他将安息于天堂"时，这女人哭成一团，如同故土的女人。她弯下腰，仿佛要晕倒，满脸泪水。她会是谁呢，我想。就我所知，瓦尔登博士在这儿没有亲戚。我想起了里伯金德的话，纽约的某个地方也许能找到一个真正的瓦尔登博士的崇拜者，真的爱着他。我很久以前就认识到，人所能发明的一切，都已存在于某处。

仪式结束后，所有人起身，排队走过棺材。我看见前面是阿尔伯特·爱因斯坦教授，模样和照片里完全一样，微微弓背，长头发。他站了片刻，低语道别。然后我瞥了一眼瓦尔登博士。殡仪员给他化过妆了。他的头枕在一个丝绸枕头上，脸硬如蜡，仔细刮过，小胡子捻了旋，眼角有一丝微笑，似乎在说："唔，是的，我这一生是个大笑话——从头到尾。"

衣装癖*

1

为什么一个富家女孩不结婚？这个，孩子们，没人能解释。

求亲人说过不少，她的两个姐妹和三个兄弟该结婚时都结婚了，但是她，阿德勒——真名是霍德尔——一直未婚。我们住在他们的房子里，她比我年长至少二十岁，但我们成了朋友。媒人仍在找她，虽然她已年过四十。她的父亲，雷布·萨姆森·祖克伯格，是个有钱人，一家炼糖厂的合伙人。她母亲来自一个有学问的家庭。

＊ 本篇英语由艾萨克·巴什维斯·辛格和鲁思·夏赫纳·芬克尔（Ruth Schachner Finkel）翻译。

年轻时，阿德勒远远说不上丑，虽然一直太瘦，小个子，没有胸，和妈妈一样深色皮肤。她黑眼睛，头发也是黑色，只是后来夹杂了灰色。我们镇上把这种头发叫作坟头草。不过，比她更丑的女人也找到了丈夫。那时候，老处女很罕见，即便在裁缝和鞋匠家。也并没有犹太女修道院这种东西。

　　有些女孩因为脾气坏而找不到丈夫，或因为太过挑剔。阿德勒没时间发脾气。她的问题全来自对衣服的疯狂。她根本无法考虑其他事情。你们不信？一个布道者到过我们镇，他说什么事情都能成为——怎么说来着——激情，哪怕是嗑瓜子。

　　阿德勒的心思全放在衣服上头。连介绍给她男人，事后我和她聊，她的第一句评论是他穿得如何。她会评论，他的衬衫领子敞着，外套没系扣子，或靴子没擦干净。其他人不加注意的事情，她看来看去。一次，她对我说到一个男人，说他的鼻孔里有几簇毛，让她恶心。什么女人对这种琐事感兴趣？一次，她抱怨那个可能的新郎身上有股臭味。我记得她说"男人全都恶臭"。说这话太可怕了。我们女人都是用玫瑰花瓣做的吗？她有个怪癖，老是在洗漱。她常常带着一瓶嗅盐。不管什么时候我给她上茶或苹果酱，她总能在杯碟上发现尘斑或煤灰。那时候，一个人做了件裙子或套装是要穿好些年的，但阿德勒要是穿了哪件衣服三次，就已经太多了。她父亲去世后，她继承了他的房子和那里的几家店。老头还给她留了嫁妆，但这些财物全都变成了她穿在身上的东西。

即便她是个老处女，人们还是邀请她参加婚礼、割礼和订婚宴。她在卢布林有许多亲戚，华沙也有。她一直给他们带礼物，每一件都很讲究。每件小饰物都得刚刚好，和场合相称。

从我第一次认识她起，她爱说的一句话就是："我得去试衣服了。"这次是披肩、裙子，下次是外衣或衬衣。她总是要赴鞋匠、帽商、毛皮商和裁缝的约。样样东西都要匹配。如果裙子是绿色的，她就得有绿鞋子和绿帽子。帽子必须有根绿羽毛，阳伞必须是绿色的。卢布林有谁操心这种无聊的事情？也许就庄园的女士或省长的妻子吧。

而且衣服试一次就够了吗？这儿她发现一个褶皱，那儿她发现荷边束腰变形了。她订了巴黎的时尚杂志，上头描述了所有新样式。时尚总是先到华沙，再过大约一年到卢布林。但自从阿德勒直接从时尚制造者那里收到杂志，她身上的一切都颠三倒四了。她们刚开始穿短裙子，她已经订做长裙子了。裁缝们完全糊涂了。她走上勒尔陶大街，路人停下来看她，觉得她疯了。

她父母还活着时，媒人们从未失去希望。他们安排男人介绍给她，每次赴约见对方，她都穿得像个新娘子。从未有什么结果。等她父母死了，媒人开始忽略她。他们能追着她这种人到几时？一个人要是谁也不想要，她迟早只剩下自己。

我十七岁结的婚。她五十几岁时，我的孩子已经成年了。三十六岁时，我成了祖母。我们有一家绸布店。我们卖边角料、衬里、粗布、镶边和纽扣。我们的店在她的房子里，她总是要找什么东西：纽扣，丝带，蕾丝，珠子。她一站几个小时，翻来弄去。我的丈夫，愿他安息，本性易怒，他对她没耐心。"她在找什么？"他会问，"去年的雪吗？她为谁打扮自己，死亡天使吗？"他当时不知道这话说得太对了。她来问我问题，好像我是权威。"棕披肩上能穿绿披巾吗？参加头生子出生宴该穿什么？"

你们年轻人不知道，那时候的时尚是不同的：套头衫，蹒跚裙，虔敬服，还有别的什么，我自己也不记得了。你们可能觉得旧时候的人穿着破衣服走来走去。远不是这样。穿得起的人可是打扮到牙齿的。但阿德勒这种，上天宽恕我们，是疯癫。她大概有五十条克里诺林裙[1]。她所有的衣橱都塞满了。她还喜欢家具和古董。她父母留给她的小玩意够多了，但几乎每个礼拜她都又买几个小摆设：这种镜子，然后那一种，一把直腿椅子，一把曲腿的。

她的旧东西并不送掉，而是找顾客卖掉。你买东西，商人想卖高价；你想卖东西，买家就想不付钱。她被骗，被宰。我说

1　克里诺林裙（crinoline），一种里面带有巨大裙撑的长裙。

过，她浑身干瘪，皮包骨头。她根本没时间吃饭。她的厨房和碗碟像国王家的，但她很少煮东西。早些年她有个女仆。现在她辞了女仆，因为钱全拿去买无聊的装饰品了。那时候以胖为美。连胖女人也用臀垫和裙撑，以显得更加圆润。束腹只有在出国时才穿。阿德勒每天早晨都穿上束腹，理所当然就如虔诚的犹太人穿上流苏衣服。她如此瘦骨嶙峋，压根不需要束腹，但她不穿上绝不敢跨出门槛，好像别人能看出区别似的。没人多看一眼。她裸体出门也没差。她的姐妹已经是祖母了，甚至曾祖母了。阿德勒自己本来也可以是祖母了。可是呢，我的门一开，阿德勒进来，黑如煤炭，脸颊干瘪，眼袋浮肿，说："利亚·吉特尔，我要去洗温泉，但没有能穿的衣服。"

得了胆囊炎或肝炎的富人每年夏天去卡尔斯巴德、马里昂巴德，或至少纳文丘夫。很胖的去弗朗岑巴德减减肥。有的跑到皮茨赞尼[1]洗泥浴。富人有什么烦恼呢？去那儿的另一个理由是安排婚配。他们带着女儿，带她们走来走去，像是市场上的奶牛。那儿不缺媒人和寻觅有钱姑娘的小伙子。他们涌到那儿，好像去赶集。姑娘们是去喝矿泉水的，妈妈们则一眼看出谁是

---

1 卡尔斯巴德（Carlsbad，捷克语称"卡罗维发利"）、马里昂巴德（Marienbad，捷克语称"玛丽亚温泉"）、弗朗岑巴德（Franzenbad，捷克语称"弗朗齐歇克"），此三处为捷克卡罗维发利州的三个温泉小镇；纳文丘夫（Nalenczow），为波兰卢布林省的一个温泉小镇；皮茨赞尼（Piszczany，斯洛伐克语称"皮耶什佳尼"），为斯洛伐克著名的温泉小镇。

可能的新郎。

如果你有女儿，你能怎么办呢？但阿德勒去浴场干什么？她只是跑去炫耀一番，看看女人们穿什么。那儿的人知道她，拿她取笑。她自己一个人，或者缠上某个卢布林的密友，到处跟着她。她避开男人，他们肯定也没追着她。她没洗温泉，休养身体，相反，回来时比以前更憔悴了。她看见一切，听见一切，知晓一切私情。就算那时候，也不是人人都是圣人。富人家的女儿结识了军官、混子，还有魔鬼知道的什么人。一个姑娘掉了块手帕，立刻冒出一个裙下之臣帮着捡起来，鞠躬，好像她是个女伯爵。他尾随她，想要勾搭上。妈妈跟着，几乎气得冒火，但什么也不敢说。新时代已经来了。新时代什么时候来的？鸡蛋变得比鸡更聪明了。不过，一个姑娘得要有，你们怎么说的，清白的名誉。如果她的行为太糟糕，就会遭人非议。无论如何，总归有麻烦。可是姑娘们还是订了婚。不然呢？

但阿德勒的钱是白白花掉了。她买了一堆堆丝绸、天鹅绒、蕾丝之类的。在边境，她得付关税，讨价还价全白费力气了。

是的，新年和赎罪日她给会堂买了条长椅，但她在这些节日穿的衣服不可思议。她准备了一衣柜衣服，似乎这是她的婚礼。其实，她从来就不虔诚。在会堂里，她不祷告，而是盯着女人们的服装。她的座位偶尔在我近旁。礼赞员吟诵礼拜辞，女人们泪流满面，但阿德勒一直在我耳边窃窃私语，说着裙子、珠宝、这个人穿着什么，那个人怎么打扮。那时，她已经六十多了。事实是，尽管痴迷装扮，她的外表从来没对头过。她身上有股衣服遮不住的破落感。不知怎么，她永远有股蓬乱枯萎的味道，好像她在衣服里面睡着了。可是，没人想得到她后来能做出那种事情！

2

有一种观点认为，老处女活不长。纯属瞎说。这位阿德勒比她的两个姐妹和三个兄弟都活得长。她没了牙齿，只剩下一张空空的嘴。大多数头发掉了，只好戴顶假发。后来我失去了我的丈夫，但我留在那栋房子里，那栋慢慢变成废墟的房子。我只能放弃店铺。

为什么我要讲这些呢？是的，阿德勒。她继续装扮自己，跑到裁缝那儿去，如同年轻时那般讲价。一天，我进了她的公寓，她对我说起要把她的财物留给谁。她写好了遗嘱，把东西给所有的亲戚——给女人，不给男人。这个侄女将拿到这件毛皮外套，那个侄女拿到另一件不同的毛皮外套；这个将继承波斯小地毯，那个继承中国小地毯。没人会拒绝遗产，但谁会要四十年前的衣服？她有索别斯基国王时代的连衣裙。她有从没穿过的亚麻衣服，要是谁碰一碰，就会像个蜘蛛网碎掉。每年夏天，她把一堆防蛀球放在衣物之间，但蛀虫还是钻了进去。她有十几个箱子，都打开给我看。这些东西花费的钱抵得上国王的赎金，但又都值什么呢？连她的珠宝也不时兴了。旧时，她们喜欢重链子、大胸针、长耳环、一磅重的手镯。现在的年轻女人什么都喜欢轻的。总之，我听她说，我点头。

突然她说："我也为来世做好了准备！"我以为她要留点东西给穷新娘或孤儿，但她打开了一个箱子，给我看她的裹尸布。

亲爱的朋友们，我一生见过很多事，但看到这些裹尸布时，我不知道该笑还是该哭：最珍贵的亚麻，大段大段的蕾丝，配得上教皇的风帽。我对她说："阿德勒，犹太人不允许穿奢华的葬服。我不是学者，但我知道。外邦人钱多的就给死者穿好点，但犹太人都得一样下葬。而且为什么尸首要穿得这么花哨？让蠕虫高兴吗？"而阿德勒说："但我还是喜欢美的东西。"

我觉得她脑子坏了，对她说："对我来说没问题，但丧葬会通不过的。"我估计，她去问了拉比，拉比告诉她裹尸布必须是素亚麻布的。甚至不能用剪刀，亚麻布得用手撕。女人们不是缝它，而是别住它。为什么要为已死的身体瞎费工夫呢？

根据律法，谁要是死在某个节日的第一天，葬礼就在第二天举行。这是允许的。但裹尸布呢？节日里是不允许缝裹尸布的。有些老妇人预先备好自己的裹尸布，如果有需要，她们就拿给其他人用，家属或社区再给予补偿。即使不补偿，几码亚麻布又值几个钱？许多人相信送出裹尸布会带来长寿，人人都想活着，连一只脚踩在坟墓里的人也是。

那年以禄月[1]有一场严重的疫病。新年前夕和第二天，死了几十个人。丧葬会的女人们听说阿德勒备好了裹尸布，过来问她要。谁会拒绝这种事呢？但阿德勒说："我不会送掉我的裹尸布。"她打开箱子向她们展示自己的宝贝。女人们只看了一眼就吐唾沫。她们没祝她节日好就走了。我当时不在，但阿德勒到我屋里哭。我能怎么帮她呢？我的心为了自己的烦恼而沉重。我丈夫活着时，新年是新年。他过去在会堂吹羊角。他念诵祝福文时，不是像其他人那样用葡萄，而是用一个值五卢布的菠萝。一个孤单的女人，孩子们结了婚分散了，还剩下什么呢？而现在她跑来在我的肩膀上哭。她害怕尸体找她报复。我安慰她。我告诉她，如果死者干涉生者的事情，世界不可能存在。人离开了这个大地，恩怨就都忘了。

我不知道是因为裹尸布还是我变消沉了，反正我不再去看她了。她也不来找我。其实，我们能有什么聊的？她没有孩子，也没有孙子孙女。迟早她要唠叨起她的衣装。她驼了背，起了皱纹。我甚至看着她脏。她的脸上长出许多疣子。我们的屋子有各自的出入口，我几乎忘记了她。

1　以禄月（Elul），犹太新年和赎罪日所在的提斯利月前一个月，通常在公历八、九月之间。

一天，一个女人，我的一个邻居，走进来说："利亚·吉特尔，我要告诉你点事，但别吓着了。我们这个年纪的人绝不能让自己太受惊吓啊。"

"发生什么了，"我问，"天塌了，还是皮亚斯基的小偷变正派了？"

她说："等你听了，你会觉得我疯了，但这还是真的。"

"唉，"我说，"别绕弯子了，快说吧。"邻居朝我做了个惊恐的眼色，说："阿德勒要改宗了。"

"恐怕，"我对她说，"你脑子真的坏了。"

"我知道你会这么说，"她回答，"一个神父天天来找她。她把圣卷[1]从门柱上扯下来了。"

"啊，让我昨晚和前晚做的噩梦都应到我们的敌人头上吧。"我说，"我能理解一个年轻人叛教，因为她觉得也许能改善她的处境。有些人会为了世上的几年好日子出卖永恒的后世。但一个老女人为什么要改宗？"

"这我也想知道啊，"邻居说，"我敲阿德勒的门，但她不开。请去一趟吧，看看你能不能弄明白发生了什么。那个神父天天来，坐好几个小时。有人看见她进女修道院的门。"

---

1 圣卷（mezuzah），即门柱圣卷。一块长方形的小羊皮卷，一面写着《圣经·申命记》里的部分经文，另一面写着上帝之名。羊皮卷放在一个小匣子里，挂在门柱上。犹太教徒进出大门时，用右手手指按一下圣卷，然后吻一下手指。

我完全惊呆了。"这样啊,"我说,"那我去瞧瞧看。"

我确信整件事要么搞错了,要么是瞎编的。就算神经病也是有点理智的。不过,我想站起来时,腿还是像木头一样重。我了解我的邻居,她不是捏造事情的人。

我走近阿德勒的门,门柱上没有圣卷。挂圣卷的那一处漆褪色了。我敲门,但没人应。一定是在做梦,我对自己说。我捏捏脸颊,疼。我一直敲门,直到听见了脚步声。阿德勒的门有一个谍孔,里边盖着活盖子。一个人住,总是会害怕贼,尤其橱柜里满满当当的。她一只眼睛盯着我,看得我毛了。她只开了一条门缝,恼怒地问我:"你想干什么?"

"阿德勒,你没认出我吗?"

她嘴里咕哝着,开门让我进去。她警惕地看着我,脸如死人般苍白。

我说:"阿德勒,我们这么多年都是朋友,我有欺负过你吗?可是你为什么拿掉门柱圣卷?我听说的事情——但愿不要发生——不可能是真的吧?"

"是真的,我不再是犹太女人了。"她说。我眼前一黑,不得不坐下来,虽然她没请我坐。我是瘫倒在椅子里的。我快晕倒了,但坚持住了。我问:"你为什么要这样?"而她回答:"我不需要向任何人解释,不过我这么做是因为犹太人羞辱死者。基督徒给死者穿上他最好的衣服。他们把他放进棺材,盖上花。犹太人用破布包死者，扔进烂泥洞。"

　　长话短说，她改宗是因为她想在坟墓里打扮。她直白地告诉了我。一切源于她裹尸布的蕾丝。她琢磨了很久，焦虑死了，最后去找了神父……

　　如果要把那天我们说的话都告诉你们，我得跟你们坐到明天早上。那天，她的模样和举止像个女巫。我恳求她重新考虑，但好像在和石头说话。"我受不了，"她说，"像垃圾一样被扔掉。"她恨要盖在她眼睛上的碎瓷片和要插在她指缝里的木枝。她不喜欢哀悼者哭成一片、马披着黑布的犹太葬礼。基督教的灵车装饰着花环，出席者随着灵车，手拿灯笼，着装隆重好像以前的骑士。她打开衣柜给我看她的新葬服。哎哟喂，她给自己配备了一整套妆奁。她已经在天主教墓区买了块墓地，订了墓石。疯了？当然她疯了，但这也全关乎她的虚荣。搬家对老人来说可不容易，但我立刻搬了出去，其他邻居也是。连店老板们也搬走了。这条街的狠人想揍她，但他们的长辈警告切不敢碰她。波兰人会把我们都杀了的。我们搬出去后，有人告诉我她给自己买了个衬丝绸的铅棺材，放在家里，直到死的那天。改宗后，她只活了九个月。多数时候，她躺在病榻上。一个老修女给她送食物和药。别人她都不让进门。

　　她把自己的财物留给教堂，但小偷先出了手。她的兄弟姐妹全都死了。她死前，下了好多天的雨，她的墓里灌满了水和烂泥。

是的，一种激情。人开始渴望某种东西，很快这种渴望浸透大脑。后来我才从阿德勒的一个侄女那儿知道，她的这位姑姑生病从不看医生，因为她的乳房上有个胎记。也是因为这个，她避免结婚，因为得去洗净浴然后露出这瑕疵。她身上永远散发着香水味。

　　我常说，人不能对任何事情太过着迷，连《托拉》也不行。在罗夫纳有个年轻学者，研究迈蒙尼德[1]研究得不信神了。他们给他起了个绰号叫莫什卡·迈蒙尼德。他能背出迈蒙尼德所有的文字。礼拜六他坐在窗边，嘴里叼一根香烟，念诵迈蒙尼德。拉比来斥责他时，他们辩论起来，莫什卡想向拉比证明，根据迈蒙尼德，在安息日并不禁止抽烟。一个安息日，他被赶出了镇子，然后他径直跑进了维斯瓦河，淹死了。拉比在悼词中说："迈蒙尼德会出手帮他的。没有人比这个疯子更了解迈蒙尼德。"

1　迈蒙尼德（Maimonides，1135/1138—1204），中世纪犹太神学家、哲学家，著有《迷途指津》。

施罗伊梅勒*

1

我刚到美国不久，有一天正坐在家具屋里，寂寂无名——意第绪语作家只能如此，靠着哈克维词典的帮助，读《圣经》学英语。门开了，一个粉脸蛋、暗樱桃色眼睛的小伙子进来。他微笑着，现出酒窝，小嘴是女孩子般的红色，问道："你是那个从华沙来的作家吗？"

"是的。"

他打量着我和我的房间，我看着他。他身上有什么东西给人

---

* 本篇英语由阿尔玛·辛格（Alma Singer）和 伊莱恩·戈特利布（Elaine Gottlieb）翻译。

熟络的感觉，少年气的脸。但他的身体像是中年的，肩膀宽阔，脖子滚圆。对于他的矮个子而言，他的手太大了。他穿着红衬衫、黄裤子，系一条彩色领带，拿一个厚厚的公文包，模样像个喜剧演员。他用略带沙哑、亲热的嗓音说："是伯纳德·哈钦森先生向我引荐了您。"

"哈钦森？"

"他的名字其实是霍尔茨曼，不过在这儿变成了哈钦森。他写好莱坞剧本。您的短篇故事发在——那份意第绪语报纸叫什么来着？——他觉得改成戏剧很好。我正在制作一个非百老汇剧，昨天的《村报》对之大捧了一番。哦，我忘了介绍自己：山姆·吉尔伯特。在意第绪语里，我的名字是施罗伊梅勒。那是我妈妈叫我的名字。我五岁到这个国家，从波兰的一个村子来的——我忘了村子的名字。每次我想记起那名字，它都从嘴边溜走。"他拍拍额头，好像在拍一只苍蝇。

"是拉多姆附近的一个地方。我记得烂泥，很深的烂泥，女人们穿高筒靴，和男人一样。我自己在写一个剧，但目前正在制作一个我朋友写的，她叫西尔维娅·卡茨，有才华的姑娘。非常有才华！但喜怒无常。她是明星。我敢保证，她大有前途。我们就要结婚了。好莱坞想要我。我只需要签个合同——每周五百美元，豪华办公室——应有尽有。但我的心在剧院。我想做一个犹太戏，讲英语，自然了，带着家乡的味道，洋葱啦鸡油鲱鱼啦——好让非犹太人知道我们不只是一群敛财的家伙。我们有文化。"

"我不知道你说的是哪个短篇。我发表了几篇。"

"等等。我把标题记下来了。"

施罗伊梅勒在我摇摇晃晃的桌子上打开公文包，纸张和照片掉出来。我弯腰捡时，又掉出来更多——演员、舞者、表情狂野的男人、半裸的女孩、白人和黑人。翻了半天，施罗伊梅勒还是找不出那张纸。他烦起来，从胸袋里掏出一根长雪茄，点着了。雪茄戳在他那张娃娃脸上，显得不太相称，从那儿升起一团团烟。

"写的是一个女孩，装扮成一个书院男孩，"他说，"西尔维娅听说时激动死了。太适合她演了。她现在演的那个不太对头，虽然是她自己写的。不过呢，评论家反应热烈。但戏院太小了，观众不喜欢去看非百老汇的戏。我有几个有钱的'天使'——他们是这么叫投资者的。我们正在找一家戏院。此外，我们现在的那个倒了霉。你要不上下都让他们揩点油，你就会有麻烦。全都是一帮伸手的，从街区的条子到上面的官。就像意第绪语里说的：'油抹得好，路走得好。'你觉得你能把你的故事改成戏吗？我们会签个合同。这么着吧，来跟我们吃个晚饭。戏今晚不演。我把你介绍给西尔维娅。她是美国出生的，不过是老家人。每个礼拜五晚上，她妈妈都点蜡烛。西尔维娅做的鱼丸入口即化。她的卷饼是出了名的。她意第绪语说得很好，味道[1]十足——是这么说的吧？一个真正的犹太女孩！"施罗伊梅勒甜甜地微笑，眨着眼睛。

"我们俩都一文不名，但现在我们要结婚了。我父亲暴怒。她母亲想要一个百万富翁女婿，只能多不能少。男人们为西尔维娅发狂。想把我带去好莱坞的那导演疯狂地爱着她。但西尔维娅和我是命中注定的一对儿。"

施罗伊梅勒说话时混杂着意第绪语和英语。"这不是你住的地方，"他说，"作家需要灵感。等你成功了，他们会给你在伍德斯托克或者哪里买个房子，你会看着窗外的树木、河流、山丘。爱情也重要。我母亲有个说法：'一等于无。'纽约到处都是漂亮姑娘。等她们发现你这么有才华，她们不会不理你的。这是我的地址。"

2

找了很久之后，我找到了施罗伊梅勒和西尔维娅在格林威治村住的房子。我进了一个房间，里面的一条绿台布长桌上，红蜡烛在几个玻璃烛台上燃烧。到处坐着年轻的男人女人，凳子上，

1　原文为意第绪语 taam。

地上，抽着烟，努力让自己的话在一片嘈杂中被对方听见。有一股烤肉、威士忌、香水和大蒜的味道。他们一边喝东西，一边给自己扇风，姑娘用口袋书扇，小伙子用杂志或折起的报纸扇。施罗伊梅勒跑来迎我，西尔维娅惊呼、拥抱我。她比施罗伊梅勒高很多，金发，苗条，眼皮蓝色，涂了浓浓的睫毛膏。她像亲戚般亲我，大声宣布："这是我们下一个剧的作者。"

我被介绍给姑娘们，金发的、棕发的、红发的，还有小伙子们，毛发浓密，穿着各种颜色的敞开的衬衫、短裤，脚上是凉鞋。也有几个黑人。晚饭因为我而延迟了，我坐在桌首。西尔维娅坚持要我脱掉夹克。她在手里掂了掂。"天哪！你穿的是啥？你的作品全集吗？"

"欧洲人还不懂热带正装。"施罗伊梅勒解释。

"你在这种衣服里会融化的。"西尔维娅说。

她说这话是多余的。我的衬衫湿透了。我戴了硬领、浆挺袖口和链扣。大家吃着晚饭谈了起来，人人都用最高音叫喊。他们谈到现代戏院，我不明白什么让他们这么兴奋。我听见他们反复提到斯坦尼斯拉夫斯基、莱因哈特、皮斯卡托。一个胸毛旺盛的小伙子叫另一个"法西斯分子"。一个后背裸露到腰的姑娘举起番茄汁为新剧院祝酒。所有的姑娘都一直说"亲爱的"，亲某个客人带来的一条超大的狗。我的牛排是半熟的，肉汁血淋淋。我的甜品完全是甜奶油做的，我的小咖啡黑如墨汁、烈如酒精。虽然他们一开始为我大惊小怪了一番，现在我已被抛弃了。我告诉施罗伊梅勒，我得走了。

"可夜晚才刚刚开始！"西尔维娅抗议，鲜红的指甲递上我的夹克。我走之前，她给了我一个长长的吻，许诺很快会联系我。

我在格林威治村的小街道里绕晕了，花了点时间才到地铁。乘客们嚼着口香糖，读着晨报。一个黑人男孩跪在散落的报纸和花生壳中，给人擦鞋。一个乞丐用小号吹了首曲子，然后把一个纸杯递上前，里面的五分一分硬币叮当响。一个酒鬼说了一番话。他预测希特勒将拯救美国，然后吐了。我旁边的座位，谁留下的一张小报上，写了一个新娘被嫉妒的追求者杀死在教堂门口。照片里她身着礼服和面纱，趴倒在台阶上。那杀人犯，由两个警察左右执着，冲相机摆姿势。墨索里尼说自己是天才。希特勒威胁进攻波兰。在莫斯科，又有几个老布尔什维克被捕。

显然，这晚上全白搭了。我的短篇毫无那群年轻人想带进剧院的元素。肉或蛋糕我都没能吃下去，还一直饿着。我离开地铁，走了三个街区到出租屋，几乎挤不进小小的电梯，里面有个硕大的黑人坐在一堆脏亚麻衣物上。五层的走廊狭窄，灯光昏暗，洗手间永远有人，我的房间热得像烤箱。我穿戴整齐，躺在床上，急巴巴地等着洗手间门开。我感觉西尔维娅吻我脸颊的位置胀痛起来。她肯定有吸血鬼的嘴唇。

3

有一年，我没听到过施罗伊梅勒的消息。一天，我坐在一家百老汇大道的自助餐馆里，他走到我的桌旁。我几乎没认出他来。他更胖了。他微笑着打招呼，请我允许他坐下，并把他的餐盘拿了过来，盘里堆满了卷饼、酸奶油、洋葱卷和牛奶。他说："真好玩。我想去柴尔兹的，但不知怎么却来了这儿。你怎么样？有什么变化？西尔维娅和我彻底结束了。她嫁给一个非犹太人，现在要跟他离婚了。许诺给她太阳和月亮，她自己的剧院，一个好莱坞角色。真会咋呼！几乎要了她妈的命。但这是美国。谁在乎父母？我们实际上算结婚了，一起住，睡一张床。突然，她投进了谁的怀里？一个骗子！我本来能有一个百老汇剧院但现在吹了，当然了。我接触上了新的一群人，还是想制作你的短篇。我试过打电话给你。我们有一个绝妙的新女演员。西尔维娅不适合扮成书院男孩。她太大只，太吵了。登上舞台的第一分钟，她就开始尖叫。其实，她一直这样，那股狠劲吓坏了'天使们'。她的精神分析师对我解释，说她的父亲是个笨蛋，所以她必须补偿。波妮正相反。目前我们只是住在一起，但我们计划结婚。她母亲去世了，父亲在克利夫兰开出租车，再婚了，有了别的孩子。我的办公室在四十八街和第六大道的交叉路口。什么时候过来吧！我们是个保留剧目轮演剧团，正在排练一个戏，但我们计划在纽约开演。哈钦森又和我们一起了。他和西尔维娅看不对眼，但波妮好说话。我们需要的两万五千美元实际上已经是我们的了。"

"两万五千美元！"

"怎么了？在百老汇就是几颗花生米。一旦成功了，天空才是极限。你能挣几百万。什么？就按你自己的方式写。我审改过几个剧。关键是要一直有动作。保持观众的兴趣。明天午后十二点半来我办公室。我也会带着波妮。她想见你想得要死了，你的什么事她都知道。她和西尔维娅是朋友。当然了，她们现在彼此有点冷了。但我们还是会聚到一起。我甚至给了她一个戏里的角色。但西尔维娅总是必须是明星。她脑子抽风了。"

施罗伊梅勒边说话边嚼。等说完了，他给自己和我弄来咖啡和奶酪蛋糕。"我体重越来越大，"他说，"但我这一行得和每个人吃饭——午饭、晚饭，有时候没在饭点也吃。我必须减掉至少二十磅。你怎么做到的？没有食物和爱算什么生活？我能抽烟吗？"

"抽吧没事。"

他点着一根雪茄，冲我的脸吐烟，说："我想演戏，但我当经理更好。我相当于他们的哥哥、父亲之类的。有个怀孕的女孩需要流产。这是个违法的勾当，但又能怎么办？明天十二点半到我的办公室，准点。"

第二天，我爬上第六大道一个街角房子里的三层窄楼梯。经过一个个房间，敞开的门里是半裸的姑娘们，唱着悠长忧伤的不得志歌曲，我知道这是"布鲁斯"。电台吼叫，维克托拉留声机嘶鸣。我打开一个小小房间的门，里面的墙上贴着照片、海报和褪色的报纸，然后看见一个小小的姑娘，鹰钩鼻，猫头鹰般的眼睛，头发短短的像个男孩。施罗伊梅勒正打电话，朝我点头眨眼。那女孩匆忙腾出一把堆着杂志的椅子，示意我坐到那儿。施罗伊梅勒正说着："你不能这么对待我们！我们公司是有偿付能力的。我们会付钱的，我们不会跑路的。毕竟，我们是一个年轻的团体，该让我们喘口气。如果这剧红了……"

显然那一头的人挂了。"哈罗，哈罗！"施罗伊梅勒叫道。然后，朝那姑娘，朝我，但又不是朝着特定的人，他宣布："那家伙疯了，纯粹的疯子。"

4

我们的碰面虽无足轻重，我却开始感觉尴尬。我没有剧本，施罗伊梅勒没有戏院。他和波妮分手了。他有了个新姑娘，比他高一头，长鼻子，羊毛似的黑头发，还有胡子。她嗓音低沉，公开承认是共产党员。她的抱负是组织一个左翼剧团，上演布莱希特、托勒尔[1]、罗曼·罗兰的《群狼》和苏联剧作家。"意第绪语没问题，"她说，"只要服务大众。但一个姑娘伪装成书院男孩的戏不适合我们。进步的剧院观众想要剧院反映他们的时代、他们的斗争、他们在社会中的角色。"这个姑娘叫碧翠丝，有她自己的行事方式。她会点一支烟，抽两口，在她的咖啡杯里灭掉。她的指甲啃到了根部，她的手指因为烟草而泛黄。尽管她和施罗伊梅勒住在一起，还想和他开个戏院，她却奚落他。在自助餐馆里，她总使唤他跑来跑去，一会儿要芥末，一会儿要辣根。她必须吃德国泡菜配熏肉香肠，腌牛肉三明治配泡黄瓜。她的外套口袋和男人的一样深，塞满了报纸和杂志。连她的咳嗽都是男人气的。她去洗手间时，施罗伊梅勒说："不要把她的话当真。书院男孩的角色正适合她。她会红的。"

我决定结束我们的碰面和无聊谈话，但我们老是能碰上。不管我对施罗伊梅勒说多少遍，我没有剧场抱负，他还是不停谈论我那个不存在的剧。我穿过自助餐馆十字转门的那一刻，他就跳起来迈着短腿跑向我，手里拿着银刀叉、餐巾和盘子。他只是想照顾照顾我。我想去看歌剧吗？我对音乐感兴趣吗？他的钱包里全是票。某个前艺妓熟人将成为我的情人。或者也许我想试试大

1　托勒尔（Ernst Toller，1893—1939），德国剧作家，他的每一部剧作几乎都在宣扬他的政治理念。

麻？他什么东西都能搞到批发的——外套、正装、衬衫、手表、打字机、烈酒。医生、药商、按摩师、编辑、伞厂老板都是他的好朋友。老拒绝他我也难受，有一次我甚至接受了两张票，一部新喜剧的。我带了个姑娘到那戏院，发现戏已经收了。评论家屠杀了那个剧，第二晚就停了。

岁月流逝，对我来说，施罗伊梅勒象征着白费的时光和我自己的失败。我永远找不到出版商，他永远找不到戏院。他越发肥壮，我越发瘦弱。许多次，我们都濒临结婚，却始终是单身汉。我们俩都计划去欧洲，去巴勒斯坦，但许多年过去却从未离开纽约。虽然他一直夸耀他的项目，但我搞不懂他是怎么谋生的，他也并不真的知道我在干什么。我偶尔在意第绪媒体上发篇文章，做点翻译、编辑、校对，甚至给人代笔。施罗伊梅勒似乎成了个小小的演出经理人。十年，十五年，他从未失去那股欢快劲头。他的身体庞大起来，患有哮喘，但眼睛里闪着青春的能量和好脾气，任何挫折都不能使之削减。至于我，我的笔记本里还是写满了长篇小说、短篇小说和随笔的计划。也够奇怪的，我们不知道彼此的地址和电话号码。有时候，几个礼拜、几个月都碰不到。随后我们又每天碰到，甚至一天两次。我们既是陌生人也是亲密的朋友。他谈他的恋情，我谈我的。没有什么别的可聊。即便他身上没有多少东西是我喜欢的，我也得承认我们有共同点：我们都无法完成自己的计划；我们都对女人失望，或许是反过来吧。

她们总是一开始理想主义，到最后却嫁给保险经纪人、会计、屠夫和侍应生。

我秃的那块周围的头发变灰了。施罗伊梅勒的一头黑发稀薄了，夹杂着白丝。他介绍给我的不再是姑娘，而是中年妇女。我扯上了一个比我大得多的寡妇，她已经有了孙辈。我们既不能在一起也不能分开。她总是担心被她的儿子、媳妇、女儿和女婿发现。夜里她情词浓烈，咬我的肩膀，早晨她告诉我她给自己买了块墓地，在她丈夫旁边。突然她不染头发了，几个礼拜就白了。她在布鲁克林的公寓不要了，搬到长岛和女儿住。她在电话里对我说："什么事情都有个头。"

我想找找以前的女朋友们，但那个夏天附近没有。结了婚的顾自己的家，单身的在欧洲或加利福尼亚。有的搬家了，电话号码不在黄页里了。我试着发展新关系，但没运气。我完全失去了写作的欲望。我的手指变得迟钝。自来水笔给我搞破坏，要么漏水要么不出水。我看不懂自己的笔迹。我遗漏字母和词，犯下荒谬的错误，写出浮夸的长句。我常常把意思写反了，好像有一个文学小恶魔钻进了我的脑子。我的笔记本，甚至手稿，消失了。晚上睡不着觉。我不收信了，也没电话找我。我一穿上衬衫就被汗水湿透。鞋子太紧。刮胡子刮伤自己。食物弄脏了领带。鼻子塞了，几乎透不过气。背上发痒，得上了痔疮。

我存了一点度假的钱，但不知道去哪里。在自助餐馆里，我看见施罗伊梅勒在吃面条和白软干酪。他圆得像桶，脸浮肿，眼下有蓝影，领子脏兮兮的，不过，他招呼我坐到他那一桌时的表情还是欢快的。我端着杯咖啡和他坐到一起。

"你怎么了？"施罗伊梅勒问，"我一直找你，但——"

"我估计你现在找到戏院了吧？"话说出口，我意识到这嘲讽的残酷。

"呃？会有的。戏院说到底又是什么呢？一个大厅，有几把椅子。百老汇有几百万美元等着我们去赚。只要你知道怎么拿。"

施罗伊梅勒把一勺面条塞进嘴里，想吞下，噎住了，喝牛奶顺了下去。他捏起一根掉在翻领上的面条，吃了。

"你觉得天气怎么样？"他问，"这种大热天还留在这里一定是脑子坏了。你为什么不躲躲？哦，不是这么容易，我知道。总有事情缠身。一个也门女演员从以色列来这儿了，很有才华。想想，她的丈夫是来自维尔纳的立陶宛犹太人。"

"真的？"

施罗伊梅勒瞥了我一眼，笑了笑。"我们为什么不一起出门？"

"两个男人？"

"怎么了？我们又不是男仙子[1]。我们会找到女人的。"

"我们去哪儿呢？"我问，吃惊自己说出这话。

1　原文是 fairies，指男同性恋者。

"我一个朋友在蒙蒂塞洛有一家旅馆。他基本上不会要我们钱。是个好地方，空气好，自家做的饭——酸奶油、白软干酪、蓝莓、卷饼，你心里想吃的都有。他有个赌场，需要娱乐人员。我们组织一下吧。你可以演讲。"

　　"从来不演讲。"

　　"那就不讲。但有什么关系呢？给他们读几页纸，他们会爱上的。整天给肚子塞烤肠和薄饼，他们需要消遣。你有没有什么幽默的小品文？"

　　那天晚上我睡不着。家具屋感觉像着了火。敞开的窗户没有一丝微风吹进来，只有新泽西饥渴的蚊子发出嗡嗡声，还叮我。我拍死了几个，但其他的并不吸取教训。环卫系统的有毒烟气飘过这片住宅。臭气使我头晕目眩。有一刻，我觉得有什么人正从消防通道爬下来。我紧张起来。是的，我没有贼要的值钱东西，但纽约到处是疯子。猫喵喵叫，一辆卡车在大路上发动不了，呻吟着，抖动着，摇晃它的金属内脏。屋顶上方的天空，有一道红带在闪亮。我渴了，但水龙头的水是温热的，还有铁锈味。虽然想撒尿，但我没力气穿上浴袍走过狭窄的走廊去洗手间，那儿大概也有人了。裸着身子，站在床和瘸腿桌子之间，桌上放着我从未写完的小说，我挠着自己。

　　几天后，我退了房间，把东西塞到两个手提箱里，坐地铁去了巴士总站。我来早了，但施罗伊梅勒比我来得还早，带了一个老式的箱子和三个小提箱。他戴一顶草帽，穿粉红衬衫，打着领结。虽然两天前见过他，我几乎认不出他。这不是我认识的施罗伊梅勒，而是一个老头，灰发，驼背，脸色蜡黄，双下巴皱皱的，浓密的眉毛下眼神黯淡。他困惑地盯了我片刻，好像也无法相信眼前的景象。然后他动起来，微笑点亮脸庞，瞬间又成了施罗伊梅勒。他朝我挥手，张开短短的手臂，作势要拥抱我。他叫道："欢迎，你好！我和那个也门女演员说了你的剧。太适合她演了。她激动得要死了！"

侨民地*

1

如同一个长梦：坐十八天的船到阿根廷，在蒙得维的亚和布宜诺斯艾利斯碰见波兰犹太老乡，在太阳剧院发表演讲，然后驱车到恩特雷里奥斯省的一个老意第绪侨民地，他们安排我去那儿做个讲座。有个意第绪语女诗人索尼娅·罗帕塔陪我去那儿，她要读她的诗。那个春天的安息日挺暖和。我们路过沐浴在阳光中的昏睡小镇，百叶窗到处都关着。尘土飞扬的路绵延在大片麦田和农场间，成千上万的牛在农场里吃草，无人照看。索尼娅一直

＊ 本篇英语由艾萨克·巴什维斯·辛格和伊芙琳·托顿·贝克（Evelyn Torton Beck）翻译。

和司机说西班牙语，这语言我不会。说话时，她拍、捏、拉我的手，甚至拿食指指甲扎我的手。她的小腿肚挤着我的。一切既陌生又熟悉：没有一丝云的明亮天空，宽阔的地平线，午时的热气，天知道从哪儿飘来的橘树味。有时，我觉得这一切在某个前世经历过。

大约两点钟，汽车停在一所该是旅馆或小餐馆的房子前。司机敲门，但没人来开。他捶骂了很久之后，老板出现了，一个睡眼惺忪的小个子男人。我们吵醒了他的好觉。他用各种借口打发我们走，但司机不肯上当以免吃不上这顿饭。他争了又争。讨了半天价，受了许多指责，我们终于能进门了。我们穿过一个露台，露台铺着彩色石头，装饰着大盆大盆的仙人掌。我们进了一个昏暗的厅，里面摆着桌子，一个客人都没有。我想起雷布·纳哈曼·布拉茨拉夫的故事：沙漠里的一个宫殿，为魔鬼们准备了一场宴会。

终于老板过来了，并叫醒了厨子。又一次，我们听见说话和抱怨。然后厨子叫醒助手。等我们吃完，已经过了三个小时。索尼娅对我说："这就是阿根廷。"

我们在一个渡口花了很长时间，河宽得像湖。汽车接近了那个犹太侨民地。麦田在热气中摇动像绿色的海。路上的尘土竟然更多了。一个西班牙牛仔骑在马背上，赶着一群牛去宰杀。他用粗野的喊叫赶着那些动物，抽鞭子让它们跑起来。牛全都很瘦，身上片片污垢，你能在它们膨胀的瞳孔里看到对死亡的恐惧。我们经过一头公牛的残骸，只剩下了皮和骨头。乌鸦仍要从中弄到最后一点残存的营养。一个牧场上，一头公牛和一头母牛交媾。他高高地骑着她，两眼充血，牛角凸伸。

一整天我都没留意今天是安息日，但太阳开始落下时，我突然感觉到安息日的结束，记起父亲唱诵《天宅之子》、母亲念诵《亚伯拉罕的上帝》。伤感和渴念压倒了我。我厌烦了索尼娅的抚摸，把手挪开了。我们经过一个名为贝思·以色列的犹太会堂。看不见蜡烛，也听不见人声。索尼娅对我说："他们全同化了。"

我们来到要住的旅社。露台上摆着张台球桌，还有装满破书的几个桶。一个西班牙人模样的女人正熨一件衬衫。沿着露台两边都有门，里面是无窗的房间。给了我一个房间，给了索尼娅一个邻近的。我以为会有人来接我们，但没人来。索尼娅去换衣服。我出门到露台，在一个桶旁边立住。上帝啊！桶里装满了盖着图书馆戳的意第绪语图书。昏暗中，我读着曾让青年时的我着魔的书名：肖洛姆·阿莱赫姆、佩雷茨、L. 夏皮罗[1]，还有汉姆生、斯特林堡、莫泊桑、陀思妥耶夫斯基的译本。我记起了那装帧、那纸张和那印字。尽管在昏光下阅读不健康，我还是努着眼睛看起

1　肖洛姆·阿莱赫姆（Sholom Aleichem）、佩雷茨（Peretz）、L. 夏皮罗（L. Shapiro），三人都是出生于东欧的意第绪语作家。

来。我认出每个描述、每个辞藻，甚至印错的地方和印乱的行。索尼娅出来了，给我解释了一切。老一代的侨民说的是意第绪语。以前这儿有个图书馆，他们组织讲座，邀请意第绪语演员。新的一代是说西班牙语长大的。不过，他们时不时请来一个意第绪语作家、朗诵者或演员。为此特地拨出一笔专款。这么做主要是为了避免布宜诺斯艾利斯的意第绪语媒体的批评。还剩下两三个老人可能喜欢这些活动。

一会儿，一个委员会的成员露面了。他身材矮胖，黑头发几乎有点发蓝，生着一双西班牙人或意大利人的闪亮黑眼睛。他和我们说蹩脚的意第绪语。他朝旅馆老板们眨眼，和他们开玩笑。他的脸蛋有一种芒果的红。夜幕降下，黑而且厚，没有灯能穿透那种黑暗。蟋蟀的叫声似乎和欧洲的或美国的不同（我现在住在美国了）。青蛙的呱呱声不一样。星星的型构不同。南方的天空低沉，亮着不熟悉的星座。我觉得似乎听到了豺的呜咽。

两个小时后，我做了演讲。我谈到犹太历史、意第绪文学，但听众里粗野的男人们和胖胖的女人们似乎听不懂我的话。他们甚至都不听。他们吃花生，讲话，冲自己的孩子尖叫。甲虫、蝴蝶，各种各样的昆虫飞过破碎的窗玻璃，在墙上投下阴影。停电了，然后又来了。一条狗进了大厅，吠叫起来。我讲完后，索尼娅读她的诗。然后他们给了我们一顿极为油腻辛辣的晚饭。后来有人把我们送回了旅社。这侨民地的照明很差，地上到处是沟和土堆。领路的人告诉我们，侨民近些年有钱了。他们不再种地，而是雇西班牙人或印第安人来干活。他们自己常常去布宜诺斯艾利斯。许多人娶了外邦妻子。他们的主要娱乐是打牌。赫希男爵[1]为了使犹太人摆脱无所事事、变成有用的农民而建立的这些侨民地，现在正在瓦解。这男人说话时，我想起了《圣经》里的段落。我想到埃及、金牛犊，还有尼八的儿子耶罗波安在伯特利城和但城安放的两个牛犊，他说："以色列人，看哪，这就是你们的神。"抛弃自己的出身，遗忘父辈的努力，这事有点《圣经》的意味。到这愤恨的一代中来的该是个先知，而不是我这种作家。那男人走了，索尼娅去房间做夜间的洗漱，我回到那几桶书那儿。现在读不了了，但我摸着封面和书页。我吸着它们的霉味。我从书堆里捞出一本，想借着星光看书名。索尼娅出来，穿着睡袍和拖鞋，头发散着。

"你在做什么？"她问。我回答说："我在扫我自己的墓。"

2

夜晚又黑又长。温热的微风荡入敞开的门。时不时我似乎听

1　赫希男爵（Baron de Hirsch，1831—1896），德国犹太金融家、慈善家，建立了犹太侨民协会，资助犹太人大规模移居到阿根廷。

见什么脚步声，好像是某只藏在黑暗里的野兽，就要为了我们的罪孽而吞噬我们。亲热话、爱的玩乐过程全结束了，但我无法入睡。索尼娅在抽烟，说啊说啊停不下来，我有时怀疑这么说话是女人的最深激情。她的语气唠唠叨叨的。

"十八岁的女孩知道什么？他吻了我，我爱上了他。他立刻谈起了实际的细节：结婚、孩子、公寓。我父亲不在世了。我母亲去和她姐姐住了，一个寡妇，在罗萨里奥。她实际上是她女仆。男人追着我，但他们都结婚了。我在一家纺织厂上班。我们做毛衣、夹克，各种针织品。我们只挣几分钱。工人全都是西班牙女人，那里的事情我没办法跟你描述。她们总是怀孕，很少知道是谁的。有的养着情人。这国家的气候让人发疯。在这儿，性不是心血来潮或是奢侈。像饥渴一样发作。那时候，皮条客还在我们社区有很大影响。他们才是意第绪剧院的老板。要是他们不喜欢一个剧，那剧就会被立刻撤下。与他们的斗争已经开始了。其他人完全孤立了他们。在这儿，丧葬会的长老是真正的领袖。他们拒绝卖给他们墓地。不允许他们在新年和赎罪日进入会堂。他们不得不建起自己的墓地和自己的会堂。许多人已经老了，过气的皮条客，他们的老婆也就是过去的婊子，也老了。

"我在说什么？对，那时候他们还是大角色，试图抓住每一个落单的女人。他们有专门的手下去勾引人。其实，我自己的老板也在追我。我开始写作——但这儿有谁需要诗歌？谁需要文学？

报纸，是的。连皮条客也每天读意第绪语报纸。哪个皮条客死了，就发整版整版的讣告。你现在来这儿是一年中最好的季节，春天。但整年的气候都稀烂。夏天热得受不了。富人跑到马德普拉塔[1]或到山里，而穷人则留在布宜诺斯艾利斯。冬天常常冷得要命，现代的取暖设备那时候还没有，连波兰以前用的那种炉子都没有。人只能冻着，冻僵。现在新房子里有蒸汽暖气，但老房子还是用那种只吐烟不发热的炉子。这儿很少下雪，但有时候下几天雨，寒气刺骨。这儿的人不少生病，女人比男人还更遭罪——肝不好，肾不好之类的。所以丧葬会这么强势。

"作家不只是为了自己的抽屉写作。我试图得到报纸和杂志的认可，但他们看到一个年轻姑娘，而且也不丑，就像苍蝇见到蜂蜜一样扑过来。那个领导了针对皮条客的战争的大人物对我有了兴趣。他有妻子，但她有个情人。他为什么认可这种行为，我永远也搞不懂。他一定爱她爱得很深。这儿的人没那么信教。他们只在敬畏日上会堂。外邦人有许多教堂，但只有女人去礼拜。在这儿，几乎每一个西班牙人都有一个妻子和一个情妇。

"长话短说，我去见编辑，他几乎明着对我说：'如果你和我睡，我就发表你的作品。'批评家说得委婉。但他们要的东西是一样的。我并不圣洁，但男人必须让我喜欢。冷血地和人上床，这

1　马德普拉塔（Mar del Plata），阿根廷海滨避暑胜地。

我做不到。

"然后是莱贝勒，我现在的丈夫。他也写诗，发表过一些。他甚至出过一本小书。那时候，如果谁的名字印成白纸黑字，我就觉得他是个天才。他给我看纽约的什么评论家写的评论。他在丧葬会有个职位。到今天我也不知道他在那儿是干什么的。最有可能的是，他是谁的助手。我们到拉比那儿，结了婚。我们搬进了科连特斯[1]的犹太区。很快发现他的工作一文不值。他挣得很少，而且挣了就花了。他有一大堆朋友，小作家、初写者、业余的，都心系意第绪文化。我从来不知道还存在这种人。他从来不是一个人，永远和他们在一起。他们一起吃，一起喝，如果我允许的话，他也会和他们一起睡。不是说他是同性恋。远非如此——他根本没什么性欲。他是那种一分钟也不能自己待着的人。每天晚上，我实际上都得把他那伙人赶走，每天晚上我丈夫都求我让他们多留一会儿。他们从不在两点前走。早晨，我得去工作。无论他带我去哪里，剧院、饭馆、讲座，甚至散个步，那帮笨蛋都跟着。各种毫无意义的废话，他们都能扯个没完。有些男人会嫉妒，但他甚至都不知道嫉妒的存在。他的一个同伴亲我时，他高兴得不得了。要是他们再进一步，他也不会介意的。他以前这样，现在也这样。当他听说我要和你一起来做这个讲座时，他简直乐上

1　科连特斯（Corrientes），阿根廷东北部科连特斯省首府。

天了。你对他来说是个神，没人能嫉妒一个神。

"我们没有孩子，事情完全可以结束的，但只有你爱上了谁，离婚才有意义。可是，许多年过去了，我没有爱上任何人。我有过的几次外遇都是和已婚男人。一开始，我对丈夫的写作评价很高，但后来他在这方面也让我失望了。我成长为一个女诗人——至少批评家赞扬我——但我丈夫停滞了。他开始对我的诗越来越热情。人人都想受到钦佩，但他的钦佩惹我生气。他也感染了其他人。我的家成了某种庙宇，我就是庙里的偶像。有一件事他忘了：我们得吃饭付房租。我仍然去上班，傍晚回到家累得要死。我是第二个乔治·桑。但我还是一样得给他和他的寄生虫们做晚饭。我站在锅碗瓢盆前，他们分析我的诗句，惊叹每一个用词。滑稽，对吧？

"近来，事情稍微好点。我不再上班了。隔一段时间我就从社区拿到一笔补贴——我们现在有几位艺术赞助人。时不时我在报纸发表个什么，但基本上一切都是老样子。偶尔他挣点小钱，不够的！"

"你们为什么不生孩子？"

"干吗要生？我甚至不知道他能不能生孩子。我怀疑我们俩都不育。"索尼娅笑了笑，"如果你留在这儿，我会和你生个孩子。"

"干吗要生？"

"是的，干吗要生？女人有这个需求。一棵树想要结出果实。

但我需要一个可以让我仰慕的男人，而不是一个我总是为他不好意思的人。最近，我们都不一起睡了。完全柏拉图式的。"

"他同意吗？"

"他不需要。他要的就是讨论诗歌。奇怪吧？"

"万物都是奇怪的。"

"我在精神上阉割了他，这就是真相。"

3

天亮时，索尼娅回了她的房间。我裹住自己，睡着了。吵醒我的是些我从未听过的声音。我仿佛听见了鹦鹉、猴子的叫声，喙如香蕉的鸟的叫声。透过敞开的门，飘来橘子的味道，混合着我识不出的水果和植物的香味。吹入的微风被太阳照暖了，调了奇异的芳草味。我深呼吸。然后到水龙头那儿洗漱，走出门。装书的桶还立在那儿，等待着意第绪主义者的赎罪。我离开露台，看见女人和孩子穿着礼拜天的盛装——母亲们裹曼缇亚头纱，衣袖镶蕾丝，手拿祷告书——骑着马去教堂。我远远听见教堂的钟声当当响起。四周尽是铺展的麦田和牧场。草地开满了花：黄的、白的，各种颜色和形状。牧场上的牛儿欢快地咀嚼着这些奇花异草。

空气中奏着个声音，是小鸟的鸣唱和树间的微风混合而成的。

这声音使我想起《塔木德》里的那个故事，北风在大卫王的七弦竖琴上弹奏，叫他半夜醒来学习。索尼娅出来了，穿着件红蓝刺绣的白裙子。她样子很精神，闹着玩耍的情绪。我觉得，到现在我才第一次看见真实的她：个矮体宽，颧骨高，鞑靼人的斜眼睛。她胸脯高耸，臀部丰润，强健的小腿就像以前常来我家院子的光脚踩滚筒、吞火的魔术师助手。

谁知道她从哪儿来的，我想。也许是哈扎尔人的后代。一个流亡两千年的民族什么没经历过呢？但自然有记忆。

索尼娅瞥了我一眼。她疑惑地、会意地笑了笑，还眨了眨眼。我想起《箴言》里的那段话："淫妇的道是这样，她吃了，把嘴一擦，就说：'我没有行恶。'"[1] 是的，我们的诗人高歌赞美、称之为"天国的女儿"的启蒙，把我们都变成了色鬼和淫妇。没人费心给我们做早饭，于是我们出去想找家咖啡馆。我们如蜜月情侣般溜达。送我们来的司机一点钟来接我们。听说，他在侨民地的劳工里有个情妇。很可能，他会迟到几个小时。走了几分钟，我们来到一所房子前。门口坐着个老男人，灰夹克灰帽，以前华沙人穿的那种。他面孔的颜色使我想起华沙的门房：红红的，蓝蓝的，灰胡茬。毛茸茸的喉咙上有尖尖的喉结，道道青筋。虽然没有祷告披巾或经文匣，但他一边念诵祷告书，一边前后摇摆身子。我

1　见《圣经·箴言》第三十章第二十节。

们走近时，他抬起了眼睛，那眼睛或许曾是蓝色的，但现在微微泛黄，布着斑点，充满血丝。

我对他说："您在祷告，对吗？"

老人迟疑，沙哑地回答（我似乎听出了华沙口音）："我有更好的事情做吗？你是那个演讲人，对不对？我昨晚去了你的讲座。他们让你讲话了吗，那帮无赖？他们不需要一个演讲人，就像我不需要一个疮。他们要的只是大吃大喝和打牌。愿他们的肠子烂在地狱里！而你，年轻的女士——你叫什么名字？——我听了你的诗，是的，我听了。我不能完全理解。我是个普通人，但……"

他合上祷告书站起身："你们来和我一起吃饭吧。"

我们想拒绝。老人一个人住。但他说："什么时候我还会有这种机会？我八十一岁了。等你们再来，我就躺在那边了。"他指着一片树丛，树丛一定是遮掩了墓地。

老人的屋里全是破旧的家具。碗碟似乎很长时间没用过了。起居室里，一张没台布的桌子上放着新鲜鸡蛋，还结着鸡屎痂。他给我们做了煎蛋。他切出厚厚的几片全麦面包，里面满是麦麸和麦粒。拖着半瘫的腿，他一瘸一拐地忙前忙后，给我们拿来更多吃的：醋栗果酱，放久了的饼干，干了的奶酪。他一边为我们忙活，一边说话。

"是的，我有过妻子。我们一起过了五十四年，就像鸽子。我从来没听她说过一个坏字眼。突然她躺下了，一切都结束了。孩子们跑出去了。这儿有什么能给他们的呢？一个儿子在门多萨[1]当医生。一个女儿嫁到巴西，住在圣保罗。一个儿子死了，留下三个孤儿。我总以为第一个走的会是我。但又能怎么样呢？如果人注定要活下去，那就必须活下去。女人孤单时不会这么无助。你们看得出来吧，我是第一批来这侨民地的。我来的时候，这儿全是荒地。连一片面包也买不到。坐船时，我们全都唱臧泽[2]的赞美诗《主的祝福在耕犁中》。他们告诉我们，农民之所以健康是因为生活在大自然的怀抱中，诸如此类的屁话。但我们一到这里，就暴发了一场疫病。孩子们病倒了，死了。大人也病了。传言水被下了毒，或者诸如此类的。男爵派来代表，按说是农学家，但连小麦和黑麦都分不清。他们给我们没完没了的建议，但根本没用。我们全都想走，但没有路费。我们签了合同，欠了债。他们把我们的手脚绑住了，可他们还是——你们怎么说的——慈善家。一个大人物从巴黎来到我们这儿，只说法语。他说的话我们一个词也听不懂。他们觉得意第绪语丢人，这些施舍的爵爷。

"附近的西班牙人恨我们。他们总是喊：'回巴勒斯坦去！'一天，下起了雨，不停地下了八天。河水涨上了岸，发了洪水。

---

1 门多萨（Mendoza），阿根廷历史名城，门多萨省首府。
2 臧泽（Eliakum Zunser，1840—1913），立陶宛犹太人，意第绪语诗人、作词家。

大中午天黑得像夜里。雷啊闪电啊，我们觉得世界末日了。还下冰雹。雹子像鹅蛋那么大。一块冰在屋顶砸出个洞，毁了房子。冰怎么从天而降？我们当中有一些老人，他们开始念忏悔词了。他们相信弥赛亚即将来临，这是歌革和玛各之战。会写字的写了长信给男爵，但他一直没回信。女人只做一件事，就是哭。一个小伙子来我们这里，赫谢勒·莫斯柯弗。他们叫他——你们怎么说的——理想主义者。他一头长发，穿件有饰带的黑上衣。他已经去过圣地，又离开了。'那儿，'他对我们说，'是一片沙漠。这儿土地肥美。'他带着一个年轻女人。她叫贝拉，是个美人儿，黑得像吉卜赛人，一嘴白牙。男人们全爱上了她。她进哪个房间，哪个房间就会变得更亮堂。她安慰和帮助每一个人。女人生产时，她当接生婆。但女人们抱怨起来，说她来这里勾引她们的丈夫。真是流言不断，争吵不休。就在这当口，贝拉得了伤寒，救不活了。她的敌人给她下了咒。赫谢勒·莫斯柯弗站在她墓前，拒绝念诵卡迪什。三天后，发现他吊死了。你们想再来杯咖啡吗？喝吧，我的好朋友，喝吧。我什么时候还有这样的荣幸呢？如果你们想，跟我去墓地吧。就在这儿。我什么都带你们看。全部侨民都葬在那儿。"

我们吃完早饭，老人拿起手杖，我们走路去墓地。篱笆破了。墓石不是弯斜就是倒了。全都长满了杂草野花，刻的字也被苔藓染绿，半销蚀了。到处杵着腐烂着的木牌。老人指着一个土丘。

"那儿躺着贝拉，她旁边是赫谢勒·莫斯柯弗。他们活在一起，又……《圣经》里怎么说的？"

我帮他说了出来："活时相悦相爱，死时也不分离。"[1]

"是的，你记得。我的记性变差了。对我来说，七十年前发生的事清楚得就像昨天的事。昨天的事却似乎很遥远。那么多年啊，那么多年。我和你们坐上七天七夜，也不能把我们受过的苦的十分之一告诉你们。可年轻一代知道吗？他们什么也不想听。一切都给他们准备好了。什么活现在都是机器做了。他们钻进小汽车，开到布宜诺斯艾利斯。你们是夫妻吗？"

"不是，我们是朋友。"

"你们为什么不结婚呢？"

"他已经有妻子了。"索尼娅指着我。

"哦，我要在这儿坐坐。"

老人坐到一条长凳上。索尼娅和我在墓间走着，阅读碑文。空气闻着甜甜的，像蜂蜜。蜜蜂在花间嗡嗡地飞舞。硕大的蝴蝶在墓上拍动翅膀。一只蝴蝶的翅膀生着祷告披巾般的黑白条纹。索尼娅和我来到一个土丘前，看见一块墓石，上有两个名字，贝拉和赫谢勒·莫斯柯弗。

索尼娅牵起我的手，捏着，拉着。她的指甲扎进肉里。我

1　见《圣经·撒母耳记下》第一章第二十三节。

们站在墓石旁，挪不动步。各种鸟的叫声此起彼伏。一股浓烈的香味充满在空气中。各种昆虫聚集到索尼娅的头发里。一只瓢虫落到我的衣领上。一条毛毛虫摔进我的裤脚翻边里。这老墓地充盈着生、死、爱和植物。索尼娅说："我们这样一直待在这里就好了。"

　　一会儿，我们回到那位老侨民等着的长凳那儿。他睡着了。他无牙的嘴张着，模样僵硬如具尸体。但他粗眉毛下的眼睛似乎在微笑。一只蝴蝶停在他的帽舌上，一动不动，凝固在如蝴蝶般古老的思想中。接着，它摇动翅膀，朝着那土丘的方向飞去，那儿葬着贝拉和赫谢勒——赫希男爵将俄国犹太人改造为阿根廷农民的宏伟梦想里的罗密欧和朱丽叶。

渎神者*

1

　　无信仰也能导致疯狂。在马罗波尔，我们的村子，这样的事就发生在查兹克勒身上了。我很了解他；甚至有一个冬天，我和他一起上学。他父亲本迪特是个车夫。本迪特住在山丘的穷人当中，有一个老旧的小屋，一个破旧的马厩，还有一匹驽马叫西瓦，这马瘦弱得就剩副骨架了，而且老得要命。这匹马活了四十多年。有的人认为它已经五十多了。这动物为什么存活这么久，没人能明白，因为本迪特一个礼拜驾它六天，让它拉重物，喂的则是稻草混一点燕

＊ 本篇英语由艾萨克·巴什维斯·辛格和罗萨娜·格伯（Rosanna Gerber）翻译。

麦。据说，西瓦是某个破产的人的转世，变成马回来干苦活还债。

本迪特小个子，宽肩膀，黄头发，黄胡子，脸上尽是雀斑。他称呼那马就像称呼人一样。他有六个孩子，还有妻子茨洛芙，她的诅咒是出了名的。她不只诅咒人，还诅咒她的猫、她的鸡，甚至她的洗衣盆。除了活着的孩子，茨洛芙在墓地还有一堆孩子。婴儿还在她肚子里时，她就诅咒起他们了。婴儿踢她，茨洛芙尖叫："你活不到见光的时候。"

她的孩子们，五个女儿和唯一的男孩——排行老三的查兹克勒——永远在互相吵闹。我父亲要去卢布林时，就派我叫来本迪特，所以我熟悉他们家的房子。那女人半裸着身子，赤脚走来走去。因为查兹克勒在学校是好学生，就给他供了袍子和靴子。我听说在一年之内他就学会了字母和阅读，甚至学习了《创世记》。查兹克勒的头发黄得亮瞎你的眼睛。他的脸像他父亲——白，雀斑密布。我想他的眼睛是绿色的。尽管茨洛芙是个贞洁的妻子，从来不看别的男人，本迪特却叫儿子查兹克勒杂种。女孩们也有绰号：小蛇茨帕，懒鬼泽尔达，鼻涕鬼阿尔特，垃圾凯拉，尖爪子里克尔。茨洛芙本人呢，镇上的人叫她大嘴巴茨洛芙。一次本迪特病了，茨洛芙到会堂站在圣书柜前祷告，向全能的主说："您就不能让别人生病吗？您不能放过本迪特吗？他必须养活一个妻子和六条虫。天上的父，您降祸给富人更好。"

她一个个叫出马罗波尔社区领袖的名字。她建议上帝，让谁的肋下生个疮，背上长个瘤，肚子里加个烂肿。执事福尔查不得不把她从经书那儿拖走。

父母都爱查兹克勒。不是小事啊，唯一的儿子，还是学者。但杂种的名号还是叫。只要儿子惹了他一丁点儿，本迪特就从裤子上扯下腰带抽他。茨洛芙则是掐他。马罗波尔有一种掐法叫作"小提琴"，是一种长而浅的掐，直让你眼冒金星。查兹克勒的姐妹们以他为荣，对别人夸耀他，但在家里她们扎他，叫他暖板凳的、书虫之类的绰号。他的大姐姐小蛇茨帕给他吃饭时会说，"吃吧吃吧，噎死你"，或者"喝吧喝吧，撑爆你"。两三个女孩一起睡一张草褥子，但查兹克勒有一张自己的凳床。谁给他铺床都会说："睡吧，别醒来了。"

还在上学时，查兹克勒就开始提出关于上帝的问题了。如果上帝是仁慈的，为什么小孩子死掉？如果他爱犹太人，为什么外邦人揍他们？如果他是一切生灵的父，为什么他允许猫杀死老鼠？我们的老师费舍勒第一个预言查兹克勒长大后会不信神。后来，查兹克勒开始到读经堂学习，拿自己的疑问缠着我们书院的院长雷布·埃弗拉姆·加布里埃尔。他在《圣经》和《塔木德》里找到各种各样的矛盾。例如，一处写着上帝是不可见的，另一处却写着长老们吃着喝着看见了他。这儿说主不为父亲的罪惩罚孩子，别处却说他报复在第三、第四代人头上。雷布·埃弗拉姆·加布里埃尔尽力解释这些事情，但查兹克勒没这么容易打发。马罗波尔的开明人士为查兹克勒的异端感到高兴，但连他们也劝他不要做过头了，如果不想受到狂热者的迫害的话。但查兹克勒回答："我压根不在乎。我想要真理。"

他受了掌掴，被赶出了读经堂。本迪特听说了这些事情，好好抽了查兹克勒一顿。茨洛芙号啕，说他没给她带来喜悦，却带来了耻辱。她跑到母亲的坟上哭，祈祷查兹克勒能看清正道。但查兹克勒依然顽固。他和镇上的乐手们、郎中里帕、钟表匠莱摩尔交朋友，都是没什么信仰的人。安息日，他不再和社区的人一起进会堂祷告，而是和粗野的年轻人一起站在前厅。曾有一时，他甚至想跟着药剂师的女儿斯蒂法尼亚学俄语。等他到了成人礼的年纪，他父亲从卢布林给他带了一对经文匣，但查兹克勒拒绝戴。他对父亲说："这是什么，不过是牛皮罢了。"

他给狠揍了一顿，但挨揍对他不算什么事了。他身材矮小像父亲，但强壮，而且如猿猴般敏捷。在俄梅珥期[1]的第三十三天，按习俗男孩要去森林，他爬上了最高的树。心情好时，他帮父亲扛沉重的谷物麻袋或煤油桶。他和外邦男孩干架。一次，他一个人打一群人，给痛打了一顿。不管哪个镇上的人责骂他，他都傲慢地回答。他对一个长老说："你们是上帝的哥萨克，对吧？为什

1　俄梅珥期（Omer），指逾越节的第二天到五旬节之间的四十九天。

么你不在你的店里停止用假秤假尺呢？"

本迪特确信这孩子成不了拉比，就送他去铁匠扎尔曼那儿当学徒，但查兹克勒没耐心整天拉风箱。我不知道他为什么要这么干，但他从读经堂偷了书跑到会堂的妇女区读，那地方整个礼拜都没人。如果书里的什么东西让他不高兴，他就拿铅笔划掉或者撕掉整页。一次，人家抓到他在撕一本书的书页，从此不允许他进读经堂。我父亲不允许我和他说话。其他小伙子的父亲也不许儿子和他交往。查兹克勒等于被除名了。他完全甩掉了犹太身份的枷锁。传言，他在安息日抽烟。他和理发师桑德尔去小酒馆，一起喝伏特加，吃猪肉。他脱掉袍子，从哪儿弄来了一件短夹克和一顶外邦人的帽子。他连胡子还没长全呢，就要桑德尔给他刮脸。他只寻找罪孽。本迪特厌倦了揍他，不再当他是儿子，但妈妈和姐妹们仍站在他这边。一次住棚节，查兹克勒偷窥校长雷布·希蒙的棚子，醺醺地评论了几句，雷布·希蒙和几个儿子跑出来揍他，尽管这天是节日。他滴着血回家。深夜，查兹克勒的三个妹妹凯拉、里克尔和阿尔特偷偷进了雷布·希蒙的棚子，在里面拉屎。早晨，雷布·希蒙的妻子拜拉·伊塔进了棚看见那一泡污，晕倒了。拉比叫来本迪特，警告他，如果他儿子再不停止干这种丑事，那么他将禁止全镇的人坐他的马车、雇他运货。

那个节日，尽管律法禁止，本迪特还是用一根重棍揍了查兹克勒，揍了很长时间，查兹克勒失去了意识。随后的几个月，查兹克勒几乎变得怯生生了。我听说他甚至又开始学习了，尽管我从未在读经堂碰见他。然后，逾越节过后几天，本迪特的驽马死了。它躺在马厩前，肋骨凸起，汗打湿身子，口吐白沫，撒尿，扑腾着。乌鸦在稻草屋顶上方盘旋，准备啄死尸的眼睛。茨洛芙和女儿们围着垂死的马，绞着手哀恸。本迪特哭啊，好像是赎罪日。我自己就在场。人人都去看了。第二天一大早，有个人上读经堂祷告，打开圣书柜取出圣书卷时，发现里面有马粪和一只死老鼠。一个睡在读经堂的乞丐作证，查兹克勒深夜去过那儿，在圣书柜那里折腾。马罗波尔起了骚动。屠夫和桶匠跑到本迪特的小屋，一定要抓住查兹克勒，惩罚他的亵渎行为。茨洛芙拿着个泔水桶在门口迎他们。他的姐妹们抠他们的眼睛。查兹克勒躲在床底下。人群把他拖出来，给了他应有的教训。他为自己辩护，但他们拖他去拉比那儿，他承认了一切。拉比问："这有什么意义呢？"

查兹克勒说："一个这么折磨一匹无辜驽马的上帝是凶手，不是上帝。"他啐骂。他说的话让拉比的妻子捂住了耳朵。

本迪特追过来，拉比对他说："你的查兹克勒是《圣经》里说的'顽梗悖逆'分子。古时候，这种人会被拉到城门口拿石头砸死。今天，法庭的四种死刑——石刑、勒死、烧死和砍头——已经废除了。但马罗波尔不能再容忍这个恶棍了。"长老们当场决定，给本迪特另买一匹马，条件是查兹克勒离开镇子。也就这样办了。第二天早晨，有人看见查兹克勒走上了去卢布林的路，提着个木箱，像是个新兵似的。茨洛芙在后面追他，恸哭着，好像在哭一具尸体。

马罗波尔有一只社区公山羊，头生的，根据律法不可宰杀。它在茅草屋顶嚼稻草，撕木材的皮，没有更好的东西吃时，就啃会堂院子里的一本旧祷告书。它生着一对弯曲的角和一把白胡子。查兹克勒走了以后，人们发现那只公山羊戴着经文匣。走之前，查兹克勒把戴头上的经文匣绑在了山羊的两角之间，把戴手臂上的经文匣绑在了一条羊腿上。他甚至用经文匣带子系出了字母"shin"[1]——圣名沙代的首字母。

你可以想象马罗波尔的公愤。那时，我自己也开始偏离所谓的正道了。不顾父亲的意愿，我学起了图书装订。我和几个朋友计划去美国或巴勒斯坦。首先，我不想给沙皇当兵，也不想把自己弄残躲过兵役。其次，我们已经变得开明了，不再相信寄食于岳父家让妻子供养那一套。我从未去成美国或巴勒斯坦，但至少我搬到了华沙。查兹克勒离开马罗波尔后，一时成了我们的偶像。

2

去卢布林进货的商贩带回了查兹克勒的消息。皮亚斯基的小

1　"shin"这个字母的希伯来文写法为"ש"，是圣名"沙代"（全能的神）希伯来文的首字母。犹太人在晨祷时，会把戴在左臂上的经文匣的带子在左手上系成这个字母的形状。

偷叫他入伙，一起干肮脏的生意，但查兹克勒拒绝了。他不要偷别人的财物，他说，人应该诚实地生活。在卢布林，有一些想推翻沙皇的罢工者。有个人甚至把一颗炸弹扔进了兵营。炸弹没爆炸，但扔炸弹的人被哥萨克的矛撕成了碎片。这些造反派听说了查兹克勒，想招他进来。但查兹克勒说："沙皇生为沙皇，是他的错吗？富人该为自己的好运而受责备吗？你们要是有钱会扔掉吗？"这就是查兹克勒。他对什么事情都有答案。你可能会想，他打算去工作挣自己的面包，但他也不想工作。他去当了木匠的学徒，但师母要他摇婴孩时，查兹克勒回答："我不是你的保姆。"他立刻被赶了出去。卢布林有些传教士劝他皈依，查兹克勒问他们："如果耶稣是弥赛亚，那么为什么世界充满了邪恶？而且如果上帝有个儿子，为什么他不能有个女儿？"那些灵魂捕手明白了他是块难啃的骨头，让他走了。他拒绝接受救济。他睡在大街上，几乎饿死。过了一阵子，他去了华沙。

我也搬到了华沙。我结了婚，靠自己当上了图书装订师。我碰上查兹克勒，提出教他这门手艺，但他说："我不要装订《圣经》和其他圣书。"

"为什么不？"我问他。

"因为里面尽是谎言。"他说。他游荡在犹太街区——克鲁奇玛尔纳街、格诺那街、斯莫查街——衣衫褴褛。他会驻足克鲁奇玛尔纳街的广场，找任何人讨论。他亵侮上帝和涂油者（耶稣）。

我从不知道他如此通晓《圣经》和《塔木德》。经文从他嘴里哗哗地流出来。他会叫住几个不识字的乞丐，告诉他们地球是圆的，太阳是一颗星星，诸如此类的事情。他们觉得他疯了。他们捶他的鼻子，他还手。无论他多么强壮，他们更强壮。有几次，他被逮捕了。于是他坐在监狱里启蒙囚犯。他言辞多方，时时好辩。据他说，没人知道真理——人人都欺骗自己。我曾问他，那样的话该做什么呢，他回答："没有什么可做的。了断一切的人是明智的。"

"如果那样的话，"我说，"为什么你在这个混乱的世界里游荡呢？"

他说："急什么？坟墓又不会跑掉。"

看起来世上没有查兹克勒的立足之地了，但他最后确实找到了一处。广场对面，有一家妓院。妓女们每晚站在房子门口，有时候连白天也在。别的房客费尽力气要驱逐她们，但皮条客贿赂了当权者。就在我公寓的窗户对面，我全看见了。天色一黑，穿着破烂衣裳的男人们开始出现在那儿，也有士兵，甚至学生。费用是，如果我没搞错，十戈比。一次，我看见一个穿着兜帽长袍的白胡子老人进了那地方。我很了解他，一个鳏夫。他很可能以为没人看见他。一个老人能怎么办呢，如果他没有妻子？

我在街上碰见查兹克勒。这是我第一次看到他穿得有模有样，他还拿着个包袱。我问他拿的是什么，他说是长筒袜。"你成了个小贩吗？"我问。他说："女人确实需要长筒袜。"一会儿，我看见他进了妓院。他甚至停下来和一个妓女说话。简而言之，查兹克勒卖长筒袜——但只在妓院里。这成了他的生计。我听说那些放荡的女人喜欢听他说话，所以才从他那儿买。他白天去找她们，那时没客人。我常常看见他走过，每一次那个包袱都更大了。查兹克勒还能有更好的伙伴吗？站街的女人听了他的俏皮话很快活。她们给他吃，接纳他为自己人。真奇怪啊，华沙的小偷有他们的头，贝雷勒·斯皮格尔加拉斯，现在这些小姐有了她们的查兹克勒。贝雷勒·斯皮格尔加拉斯举止镇定。小偷们有妻小。他们并不朝一切吐唾沫。放荡的女人污损所有人。查兹克勒和这些生灵站在一起，告诉她们大卫王、所罗门王、拔示巴、亚比该的罪孽。她们高傲起来。如果这些圣人也能犯罪，她们为什么不能？人人都需要为自己找理由。

一次，来了一个粉头，和别人不一样。这些女孩子大多来自贫穷的小村子，许多人生了病。她们要的只是挣几个格罗申。这人则厚颜无耻，她身体健康，生着红润的脸蛋和鹰隼般的眼睛。我还记得她的名字，巴莎。仲夏日，她穿靴子。通常，皮条客站在几步之外或者街对面，盯着自己的资产，以防她们在长筒袜里藏几个钱，或者和只是过来耍嘴皮子的小屁孩浪费时间。时不时，这些皮肉商人揍他们的某个小姐，整条街都能听见尖叫声。巡警被买通了，装死。但这个巴莎爱怎么干就怎么干。她口吐秽言，喋喋不休，邻居们不得不关掉窗户，以免听见她的下流话。她模仿每个人的样子，调戏路人。她身边总有一群流氓，她长篇大论替他们说话。你知道他们这种人的思路：女人全是腐化的，人人都是可以买通的，整个世界是个大妓院。我的米莉亚姆一天回到家，说："查姆，上这条街是种折磨。在这儿养孩子很危险。"一等我攒了几个卢布，我就搬去了潘斯卡街。

不过，我有时还去克鲁奇玛尔纳街。那儿的学校和读经堂给我活计。人人都知道查兹克勒来自我的镇子，就跟我说他的事。他成了放浪女性的教师。他帮她们写信。他卖的不只长筒袜，还有头巾和内衣。他遇见巴莎，他们相爱了。有人告诉我，她来自一个体面的家庭，干这个行当不是因为贫穷而是因为喜欢滚在泥里。皮条客知道了她爱查兹克勒，嫉妒了，想弄断他的脖子。女孩们站他一边。简而言之，巴莎离开了妓院，和查兹克勒住到了一起。你可能会想巴莎这样的人不会在乎是否受人尊敬，但她想带查兹克勒去拉比那儿，依照摩西和以色列的律法结婚。女人都梦想结婚。不过，查兹克勒拒绝了。"拉比是什么？戴皮帽的懒汉。华盖又是什么？几码天鹅绒。婚约又是什么？一张纸。"巴莎坚持。对她们这种人来说，结婚是个大成就啊。但查兹克勒很顽固。阿飞们现在站巴莎一边，想捅他。两人搬去了普拉加，维斯瓦河的另一边。那儿没人认识他们。查兹克勒不能再到妓院卖长筒袜了，因为黑社会指责他给她们中的一员带来了耻辱。他推着个推车到普拉加的集市，但那儿不止他这一辆推车。而且他还毁了自己的生意。一位主妇到他这儿买一双吊袜带或一轴线，他对她说："你为什么戴假发？《托拉》里哪里也没写着人必须剪掉自己的头发去戴别人的。都是拉比发明的。"安息日市场上一片冷清，查兹克勒却拉出他的货。安息日循礼会的壮汉听说了他，出来把他的货物扔进了阴沟。查兹克勒挨了顿揍。连他们胖揍他时，他还在争辩："卖一块手帕是罪，打折人的鼻子就是圣洁的行为？"他对这些白痴引用《圣经》。人们怀疑他是传教士，把他逐出了市场。

同时，巴莎生了一个男孩。男孩子出生时必须受割礼，但查兹克勒说："我不参加这个古老的仪式。犹太人从贝都因人那里学来了这个。如果上帝恨包皮，为什么孩子生来就有？"巴莎求他让步。普拉加不是莫斯科。到处都是虔诚的犹太人。谁听说过父亲不让儿子受割礼的？他的窗玻璃给砸了。第八天，一祷告班的门房和屠夫闯进来，还有一个割礼师，他们给男孩施了割礼。两个人抓住并扭住查兹克勒。父亲得念诵祝福文。但什么也不能迫使查兹克勒说出那些圣洁的词语。巴莎躺在帘幕后的床上，嘴里喷出对他的恶毒诅咒。一开始，她喜欢他的粗话，但女人若和男人一起生活了，还成了母亲，她就想和别的女人一样了。从那时起，他们的生活成了一场激烈的争吵。她时常打他，把他赶出房子。她的闺蜜给她凑了钱。不久，她带上婴儿回到了妓院。她有选择吗？鸨母照顾那孩子。我认识那鸨母，也认识她丈夫乔尔·邦茨。他老在十二号的小会堂祷告。一九〇五年，革命者和皮条客干仗时，一帮红派的冲进妓院，揍那些姑娘。那是在早晨。鸨母跑到小会堂尖叫："你在这边祷告，而那边我们的货在被毁掉。"

巴莎离开后，查兹克勒崩溃了。他又衣衫褴褛地晃来晃去。他再也卖不了什么东西，沦为乞丐了。但就算是当叫花子，他也搞砸了。他站在会堂前，伸出手，劝说礼拜者别去祷告。"你向谁祷告呢？"他说，"上帝是聋的。而且，他恨犹太人。赫梅利尼茨基活埋孩子时，他救他的子民了吗？他在基希讷乌救他们了吗？"没人愿意给这样的异端一个格罗申。没有哪一天他没被抽打的。他在安息日捡起一个烟头，跑到哈西德派的特瓦达街抽。他从哪里搞到一两个戈比，在赎罪日到亚伦·萨迪纳会堂前吃猪肉香肠。华沙有一群自由思想者，他们提出帮助他。他也和他们对着干。我听说他常去鸨母家想见自己的儿子，但她不让他进门。他去巴莎的妓院，她也赶他走。夏天，他睡在一个院子里。冬天，他去"马戏团"。这是大家对救济所的称呼。我在街上遇见过他几次，他的模样衰老邋遢。他穿着一只靴子和一只拖鞋。他连胡子也剃不起。我对他说："查兹克勒，你最后会怎么样呢？"

"都是上帝的错。"他说。

"如果你不相信上帝，"我问，"你和谁开战呢？"

"和假借他名字的人。"他回答。

"那谁创造了世界？"我问。

"那谁创造了上帝？"查兹克勒反问。

他病了，他们送他去吉斯塔街的医院。在那儿他大干蠢事，大肆捣乱，他们要把他扔出去。一个病人吟唱赞美诗，查兹克勒告诉他，《诗篇》的作者大卫王是个杀人犯和色鬼。他说的狂野笑话让其他病人笑得直捂肚子。有个人生了个疮，必须得切开。查兹克勒的笑话令他笑到疮爆裂。到今天，我也不知道查兹克勒是怎么了。死前，他要求把他剁了喂狗。

谁会听一个疯子的话？他被安置到洗尸房，蜡烛摆在他的头边。他被裹了尸布和祷告披巾，社区给了他一块郊区墓地。他以前的情人巴莎，以及她的伙伴们，坐着四轮轻便马车跟在他的灵车后面。他的儿子五六岁了，在墓前念诵卡迪什。如果有上帝，而且查兹克勒必须对他解释自己的行为，天堂里的场面将是相当快活的。

赌注 *

礼拜五的晚饭吃完了，但蜡烛仍在银烛台上烧着。一只蟋蟀在炉子后面叫，灯芯发出一记轻微的啜吸煤油的声响。铺着台布的桌子上放着一个亮晶晶的玻璃酒壶，一个银质祝福杯，杯上刻着哭墙，旁边放着一把珍珠母柄的面包刀和一张绣着金线的辫子面包餐巾。

房子的主人还年轻，绿眼睛，黄胡子。他的安息日袍不是照哈西德派的习俗用缎做的，而是丝质的。他的脖颈还围着硬领，

＊ 本篇英语由米拉·金斯伯格（Mirra Ginsburg）翻译。

一条丝带当领带。女主人穿一条阿拉伯图案的裙子，戴一顶饰梳金色假发。她有着年轻姑娘的脸：圆润，没有一丝皱纹，小鼻子，淡色眼睛。

屋外，风吹起一个个大雪堆，在满月下闪着光。霜永远想在窗玻璃上描出一棵树、一朵花、一片棕榈叶或一丛灌木，但屋里暖和，花纹旋即融掉。

椅子上坐着家猫，吃完桌上扔过来的一口口美味，很满足，肚子怀满了小猫。它绿如醋栗的眼睛盯着客人。他是个身板挺直的男人，穿着平日里的袍子，系着根带子，胡子像是脏棉花簇做的。他的鼻子是红的，因为已经喝下了至少半瓶伏特加。浓密的眉毛下，睁着一双尖利如针的眼睛。那只手，放在白桌布上的，指甲粗硬，青筋盘绕，盖着一簇簇毛。

他说："说来话长。今天不方便了。你们现在大概想睡觉了。"

"睡觉？"房子的女主人叫道，"才六点十五。看！"她指向那个钟，长长的钟摆，犹太字母标出小时。

她丈夫说："急什么？反正这长长的冬夜也睡不到头。我们等会还有茶和油酥糕点。"

"哦，年轻时，我可以一口气打十二个小时的鼾。但老了就睡不着了。我打个盹，转眼就醒了。我躺在硬凳床上，脑子里各种胡思乱想。"

"今晚你会睡在软床上。"

"有什么好的？之后那张凳床会感觉更硬……你们现在看我，肯定觉得我家里是什么底层的渣滓，我出生在救济所。荒唐！我父亲是个商人。我母亲那边，有仪式屠夫和木材商。我来自赫鲁别舒夫。我祖父是那儿的一个社区领袖。我父亲拥有一家店——卖锅盆和五金制品。我们不富裕，但过得还不错。我母亲生了八个孩子，但只有两个儿子活了下来——我和我哥哥本迪特。我的名字是阿夫洛姆·沃尔夫。

"如果人只剩下了两个孩子，就会胆战心惊的，并且希望从他们身上获得一些自豪和愉悦。但我们俩都不爱学习。我们被送到最好的学校，但我们的心思还是远离《托拉》。我哥哥本迪特——他比我大两岁——喜欢鸽子。他在屋顶建了个鸽棚，远近的鸽子都飞到他这里。他喂它们大麻籽、豌豆、黍粒，还有他能弄到的任何东西。他还喜欢喝一杯伏特加。这一点他像我，嘿嘿……但他有十根金手指。

"我们的父亲想要他当教师，但他的本事全在木匠活上。每当桌子、椅子或凳子坏了，本迪特一眨眼就修好。一次，一条墙楣砸裂了一个衣柜，需要个雕刻匠来镶嵌破碎的部分，而本迪特刻好、装好，再打磨得看不出有什么区别。他想给木匠凡维尔当学徒，但我们的母亲听都不听。她哭着说，宁可死也不要看见她的本迪特当个工人。最后，我们俩都四处晃荡，什么事也不做。

"赫鲁别舒夫的闲汉够多的，我俩成了他们一伙的。我们白天在小酒馆里。礼拜六，我们跑到亚内夫街，那儿有女裁缝散步，我们拿她们逗乐子。我们从不担心下一顿饭哪儿来，肚子要是饱了，魔鬼总是离得不远了。我们祷告时糊弄一下，我们不守安息日的规矩。

"那时候，什切布热申住着个无神论者，叫耶克尔·莱夫曼。扎莫希奇到处是——你们现在怎么叫他们的——马斯基尔，就是宣扬'启蒙'的人。他们说上帝没有创造世界，以及诸如此类的话。整个礼拜，莱布什酒馆都是空的，因为农民只在集市的日子去喝酒，也就是礼拜四。我们一伙就坐在那里，猛灌伏特加，瞎聊有的没的。我们永远都在打赌：人能吃几个白煮蛋，能灌下几杯啤酒。

"早几年，有一次打赌出了事。一个大车车夫，约伊内·库洛普，打赌说他能吃三十个鸡蛋煎的煎蛋。他全塞进嘴里，就着一大壶啤酒灌下去。然后他的肚子爆了，没救了。你们可能认为，出了这种事情之后这些家伙会消停了，但他们可不！他们继续瞎扯吹牛。我们举行比赛，看谁掰手腕厉害，这方面我是冠军。我力气很大。如果我不是这么强壮，现在已经烂在地里了。

"话说回来，一年冬天，一个狂野的小伙子从扎莫希奇来了我们镇，名叫约瑟勒·巴伦。我记不清楚他为什么来或者来找谁了。也许没有什么特别的原因，也许是买麦子。他父亲是个谷物中间商，约瑟勒跟着帮点忙。第二天，我们都去了酒馆，爽了一顿。

约瑟勒从口袋里掏出一块猪肉，吃起来。之前我们向莱布什要了犹太香肠，约瑟勒想让我们看看他有多牛。一场讨论开始了，约瑟勒宣布上帝不存在。一个死人，他说，和一条死鱼没什么两样。摩西没有飞升到天堂。诸如此类的。

　　"我们当中有一个叫托夫勒·卡什坦的人，红头发，是个恶棍，他说：'还不是一样，如果叫你到停尸房跟一具尸体过一夜，你还是会尿一裤子。'约瑟勒立刻来了脾气。'我不怕，'他说，'不怕活人也不怕死人。你自己是胆小鬼，别套到别人头上。'他俩都是急性子，约瑟勒和托夫勒。

　　"一来二去，他们就打了个赌。约瑟勒·巴伦赌二十五卢布，要到清洗尸体的小屋和一具尸体过一夜。托夫勒·卡什坦也押了二十五卢布。那时候，这是一大笔钱，尤其对我们，但两个人面对挑战都火了。约瑟勒有事要出去一趟，于是我们说好了再碰面。

　　"约瑟勒走了之后，我们才意识到，镇上没有尸体。首先，赫鲁别舒夫当时没人过世。其次，死人并不放在那小屋里过夜，除非是陌生人或救济所的穷人。我们讨论来讨论去，有人想出一条计策：我们当中的一个人冒充死尸。他要躺在那桌子上，蜡烛在他头边，约瑟勒会以为是个死人。我们要和约瑟勒开一个他很难忘怀的玩笑。

　　"这几乎都是五十年前的事了，但我现在讲起来，仿佛就是昨天发生的。恰好，我们的父母去了伊兹比察参加婚礼。我哥哥本迪特劝我扮死尸，其他人给他帮腔。他们许诺给我一半赢头。

"说实话，我不喜欢这整件事情，但他们一杯杯地灌我酒。他们说，如果我在床单下搞点花样，吓一吓约瑟勒，他肯定会跑，赌金就归我们了。我由着他们把我说服了。我们的日子太好过了，我们必须找点麻烦。

"我和哥哥本迪特回了家。我穿上父亲的长内衣和衬衫，看上去我就像裹着裹尸布了。我们的父亲是个巨人，比我高一个头。去墓地的路覆盖着雪，和今天一样。我们绕道而行，以免被人看到。镇上有个掘墓人，雷布·扎尔蒙·贝尔，但他住得离墓地远。他也是个运水工。既然小屋没有尸体，他在墓园里也无事可做。

"我们准备了两支蜡烛，等着。托夫勒、约瑟勒和其他人一出现在视线里，我就要装死了。同时我们在嗑瓜子，把瓜子壳放进口袋。整件事像是个玩笑。谁会知道结果是这么不幸呢？

"一会儿，我们看见他们来了。夜幕已经降临，但天空仍有落日的红。我们看见他们在雪地里蹒跚而来。我脱掉靴子和夹克，平躺在凳床上。我哥哥用床单盖住我。他把我的衣服藏在凳床下面，点亮两支蜡烛，出去了。

"干吗不承认呢？我觉得难挨，但我知道那伙人很快就闯进来，游戏即将开始。十二个半卢布不是在什么灌木丛里都能捡到的。

"没多久，他们就来了。我听出说话声里有哥哥的声音。他们压低嗓音，就像在死人跟前那样。约瑟勒问死人是谁，他们告诉他是个裁缝的学徒，一个孤单的孤儿，死在救济所。

"突然约瑟勒过来了，揭开我脸上的床单。我以为败露了，但我的脸肯定白得像尸体，因为他立刻拉上了床单。我躺着，发僵了。我屏住呼吸，努力一动不动。我们必须赢这个赌注。很快其他人走了。门上没有锁，但我听见他们在外面堆雪，用脚踩实，这样约瑟勒就算慌了也开不了门。和墓地小屋隔着一条路是个废弃的房子，那群活宝要在那儿打一晚上牌。说好了，约瑟勒害怕了就大叫，他们就会过来。但约瑟勒·巴伦不是胆小鬼。透过床单，我看见他点了根烟。他勇敢地坐到一个倒放的桶上，摆出一副牌。

"也许只是个玩笑，但当你躺在墓地小屋的凳床上，清洗尸体的凳床，两根蜡烛在脑袋旁边烧着，就有了一种奇怪的感觉。我心脏怦怦跳得太厉害，我害怕约瑟勒能听见。"

"亲爱的，别再说下去了，"女主人恳求道，"这是个可怕的故事……我害怕今晚睡觉时……"

"傻姑娘，不是真的尸体。"丈夫宽慰她。

"可我还是害怕。"

"如果你害怕，念个祷文祛除邪灵吧……"

"这不是一个安息日讲的故事。"

"如果你们不想我讲，我就不讲下去了，"客人说，"你们是年轻人……你们的人生才刚刚开始……"

"真的，莱泽勒，你让我在客人面前丢脸，"丈夫说，"你不应该这么胆小。毕竟，人人都要死。有一天，我们也会死。"

"哦，别说了！"

"原谅我，我要去睡了。"客人说。

"别，别，亲爱的先生。我是一家之主，不是她。如果她不想听，她可以离开这张桌子……"

"真的，我不希望引起夫妻间的矛盾，"客人说，"你们会和好，然后怒气就会转向我……"

"不，继续讲这个故事。如果我丈夫想听，那我也听。"

"你会做噩梦的。"

"讲吧，讲吧。我自己也好奇。"

"讲到哪儿了？哦对，我躺在那儿，隔着布看约瑟勒·巴伦。他正摆出那副牌，但不时朝我的方向瞥一眼。我很清楚他紧张着呢，我也急于结束这玩笑。人躺着一动不动时，会突然哪儿痒，肩膀啊，头啊，背啊。口水积在嘴里必须要吐掉。人能像块石头一样躺多久呢？

"我忍不住动了动，房间太安静了，凳床咯吱一响。约瑟勒转过头，腿上的扑克牌掉到地上。他盯着我，我看见他的牙齿打起了战。我想打喷嚏，但竭力忍着。我已经想坐起来说：'约瑟勒，他们耍你呢。'但我不想他发火。总之，我打了个喷嚏。

"然后发生的事情甚至都无法描述。他跳起来，发出一种泪泪的声音，好像被宰杀的公牛。我坐起来，想告诉他这是个骗局，但我被布缠住了，还碰巧弄灭了蜡烛。我听见什么东西摔在地上，然后就安静了。我以为约瑟勒晕倒了，想去弄醒他，但在黑暗里什么也看不见。我真没脑子，连火柴都没带。我开始像疯子一样尖叫。然后我摔倒了，撞到了约瑟勒。碰到他的那一刻，我就知道他死了。你们知道这种事的。"

"天上的神啊，这世上什么样的不幸都有啊！"女人哭道。

"我记得跑到门那儿想强行推开。但那几个家伙堆的雪一定是结成冰了。现在我一个人，旁边一具尸体，漆黑一片。我亲爱的朋友们，我休克晕倒了。到今天，我也不知道我是怎么活过来的。

"现在真正的混乱开始了。废弃房子里那几个家伙玩牌玩得太兴奋，完全忘了打的这个赌。突然有人想了起来，他们就到墓地小屋来看一看。这些我都是四十年后知道的。他们到了小屋，看到屋里是黑的。墙上有一些裂缝，但没窗户。他们叫起来：'约瑟勒！阿夫洛姆·沃尔夫！'但没人回答。他们迅速清理掉那堆雪，拽开门，借着星光看到两具尸体。他们没带灯笼，月亮也下山了。

"他们有三个人：我哥哥本迪特，托夫勒·卡什坦，还有一个叫贝利什·克兹纳的，一个牛人。但男孩终究是男孩。人人都怕死亡，就算吹牛最凶的也一样。他们疯了似的跑。贝利什摔倒，断了一条腿。托夫勒·卡什坦跑去敲拉比的窗户。拉比深夜没睡，在研习《托拉》。托夫勒冲进去，冻得半僵，结结巴巴地说起来，颤抖着。

"等到拉比叫了执事，等到执事叫醒各家的户主，等到他们穿上衣服点起灯笼，天几乎亮了。他们跑去墓地，路上发现了贝利什·克兹纳，人已经硬了。他爬不起来，冻死了。"

"天上的神啊！……"

"在此期间，我醒了过来，挣扎着一步步回了家。我以为能在家里看到本迪特，但房子空空的。本迪特以为我惊吓而死了，跑出了镇子。他不敢面对我们的父亲和母亲。这些我现在都知道了。但当时我只知道一件事：本迪特不在家。

"镇子一片哗然。拉比派执事来叫我，但我看见他到了门口，我就藏到了阁楼里。贝利什·克兹纳的家人——他们都是屠夫——痛打了托夫勒·卡什坦一顿。把他打得稀烂。我藏了两天，还盼望着本迪特回来。但第三天，我们的父母要从伊兹比察回来了，我收拾了个包，离开了镇子。我没办法看我父母的眼睛，听他们哭号叫喊。全镇的人都知道我扮了死人，全都在怪我。约瑟勒·巴伦家是个大家族，有好多狠辣的男孩，他们会把我捣成肉泥的。

"我去了卢布林，当了一个面包师傅的学徒。

"但我揉大桶大桶的面揉出了疝气，愿上帝保佑你们不要干那种活。而且，其他学徒恨我，因为我是外人，而且不肯玩他们的把戏。媒人找我来说亲，但我不喜欢那些姑娘。还有，人人都想知道我的底细：从哪儿来，父亲是谁。我装傻，于是他们认为我是个私生子。

"同时，我一直希望能找到哥哥的踪迹。我到处找他：会堂、酒馆、旅馆。卢布林有个盲人乐手，名叫杜迪。杜迪在所有的婚礼上演奏。当杜迪奏起婚礼进行曲或迎客舞曲，女孩们哭啊笑啊。其他乐手嫉妒了，极尽所能刁难他。他没有妻子，四处干活。我是在喝啤酒时碰上他的，并成了他的向导。起初，我们只到邻近的镇子。后来，我们走遍了波兰的东西南北。

"每到一处，我都寻找我的哥哥。碰到谁，我都问有没有见过这么个人，尽我所能描述他的模样。但没人见过他。只要杜迪还撑得住，一切都很好。婚礼是欢快的场合。亲戚客人从四方赶来。人们跳舞、唱歌、玩耍时，你忘记了你的烦恼。我听过无数婚礼说笑人的笑话，自己也开始叨叨起顺口溜了。只要哪个小镇没有说笑人，我就负责搞乐子。但杜迪一天天衰弱了。他的手开始抖了。在一次婚礼上，他倒下了，再也没有杜迪了。

"如果要告诉你们我经历的一切，我得在这儿住上一年。他们也给我娶了亲，但处得不好。他们哄我娶了个老处女，她扑向我就像饿鬼扑向烤肉。我羞于谈论这事。她有肺痨，得肺痨的人不懂什么时候该停。

"我成了个搓绳子的。她的叔叔教会了我这个。这里面没多少手艺可言，但只能暖和的时候在室外做。我站在那儿，拉着绳子，每过五分钟，她就会出来。'阿夫洛姆·沃尔夫，进来。'一会儿这个借口，一会儿那个。坏了的肺让人发热，发热了就发疯。人们围在旁边捂着嘴笑。孩子们学她：'阿夫洛姆·沃尔夫，进来……'我责备她时，她就大咳一阵，啐血。我想和她离婚，但她听都不听。那个镇子附近没有河[1]，我要离婚得找个别的地方。

"我受了五年的罪。在她最后一年，她躺在床上的时候比站着的时候多。但只要病缓和了一点，她就又唱起了老调。这种事情怎么说呢？最后一天，她突然感觉好点了。她坐起来，像个健康女人，说起到另一个镇看医生。我给她弄了一杯牛奶，她喝了。她脸颊红润，看起来比婚礼那天更年轻漂亮。我出去弄绳子。我进来时，她似乎睡了。我再细看，听不见她的呼吸。她走了。

"她死之后，他们给我介绍了一个又一个对象，但我不想听结婚的事情了。我无法再住在那个镇子了。我卖掉了房子，跟送掉了没区别，连家当一起卖了，包括绳轮和大麻丝，然后四处流浪。

1　犹太人离婚文书上须注明所住地方邻近的一条河。

如果你的心沉重，就很难留在一个地方。你的脚拽着你走。男人自己过又需要什么呢？一片面包和一个夜里睡觉的地方。人们不会忘了你。每个镇都有救济所。你们这样的好人收留客人。我还在找我的哥哥，但已经完全失去了找到他的希望。

"什么书里说，当人放弃希望时，弥赛亚就会降临。我的情况就是这样。我到了一个小镇子，泽赫林。我的靴子裂了。我有几个格罗申，就问人找个便宜的好鞋匠。有人指了条小山坡上的街。我走上那条街，鞋匠坐在屋外的一条板凳上，刮着一个磨坏了的鞋底。我走过去，他抬起头。我一看——是我哥哥本迪特。

"我忍不住了。每次谈到这次相见，我一定要哭；就像约瑟和他的兄弟们。我认识他，但他不认识我。我正要说，我是阿夫洛姆·沃尔夫，但我想确定是他。我问他：'你是哪里人？'他厉声回答：'你来干什么的，瞎扯还是修鞋？'他一开口，我就知道他是本迪特。我对他说：'你是卢布林那一带的吗？'然后他说：'是的，我是。''是赫鲁别舒夫的？'他的样子有点吃惊，他问：'你是谁？'我说：'你弟弟托我向你问好。'鞋子从他手里掉落。'什么弟弟？'他问。我就说：'你的弟弟阿夫洛姆·沃尔夫。''阿夫洛姆·沃尔夫还活着？'他问。然后我说：'我就是阿夫洛姆·沃尔夫。'

"他跳起来，哭号着，仿佛是赎罪日。他的妻子出来，光着脚，穿着破衣裳。她拎着一桶泔水，溅到了自己脚上。我问：'我们的母亲和父亲怎么样了？'他就开始哭。'他们早就去了更好的世界。父亲就在那一年死了。母亲又受了一阵苦。'我哥哥是好多年后才知道的。"

"你哥哥还活着吗？"房子的主人问。

"我不知道。也许吧。我在那儿住了一个礼拜，然后我又卷起了我的铺盖。他连喂饱自己的面包都没有。"

"为什么不让你父母知道你还活着？"

"我害怕。我羞愧。我自己也不知道为什么。他们一次失去了两个儿子。"

"但你为什么不写信给他们？"

"谁知道呢？我没写。"

"为什么要做这种事呢？"主人问。

客人没有回答。

女主人拿出一块手帕，捂到眼睛上。"人为什么这么疯狂呢？"

"莱泽勒，我们喝点茶吧。"

客人抬起头。"要不再给我来一杯伏特加？"

"都喝了吧，剩下的。"

"我不是酒鬼，但是心里苦的时候就想要忘记悲伤。"

客人举起杯子。他皱了皱脸，抖了抖身子。然后他推开了瓶子，说："我再也不对任何人讲我的故事了……"

儿子*

　　以色列开来的船该十二点到，但晚点了。船在纽约靠岸时已近黄昏，然后，我还得等好一会儿，旅客才被允许下船。外头很热而且下雨。一堆人过来等这艘船到。我觉得所有的犹太人都来了：同化了的、长胡子长边落的拉比，胳膊烙着希特勒集中营数字编号的姑娘，拿着鼓鼓囊囊公文包的复国主义组织干事，戴天鹅绒帽子、胡子正疯长的书院男孩，还有涂着胭脂、红指甲的世俗女子。我意识到，我身处犹太历史的新纪元。犹太人几时有过船？——就算

＊ 本篇英语由艾萨克·巴什维斯·辛格和伊丽莎白·波莱（Elizabeth Pollet）翻译。

有，他们的船也是开到提尔和西顿[1]，而不是纽约。即使尼采疯狂的永恒轮回理论是对的，眼下正发生的任何事情的最小部分，也要兆亿兆亿纪后才在过去发生过。但这等待是乏味的。我张眼打量每一个人，每次都问自己同一个问题：是什么使他成为我的兄弟？是什么使她成为我的姐妹？纽约的女人们给自己扇风，一齐用粗哑的嗓音说话，吃巧克力喝可乐解乏。她们的眼神里冒出一种非犹太的强硬。很难相信，仅仅几年前她们在欧洲的兄弟姐妹还像绵羊被牵去宰杀。现代正统派的小伙子们，戴的小小的亚莫克帽像橡皮膏一样藏在浓密的头发里，大声说着英语，和姑娘们说笑，行为服装毫无宗教的痕迹。连这儿的拉比也不一样，不像我的父亲和祖父。在我眼里，这些人全都显得世俗精明。几乎全部人，除了我，都拿到了上船的许可。而且他们异常迅速地彼此相熟起来，分享信息，了然地摇着头。高级船员开始下船了，但他们穿着制服显得僵硬，制服上有肩章和镶金纽扣。他们说希伯来语，但有外邦人那种口音。

我站着，等着一个二十年没见的儿子。我和他妈妈分开时，他才五岁。我去美国，她去苏维埃俄国。但一次革命显然对她不够。她想要"永远革命"。要不是有人能为她在某个高级官员耳边说上话，她会在莫斯科被清洗。她的老布尔什维克姑姑，曾因为共产党的行动而坐过波兰的监狱，为她说了情，于是她和孩子被

1　提尔和西顿是《圣经》中提到的港口城市，位于地中海东岸，今属黎巴嫩。

驱逐到土耳其。从那儿，她设法到了巴勒斯坦，在一个基布兹养大了我们的儿子。现在他来看我了。

他给我寄过一张照片，拍照时他正服兵役与阿拉伯人交战。但照片模糊，而且他穿着制服。直到眼下，第一批旅客开始下来了，我才想到脑海里没有儿子样貌的清楚画面。他高个子？矮个子？他的金发这些年变黑了吗？儿子来美国，这件事把我推回了一个我以为早已属于永恒的年代。他像个幽灵从过去冒了出来。他不属于我现在的家，也不会融进我外头的任何关系。我给不了他一个房间，给不了他床、钱和时间。 就像那艘飘着大卫星蓝白旗[1]的船，他构成了一个过去和现在的奇怪组合。他给我写信说，小时候他说各种语言，意第绪语、波兰语、俄语、土耳其语，如今他只说希伯来语了。所以我预先就知道，凭我读《摩西五经》和《塔木德》学会的那一点点希伯来语，是无法和他交谈的。我将和儿子说不了话，结结巴巴，还得用词典查词。

人群越来越拥挤，声音越来越嘈杂。码头骚动了。每个人都叫着往前挤，露出夸张的喜悦，好像丧失了衡量世上得失的标准。女人歇斯底里地叫喊，男人嘶哑地哭泣。摄影师在拍照片，记者冲到一个又一个人跟前匆匆采访。然后发生了我身处人群之中的时候总会发生的事。所有人成了一家人，而我置身事外。没人对

---

1 以色列国旗。

我说话，我也不和人说话。把他们联合起来的隐秘力量却把我隔开。人们的目光心不在焉地打量我，好像问：他来这儿干什么？犹豫了一番，我试着问了谁一个问题，但对方没听见，反正我说到一半时，他就走开了。我就像个幽灵。过了一会儿，我决定，就像这种情况之下我总是决定的，和命运讲和。我站到一旁的角落里，看着人们下船，默默地分辨他们。我儿子不可能是老人或中年人。他不可能有漆黑的头发、宽阔的肩膀和火热的眼睛——那样的人不可能出自我的下身。但突然一个小伙子冒了出来，极像那张快照里的士兵——又高又瘦，一点点驼背，长鼻子，窄下巴。就是他，我心里尖叫。我猛地从角落冲出，飞奔向他。他在找什么人。父爱在我心里苏醒。他的脸颊凹陷，脸色苍白。他病了，他得了痨病，我揪心地想。我已经张开嘴叫"吉吉"（他小时候，我和他妈妈就这么叫他），突然，一个丰满的女人摇晃到他面前，一把搂住了他。她的哭喊成了某种吠叫；很快，一大堆其他亲戚过来了。他们从我手里抢走了一个儿子（不是我的）！这里面有一种精神绑架。我的父爱变得羞愧，我匆匆蹒回那个藏身之处，在那儿感情可以一声不出地待上好几年。我因为羞耻而感到脸红，仿佛被打了脸。我决定现在起要耐心等待，不让情感过早地流露。随后，有一阵没有旅客出来。我想：说到底，儿子又是什么？为什么我的精子比别人的对我更重要？血肉联系又有什么价值？我们都是同一口大锅里的泡沫。回溯几代，这一大群陌生人可能都有共同的先祖。而过个两三代，这些此刻的亲戚的后代也会成为陌生人。全都是暂时的、流逝的——我们是同一个海洋上的气泡，同一片沼泽里的苔藓。人要是不能爱每一个人，就应该谁也不爱。

又有旅客出来。三个小伙子一同出现，我打量他们。哪个也不是吉吉，就算哪个是，反正也没人把他抢走。三个人一个个跟着别人走掉时，我松了口气。没一个我喜欢的。他们都是糙人。最后一个甚至转身凶狠地瞪了我一眼，仿佛靠某种神秘的方式发觉了我对他和他那种人的轻蔑想法。

我的儿子，他会最后出来，我忽然想到；这只是个假设，但我知道事情会是这样。我已用耐心武装了自己，还有我一直有的那种"算了"的态度，使我能对失败免疫，阻挠有时冒出来的挣脱自己限度的欲望。我仔细观察每一个旅客，根据其长相和穿着猜测他的个性。也许是我的臆想吧，但每一张脸都向我透露了其秘密，我似乎完全知道那一个个大脑是如何运作的。旅客们身上有某种共同的东西：坐长途海船的疲惫，来到一个新国家的焦躁和不安。每个人的眼睛都失望地问：这是美国？手臂上烙着数字的姑娘生气地摇头。整个世界是一个奥斯维辛。一个立陶宛拉比，蓄着圆弧形灰胡子，眼珠凸出，拿着一本厚重的书。一帮书院男孩在等他，他一照面就开始布道，有一股愤怒的狂热，好像一个已经明白了真理、要速速传播的人。我听见他说，《托拉》……《托拉》……我想问他，为什么《托拉》没有保护那几百万犹太人，让他们躲过希特勒的焚尸炉。但我已经知道他会如何回答了，为什么还要问他呢？——"我的思虑不是你们的思虑。"为上帝而殉难是最高的恩典。一个旅客说着一种方言，既不是德语也不是意第绪语，而是老派小说里的那种胡言乱语。来接他的人也用这种方言交谈，真是古怪。

　　我推断：这一切混沌中自有精确的法则。死人死了。活人有记忆、算计和计划。波兰的某些沟渠里有焚烧后的骨灰。在德国，前纳粹分子躺在他们的床上，每个人都有一张单子，列出他们犯下的谋杀、拷打、暴力或半暴力的强奸。某个地方必定有一个全知者，知道每一个人的每一个念头，知道每一只苍蝇的疼痛，知道每一颗彗星和流星，最遥远星系里的每一个分子。我对他说话。嗯，全能的全知者，对你而言一切是公正的。你知道全体，有全部的信息……这就是为什么你这么聪明。但我该拿我有的这些零碎事实怎么办呢？……是的，我得等我儿子。又没有旅客出来了，我感觉所有人都下船了。我紧张起来。我儿子没坐这船来吗？我漏掉了他？他跳海了吗？几乎所有人都离开了码头，我觉得工作人员已经要关灯了。我现在该怎么办？我本就有一种预感，这个儿子的事情会出问题，这个儿子，二十年来对我只是一个词、一个名字、一个良心上的愧疚。

　　突然，我看见了他。他缓慢、犹疑地走出来，一副不期待有人等他的表情。他的样子像那张快照，但老了些。他脸上有年轻的皱纹，衣服乱糟糟的。他身上有那种无家可归年轻男人的邋遢和不修边幅，一个在异乡浪荡多年、经历丰富、显老的人。他的头发缠结，我觉得里面有几根稻草，像是睡在干草阁楼的人的头发。发白眉毛下眯着的浅色眼睛里有白化病患者的那种半盲的微笑。他挎着个木质背包，像个新兵，还拿着一个牛皮纸包着的包裹。我没有立刻跑向他，而是站着，张嘴瞪着。他的背已经有点驼了，但不是书院男孩的那种驼，而是像常常负重的人。他长得随我，但我辨认出了他妈妈的特征——她的那一半和我的这一半永远无法交融。即便在他这个产物身上，我俩相反的特征也不和谐：妈妈的嘴唇和爸爸的下巴不相配；凸出的颧骨与高额头不协调。他左右细细地看，脸上一副好脾气的表情仿佛在说：当然了，他没来接我。

我走近他，畏畏缩缩地问："是阿塔·吉吉？"

他笑了："是的，我是吉吉。"

我们亲脸，他的胡茬像土豆刨子一样刮我的脸颊。他是陌生的，但我同时知道，我对他的笃爱正如任何父亲对儿子。我们静静地站着，感觉到那种彼此的拥有，无需言语表达。一秒钟，我就知道了该如何与他相处。他从军三年，经历了一场艰难的战争。天知道他有过多少姑娘了，但他还是那么害羞，男人才有的那种害羞。我用希伯来语和他说话，惊异于自己会这么多希伯来语。我立刻获得了父亲的权威，所有的拘谨都消失了。我想帮他拿那个木箱，但他不肯。我们到外头找出租车，但出租车都走了。雨停了。码头边的大路延伸出去——湿漉漉的，黑乎乎的，铺得糟糕，沥青上满是沟沟坎坎，一洼洼水映着一片片闪亮的天，天低而红，像一个金属罩子。空气令人憋闷。有闪电但无雷声。一颗颗水珠落下，说不好是前一场雨的余沥，还是一场新暴雨的开始。纽约竟如此昏暗阴沉地呈现在我儿子面前，伤害了我的尊严。我虚荣地渴望让他立刻看到这城市更漂亮的区域。但我们等了十五分钟也没有出租车出现。我已经听到了最初几记雷声。什么也做不了，只能步行。我们说话的风格相同，简短而尖锐。像了解彼此想法的老朋友，我们无需大段的解释。他近乎无言地对我说：我理解你不能和妈妈在一起。我不抱怨。我自己也是一样的料……

　　我问他："她是个什么样的姑娘——你信里写到的？"

　　"一个好姑娘。我在基布兹是她的辅导员。后来我们一起参了军。"

　　"她在基布兹干的是什么？"

　　"她在谷仓干活。"

　　"她上过点学吗？"

　　"我们一起上的高中。"

　　"你们什么时候结婚？"

　　"等我回去了。她父母要求办正式婚礼。"

他这话的口气是——当然了，我们俩不需要那种仪式，但女儿们的父母有不同的逻辑。

我朝一辆出租车招手，他有些异议。"为什么叫出租车？我们可以走路。我能走几英里。"我要司机载我们过四十二街，到百老汇亮灯的那一片，再转到第五大道。吉吉坐着，看着窗外。我从未如那晚般为摩天大楼和百老汇的灯光骄傲过。他看着，沉默着。我说不清为什么，可我就是知道，他此刻正想着和阿拉伯人的战争，战场上度过的种种危险。但决定这世界的力量注定他要到纽约来见父亲。我仿佛在他脑后听着他的思绪。我肯定，他也像我一样在思索永恒的问题。

好像是要验证自己心灵感应的能力，我对他说："不存在意外。如果你是要活下来的，你就必须活下来。注定的。"

他吃惊地转头向我："嘿，你会读心术！"

然后他微笑，惊异，好奇，怀疑，好像我跟他要了个父亲的把戏。

命 *

　　我以前常去看公园大道的一个亲戚。他是律师、投资专家。他的客户里颇有些有钱寡妇和老处女。不时，他办一个派对，邀请她们。

　　就是在这么个派对上，我遇见了贝茜·古尔德。她五十几岁，瘦瘦小小的，面颊瘪瘪的，涂着暗色胭脂。她的黄眼睛化了蓝眼影和黑睫毛膏，像是戏妆。她涂了橘色口红，指甲是同色系的。毛茸茸、露着青筋的手腕上戴着重重的手镯，吊着种

＊ 本篇英语由艾萨克·巴什维斯·辛格和伊丽莎白·舒布（Elizabeth Shub）翻译。

种护身符。它们的叮当声使我想起囚犯的锁链。她消瘦如肺痨病人，穿着网格长袜的双腿细如棍子。我们坐在一块，各拿一杯香槟。

贝茜一会儿啜一口香槟，一会儿抽一口烟。我注意到，她的脖子细而蓝，如拔了毛的鸡。她的胸部平平，布着雀斑。一对男人的耳朵从新染的金发中凸出来，戴着钻石耳坠。她转向我说："你真是个作家？"

"我努力在写。"

"你为什么不写写我的生平呢？别以为我一直是个喝香槟的淑女。我并不出生在这个国家。我生在欧洲。我父母说意第绪语。我自己以前也说意第绪语，但大部分都忘记了。我们住在东区，我母亲招膳宿客——还有随之而来的种种事情。我不需要告诉你那时候的移民是怎么过的。我们有三个黑乎乎的房间，客厅有个厕所。我父亲在一家血汗工厂一天干十五个小时。旺季他睡在厂里，因为还没等回到家就已经天亮了，又该开工了。那时有一些工会工厂[1]，但他是个胆怯的新手，四处受压榨。他干的工时太长，都开始吐血了。

"我有一个哥哥和两个姐姐，他们都很早离开了家——拒绝分担压力的自我中心主义者。我一直有责任感。这是我不幸的原因。我和母亲干死干活。我煮、烤，到果园街买便宜货，给膳宿客洗

1　工会工厂（union shop），根据劳资协议，工人限期加入工会的商店或工厂、企业等。

衣服，偷偷摸摸找时间读本书。我高中没读完，但英语学得很好，能给外国人上课。我什么没做过？我父亲长年遭罪后死了，我母亲的身体和精神都垮了。她快听不懂话了。她老是上墓地爸爸的坟上哭诉苦楚。膳宿客已经没法子招了，所以我到一家店里卖布料。你知道是怎么做的吗？他们把裙子穿在人体模型上，你给顺好。通常需要学了才能做，但我在这种事情上很会。我可以走进任何一家店，不到三天所有要懂的事情都懂了。自然我就有了敌人。

"从小时候起，我一直做超出年龄的事。我母亲叫我'老孩子'。她从波兰来，但爸爸是立陶宛犹太人。我容易忧虑，总在寻找安全感。我变得像我母亲的丈夫。每个礼拜五我拿给她我的'薪水'，他们是这么叫的。一分也不少。别的姑娘，包括我的姐姐们，围着男孩子转，享受着青春。但我只有一个目标：嫁一个正派的小伙子，有一个家，有一个家庭。我有母亲的本能。我的孩子还没出生，我就爱他们了。你为什么不喝酒？一点点香槟没事的。

"要是告诉你我经历过的一切，得写上三大本书。我简短说吧。我遇到一个小伙子。我们相爱了，结婚了。他高个子，相貌好，快快活活的。他似乎拥有一切美德。我家里人简直不相信我给自己找了这么个男人。他从罗马尼亚来。可是，我很快就发现了美中不足之处：他不喜欢干活。今天他有个工作，明天又没了。我存下了几百美元，我们在上城租了间公寓。我付了家具的钱，什么都是我付的，连到艾伦维尔[1]度蜜月的账单都是。一开始，我的命就是这样。

"然而，我很快明白，他有事情瞒着我。我们的邻居老是叫他接电话。我们没电话。他开始收到粉色信封的信。他把信塞进口袋，从来不当我的面拆开。我怀疑他和别的女人有染，但我天性不太在意。只要他晚上回家到我身边。我天生谦卑。我有什么可以给他的呢？没结婚前，和母亲吵起架来，她说我是块砧板。这种话钉在你心里，毒你的血。我丈夫吻我时，眼泪涌出我的眼睛，仿佛他在给我最大的恩惠。一天，他带着我们的全部积蓄消失了。他甚至把我不多的几件珠宝带走了。我再也没见过他的脸。"

"再没有听过他的消息？"

"没有，再也没有。人家告诉我有个失踪人员署，但我心里想，如果他不想要我了，为什么要找他呢？你不能强迫一个人去爱。而且我不想他被关起来。他是我正怀着的孩子的父亲。

"我承诺过，不会给你讲一个长故事，但这些都是基本的情况。我生了个女孩。语言无法描述我当上母亲时感到的喜悦。是的，我被遗弃了，但我品尝了几个月的快乐。我这一生，周围都有好多老处女和笨蛋，相比之下，我显得幸运。我发誓，我的孩子要永远不懂贫乏的滋味。她要拥有我错过的一切——舒适的

1　艾伦维尔（Ellenville），纽约城西北九十英里处的一个村子。

家、教育、漂亮衣服，以及一切她心之所欲的东西。我是怎么做到的呢？

"我找到一个好心肠的女人，一个离了婚的，来合住我的公寓，照顾孩子。我母亲死了，我到一个百货商店上班，卖裙子。我干得很棒，很快当了采购助理。采购助理很少当上采购经理，但我这个来自东区的黄毛丫头就成了一家大店的采购经理。别笑。这是挺大的成就。

"其他采购经理出去玩乐，有些忍不住从厂商那里拿贿赂。我这个傻瓜呢，给店里干死干活。不过，我还是挣得不少，能送我的南希上私立学校。她总是拿到最好的成绩。有一件东西我给不了她，就是父亲。我可以再婚。我是合法离婚的。但想要我的人，我不想要。男人必须让我喜欢。如果他是个蠢货或无聊鬼，就让我恶心。有一些对我那几个钱感兴趣——差不多算小白脸、寄生虫。我觉得我的每一分钱都属于南希。她长得高挑美丽。她长得随父亲。她一进门，房子就显得亮了起来。她是金发碧眼，像个外邦女子。哪天我给你看她的照片。我有三本相册，全是她的照片。那就是我的全部了。"

"她没发生什么事吧？"

"没有，呸呸。不是你想的那样。她健康地活着。愿她，像意第绪语说的，比我的骨头活得长。她和她父亲干了一样的事情。她丢下我出走了。她需要我的时候，我就是妈咪、姆妈、亲爱的妈妈。等她从史密斯学院毕业，找了个有钱男孩，一个哈佛毕业的，马上就开始挑我的毛病。一切都在我的预料之中，我很清楚结果会是这样，很确定，就像此刻我知道我们将吃晚饭、喝咖啡，然后回家。我怎么知道的？我自己也不太清楚。有人说我通灵。我想到某个十年没见的人，然后突然门开了，这人来了。简单说，我的任期干完了，不再需要我了。

"其实这些年我非常成功了。时尚专栏报道我的采购行程。我去巴黎、伦敦、罗马，不管我买什么，女人们都抢。要是我自己做生意，我会很有钱的，但我挣得挺多了，够我住漂亮的公寓，娇惯我的女儿。

"可结果她是个没有心的姑娘。她就知道：我，我，我。她待我好像我是她的奴隶。她的有钱未婚夫说我是个东区的粗俗多嘴婆，这就足以让我自己的孩子鄙视我了。她甚至都不肯掩饰掩饰她的感觉。我对她说：'我不知道我们俩谁更粗俗。'她听到这话大为光火，对我吐唾沫——真的就吐在我脸上，大叫：'我爸甩掉你是对的。即便我从没见过他，我也爱他，而你是个果园街的卖鱼婆。'她甚至要打我。

"我看我这妈当到头了，说：'够了。'她立刻收拾行李。她，她也拿了我的珠宝，就像她爸干过的。她摔门走了。可是，我希望她的怒气会过去。毕竟，我怎么着她了呢？但我心里有个声音说：'你永远见不到她了。'她离开时，我的心成了块石头，我的血凝固在血管里。我确信我要完了，我向上帝祷告，让我死得快点。

"有些时候，生命毫无价值。不然为什么有人要自杀？我瘫在床上，一个礼拜没起来。那是圣诞季，而我躺在那儿，精神崩溃了，连一勺水都把不住。我早发现自己能承受的痛苦没有极限。有人曾叫我受虐狂。我当时都不知道这词什么意思。不过那种人是为了快感而让自己受折磨。我不觉得有快感。我躺在那儿，像条被打坏的狗，舔着伤口，直到我的责任感占了上风。

"现在，我要告诉你一件你很难相信的事。如果你还有几分钟时间，听听看。"

"好，当然，我会听。"

"他们说不存在奇迹，但发生在我身上的事情是一个奇迹。一天，一个男人到我的办公室来。他既不年轻也不老，大约五十岁，高大英俊，两鬓灰白。他是个制造商，来谈生意。我们聊着那一套价格、款式和顾客怪僻的话。'谁知道女人喜欢什么？'他说。'男人就更可预测吗？'我问。刚好那时洛克菲勒娶了一个立陶宛农民的女儿，报纸上写的全是那个故事。'是的，'我的客人回答，'男人确实很清楚知道自己喜欢什么。''喜欢什么呢？''比如说我，喜欢你。'我们这一行的人习惯了这种打趣，也没必要否认，我不是个吸引男人的女人。时不时有个男人撩撩我，但从没有进一步的。我习惯了一个人。这成了我的第二天性。

"'感谢您的恭维。'我说。

"'这不是恭维。你是那种合我意的女人。'

"'你怎么知道我没结婚？'

"'你没戴结婚戒指。'

"没必要细讲了，他完全是认真的。他忘了生意。当时，在那里他就向我求婚了。我觉得他在开玩笑。这么个好看的男人，也富有。他是个鳏夫，没孩子。他在我身上看到什么了？那些日子，我总是累得要死。我穿得很好，但衣服对这种男人算得了什么？我们那晚一起吃了晚饭。我们坐在一家餐厅里，他告诉我上帝亲自把我送到他跟前。听好了。他拿出支票簿，说：'这是一张两万五千美元的支票。能不能证明我的认真？'我突然吓到了。'你甚至都不了解我。'我说，然后我对他说起我的种种往事。他也对我说他的事。他娶了个反复无常的富家姑娘，她周旋于其他男人当中。要打烊了，我们是餐厅里最后的客人。侍应生看着我们，开始慢慢关灯。我们离开时，天都亮了。

"是的，这是一见钟情。我不理解他在我身上看到了什么。这将永远是个谜。他是这样解释的：他心里有某种类型的女人，一直在找。我就是他的理想型。我必须要笑一笑，不好意思。"

女人笑起来。泪水流出她的眼睛，她擤鼻子。手腕戴的手镯空空地叮当响。等她拿开蕾丝手帕时，她的脸变了。她的模样像是个被打断祷告的虔诚女人。她的眼袋肿胀。我说："你们结婚了，然后他死了。"

"是的。你也通灵吗？你表妹一定告诉你了。

"我们在一起的几年是我能想象得到的最快乐的日子。太好了，所以不能长久。他强壮健康，高大如巨人。我们吃过了晚饭，要去戏院。'穿上你的貂皮夹克，因为外面天气凉。'他说。当时是十一月。如果要讲他给我买的每一样东西、我们的出游、住的超棒的酒店，会花太多时间的。仿佛上天决定了贝茜要有四年快乐的日子。他到衣橱那儿，拿出我的夹克，然后倒下了，像块木头一样。他甚至没有喘息。我用浑身的力气尖叫起来。邻居们跑进来。他死了。

"我还需要告诉你我多爱他吗？一句好话，甚至一个微笑，我就满心欢喜。其实有个不辱骂我的人就够了。如果上帝对我好，他该同时把我也带走。我唯一的愿望是死。可是，拿绳子上吊或者跳窗的勇气，我没有。只有不习惯痛苦的人才做得出。我从小就在受苦，就算那几年幸运的日子，我也有预感结果不会好。在某种意义上，那几年我比以前更受苦。

"现在，我来给你讲讲我们的狗的事。生孩子对我们来说太晚了。我丈夫有一条很棒的狗，一条大丹犬。他有小牛那么大，聪明，至少我认为。我遛他时，人人都停下来看。我丈夫疯狂地爱他。我常取笑他爱狗胜过爱妻子。

"我丈夫死后，这条狗是我唯一剩下的了。我不是说金钱。我丈夫留给了我一大笔财产。我知道，我对狗好是他深深的心愿，而我还能对别的什么好呢？为一条狗能做什么呢？能做的我都做了。他过着奢华的日子。每天牛排。一天两次我带他遛，有时候，我觉得是他牵着狗绳领着我走，而不是我领着他。他喜欢到哪儿就拖着我去。路人笑。我知道我做得过了，但我也知道再没有别的事情能填充我生活的空虚。

"这狗有人类的眼睛。我和他说话，他坐在那儿，似乎在听而且听懂每个词。也许他真的懂。最近我读了一篇写动物的文章，说它们能猜到我们的想法，有天眼。我相信这狗也同样依恋我。他从我手里吃。我给他洗梳。我给他订购了一件貂皮外套，天冷的时候穿。他晚上在我床上睡。我试了好多次赶走他，因为他太大了，太重，仿佛一头狮子躺在我脚边。但他不是那种能推走的动物。

"我丈夫有许多朋友和亲戚，可他死后他们完全不搭理我了。别问我为什么。这是我的命。就是他活着时，他们也并不真正对我友好。我怎么对不起他们了？不过话说回来，我又怎么对不起我自己的女儿了？

"说起来你不信，但突然我注意到这狗开始对我有敌意。他变得乖张，有时候甚至恶毒。他不再把爪子搭到我膝上舔我的脸。时不时他像狼一样嚎。你是想告诉我你也对我有什么不满？我想。我安慰自己说，这只是我瞎想的，我的自卑情结。很快，我无法再忽视他的坏脾气和咆哮的样子。幸好，狗不能收拾东西离开。我真的理解不了。人要是对动物和善，通常它是会忠诚的。我没人能聊聊这事，而且我也会羞愧地开不了口。起先，他只是表现不好，宠坏了的样子。然后，他开始一见到我就鬼叫，露出牙齿。他好像被什么上了身。我害怕再让他睡在我床上了，晚上把他锁在厨房里。我想把他送走，但想到我丈夫，想到他多么爱他，我做不出来。谁知道一只动物的心里在想什么？它们也有它们的情绪，我希望这狗的行为又能正常起来。

"一天晚上，我在一家餐厅吃完晚饭回来，一个人吃的，当然了。我系上狗绳带他出去。突然他前腿腾空站起来，开始热情地舔我，像以前那样。'所以，你想要讲和？贺喜贺喜。'我曲身吻他，然后，我亲爱的朋友，发生了一件可怕的事。这狗猛咬我的鼻子，几乎给咬掉。所以我才化了这么浓的妆——遮盖伤疤。

"那晚，我觉得自己永远毁容了，或者会失血而死。我一个人在房子里，拖着身子到电话那儿打出去求援。血直喷出来，这狗追着我跑，撕扯我的裙子。他们后来射杀了他。对这样的怪物能做什么呢？接通电话接线员的那一刻，我晕倒了。我在医院里醒来。他们只能给我做手术，因为我无法呼吸。复原后，我做了个整形。

"我告诉过你，我再也没见过我女儿。不完全对。她来医院看我了。就在手术之后，麻醉的影响还没过去。我仿佛透过雾看见她。她对我说话，但到今天我也不知道她说了什么。她的样子变了。她的脸变硬了。这不是我的孩子。她穿着盛装。我本来以为是个幻觉，只是护士后来告诉我，我女儿来看过我。那是我最后一次见到她。

"我在医院过了三个礼拜，又在私人整形诊所过了两个礼拜。花了一大笔钱，但总的说来，手术是成功的。我的病例写到了医学期刊里。但这事造成的心理创伤，没有医生或心理分析师能治。你的丈夫离开你，你唯一的女儿跑掉，你喂养、善待的狗要毁灭你，那肯定是出什么问题了。是什么呢？我就这么邪恶、丑陋，这么讨厌吗？我不期待有答案。我不再期待任何事，从男人或野兽那里，这是真话。

"这次不幸之后，我就完全自己过了。一个熟人要给我一只鹦鹉或金丝雀，但我说：'我爱的狗咬了我。鸟大概会啄掉我的眼睛。'我这样的人就像麻风病人。"

一时间，我们两人什么也没说。然后她问："这一切意味着什么？"

"你叫它命。"

"什么是命？"

"人自己的陷阱。"

"我也陷住了别人。不说了，我们喝完香槟吧。干杯，为生命。"

我们碰杯。她啜了一口，半皱着脸，舔嘴唇。她询问地看着我，苦笑。透过妆容，看得见她鼻子周围的疤和褶皱。

"我没有自欺欺人，"她说，"我明白都是我的错。连狗的事也是。"

"是什么让你这么说？"

女人没有回答。某种油滑和恶意出现在她的目光里。很难准确定义是什么：自怜，骄傲，知道自己会危及自己和别人的隐秘满足。突然我知道了，尽管她讲得这么真诚，她的故事里还有好多东西是没讲出来的。我意识到这个脆弱女人的怪异力量，这个能说会道、举止如猫的女人。我强烈地想要摆脱她，以免牵扯进她古怪的错综复杂之中。她似乎猜到她吓到了我。她的黄眼睛打量我，透着狡黠的责备。

"去吧，最好到别的客人那儿去，"她说，"我这样的命是会传染的。"

超能力*

1

　　要是有人来我工作的报社咨询，通常并不会指名要见谁。我们有个记者定期写读者咨询专栏，谁要是跑来了，一般都交给他。但这个人明确说要见我。同事给他指了我的房间。他是个高个子，进门时需要低头，没戴帽子，一头杂着灰白头发的黑发。粗眉毛下的黑眼睛里有一种狂野，有点吓到我。他穿着件轻便的雨衣，尽管外头是在下雪。方脸冻得发红。他没系领带，衬衫敞开，胸毛厚如皮毛。鼻子宽大，厚嘴唇。他说话时露出一颗颗大牙齿，

＊ 本篇英语由艾萨克·巴什维斯·辛格和多萝西·斯特劳斯（Dorothea Straus）翻译。

牙齿显得异常坚硬。

他说："你是那个作家吗？"

"我是。"

他显得很惊讶。"这个坐在这张桌子旁的小个子？"他说，"我想象的你有一点点不同。嗨，事情不一定非得完全是我们想象的那样。我读了你写的每一个词——意第绪语的和英语的都读了。要是听说你在哪个杂志发表了什么，我立刻跑出去买。"

"非常感谢。请坐。"

"我喜欢站着——不过——好吧——我坐。我可以吸烟吗？"

"当然可以。"

"我应该告诉你我不是美国人。我是二战后来的。我经历过希特勒的地狱、斯大林的地狱，还有几个别的地狱。但那不是我来找你的原因。你有时间听我讲吗？"

"有，有的。"

"嗯，在美国人人都很忙。你怎么有时间又写那些东西又见人的？"

"什么事情都有时间的。"

"也许。美国这地方时间消失了——一个礼拜什么都不是，一个月什么都不是，一年一晃也就过去了。那边的那些地狱里，一天好像比这儿的一年还长。 一九五〇年起，我就在这个国家了，这些年就像一场梦没了。一会儿夏天，一会儿冬天，一年年就这样溜走了。你觉得我几岁？"

"四十几吧——也许五十。"

"再加十三年。四月份我就六十三了。"

"你看起来年轻——福气好。"

"人人都这么说。我们家里人头发不白。我祖父九十三岁死
的，几乎没什么白头发。他是个铁匠。我母亲那一系，他们是学
者。我到书院上学——我是古尔的书院的学生，有一阵在立陶宛
上。只上到十七岁，真的。不过我记忆力好，我学什么，什么
就钉在我脑子里了。我什么也忘不掉，可以说，而这是我的悲
剧。当我确定钻研《塔木德》没用时，就去学俗世的书了。那时
候俄国人走了，德国人接管。然后波兰独立，我应征入伍。把布
尔什维克赶到基辅，有我一份功劳。然后，他们把我们赶回到维
斯瓦河。波兰人不太喜欢犹太人，但我晋升了。他们让我当军士
长——旗手——没上过军事学校的人能拿到的最高军衔，战后他
们还提出送我去一家军事学院。我本来能当个上校之类的，但我
的抱负不在军营。我读好多书，画画，想当个雕刻家。我开始用
木头雕各种各样的人物。最后，我成了做家具的。橱柜活——我
专门修理家具，多数是古董。你知道那种事——镶嵌的东西掉了，
哪里破了。得有技巧才能修补得看不出来。我仍然不知道自己为
什么这么热情地投入这行。寻找合适的木纹、合适的颜色，好好
安上，连物主自己都看不出来地方——要做到这一点，需要铁一

般的耐心，还有本能。

"现在我告诉你我为什么来找你。是因为你写神秘的超能力：传心术、精灵、催眠、宿命等等——我全读了。我读是因为我拥有你描写的超能力。我不是来炫耀的，你也不要以为我想当新闻工作者。在美国这地方，我干自己的行当，钱挣得足够。我单身——没媳妇，没孩子。他们杀光了我的家人。我喝一点威士忌，但我不是酒鬼。我在纽约这儿有一套公寓，在伍德斯托克有个小木屋。我不需要任何人的帮助。

"不过，说回到超能力吧。你说那是人天生有的，你是对的。我们天生什么都有了。我最开始雕刻时，是个六岁的孩子。后来我丢开了，但天赋还在。超能力也是这样。我有但我不知道是什么。一天早晨我起床，一个念头来了：我们楼里有个人那天会摔出窗户。我们住在华沙的特瓦达街。我不喜欢那念头——让我害怕。我上学去了，等我回到家，院子里黑压压挤满了人。救护车刚到。一个玻璃工在更换二层一扇窗户的玻璃时，掉了出去。如果这种事情发生一次，两次，甚至五次，我会说是巧合，但发生得太频繁了，没办法谈什么巧合了。奇怪的是，我开始懂得我应该隐瞒——仿佛那是个丑陋的胎记。我是对的，因为这样的超能力是一种不幸。还不如天生是个聋子或瘸子。

"不过，无论多么小心，你无法瞒住一切。一次，我坐在厨房里。我母亲——愿她安息——在织袜子。我父亲挣得不少，尽管是个工人。我们的公寓舒适，和富人的房子一样干净。我们有许多铜盘子，母亲每周都擦得发亮。我坐在一个矮凳子上。那时我也就是七岁。突然，我说：'妈妈，地板下面有钱！有钱！'我母亲停住织袜子的手，惊异地看着我。'什么样的钱？你在胡说什么？''钱，'我说，'金币。'我母亲说：'你疯了吗？你怎么知道地板下有什么？''我知道。'我说。我已经意识到不该说的，但太迟了。

"我父亲回家吃晚饭，母亲告诉他我说的话。我不在场，但我父亲吓坏了，承认把一些金币藏在了地板下面。我有个姐姐，我父亲是在为她存嫁妆——把钱放到银行里不是老百姓的习惯。等我放学回来，我父亲开始盘问我：'你在监视我吗？'其实，我父亲藏钱是在我上学、母亲出门买东西的时候。我姐姐去找朋友了。他锁了门，上了闩，而且我们住在三层。他甚至小心翼翼地用棉花塞住钥匙孔。我被揍了一顿，但不管我怎么对他解释，都说不清怎么知道那些金币的。'这孩子是个魔鬼！'我父亲说，然后给我加了个耳光。这是很好的教训：应该把嘴闭上。

"我可以告诉你一百件这种童年往事，但我就再说一件。我家街对面有个卖乳制品的店。那年月，人们到店里买煮沸的牛奶。他们用煤气炉煮。一天早晨，我妈妈给我一口锅，对我说：'到街对面泽尔达的店里买一夸脱煮好的牛奶。'我到了店里，只有一个顾客——一个女孩在买几盎司黄油。在华沙，他们习惯用一把弓从大块黄油上切片，那弓就像篝火节男孩子到普拉加森林野餐时带的那种。我抬眼看，看见一件奇怪的事情：一团光在泽尔达头上发亮，好像她假发里有一盏光明节的灯。我目瞪口呆地站着——这怎么可能？旁边，柜台那边，那女孩和泽尔达说话，仿佛什么事也没有。泽尔达用秤称了黄油，女孩走了，泽尔达说：'进来，进来。你干吗站在门槛那儿？'我想问她：'为什么你头上亮着一团光？'但我已经预感到我是唯一看见的人。

"第二天，我从学校回到家，母亲对我说：'你听说了吗？乳品店的泽尔达突然死了。'你能想象到我的惊恐。我差不多就八岁。从那时起，我许多次在那些快死的人头上看到过一样的光。感谢上帝，过去二十年我没看到过了。我这年纪，我周围的这些人，我是可以整天看到的。

2

"前不久你写道，伟大的爱情中都有心灵感应的元素。我很触动，决定必须见见你。我自己身上这事发生了不是一次，不是十次，而是一次又一次。我年轻时是个浪漫的人。我看见一个女人，会对她一见钟情。那时候，可不能直接上去告诉一个女人你爱上她了。姑娘是精致的生物。说错一个词就会被视作侮辱。而且，我也害羞，我自己的那种害羞。也骄傲。追求女人不是我的天性。简单说，我不和女孩说话，而是想着她——整天整夜。我幻想着各种各样不可能的邂逅和奇遇。然后我开始注意到，我的念想发生了效果。我日思夜想的女孩真的会到我面前。一次，我故意在华沙一条热闹的街上等一个女人，然后她出现了。我不是数学家，但我知道这个女人在那一刻穿过那条街的概率大概是两千万分之一。但她来了，仿佛受了无形磁力的吸引。

"我不是轻信的人，到今天我都有疑虑。我们想要相信一切事情的发生都是理性的、符合秩序的。我们害怕神秘——如果存在善的超能力，那么很可能也存在恶的超能力，谁知道它们会干出什么来！但这么多非理性的事情发生在我身上，我视而不见的话就是个白痴了。

"也许因为我有这种磁场，我从没结婚。反正，我也不是那种一个女人就满足的男人。我也有别的超能力，但那些我就不去炫耀了。我活在他们说的土耳其的天堂里——常常同时有五六个情人。我到人家的起居室修家具，在那儿我常常结识美丽的女人——多数是外邦人。而且我总是听到她们说一样的话——我和其他犹太人不一样，等等这种唠叨话。我有一个房间，有单独的出入口，这对一个单身汉就足够了。我的柜子里存着白兰地等烈酒和一大堆美食。如果我要告诉你这房间沙发上发生的事情，你可以写一本书了——但谁在乎呢？我越老，就越清楚对现代男人来说婚姻是纯粹的荒唐。没有了宗教，这制度完全是荒谬的。当然了，您母亲和我母亲是忠贞的女人。对她们来说，只有一个上帝，一个丈夫。

"现在我来说说重点。尽管那些年我有那么多女人，但有一个女人我和她在一起几乎三十年——实际上，一直到纳粹轰炸华沙的那天。那天，成千上万的人过桥去普拉加。我想带着玛尼娅一起——玛尼娅是她的名字——但她得了流感，我无法等她。我在波兰有非常多的关系，但在这样的灾难之中他们一撮烟草也不值。后来我听说我住的那栋房子被一个炸弹击中，只剩一堆石灰和砖头。我再也没听到过玛尼娅的消息。

"这位玛尼娅，也许人们认为是个普通姑娘。她来自大波兰的某个小村子。我们遇到时都是处男处女。但我的无论什么力量，无论我怎么背叛，都不能摧毁我们之间的爱。不知道她怎么知道的，但她知道我所有的恶心事，一直警告我，她要离开我去嫁人之类的。但她每周固定来找我——常常更频繁。别的女人从不在我房间过夜，但玛尼娅来了就留宿。她不是特别美——皮肤黑，不高，黑眼睛。她是卷发。她村里人叫她吉卜赛人玛尼娅。吉卜赛人的古怪行径她都有。她用卡牌算命，看手相。她相信一切巫术和迷信。她甚至穿得像个吉卜赛人：花裙子，花披巾，大耳环，脖子挂着红珠串。她嘴里总叼着根香烟。她的生计是在一家内衣店当售货员。店主是一对老夫妻，没孩子，玛尼娅几乎像是他们的女儿了。她是个出色的售货员。她能缝能绣，甚至学会了做紧身胸衣。她管理整个生意。如果她偷的话，可以发大财，但她百分之百诚实。反正，两位老人是要立遗嘱把店留给她的。后来，老丈夫得了肝病，所以他们去了卡尔斯巴德、马里昂巴德，还有皮茨赞尼。他们把一切都留给玛尼娅照看。她为什么需要嫁人呢？她需要的是一个男人，而我就是这个男人。这个姑娘，几乎不识字，却很雅致，她自己的那种雅致——尤其在性方面。我一生有过天知道多少女人，但没有一个像玛尼娅这样。她有她的任性和怪僻，我想到这些时，不知道是该笑还是该哭。虐待狂是虐待狂，受虐狂是受虐狂——这一切胡闹都有个名字吗？每次吵架我们都极其不愉快，和好则是一场盛大的仪式。她的厨艺比得上御厨。她老板去泡温泉时，她在他们的公寓给我做饭。我常说她的食物有性吸引力，这话不是完全胡说。这是她好的一面。坏的一面是，玛尼娅永远无法容忍我有别的女人。她竭尽所能破坏我的欢愉。我天性不是个骗子，但因为她我成了个骗子。不自觉地。我用不着捏造谎话——我的舌头自己就说出来了，我常常震惊一条舌头能够这么聪明和有远见。它预见事情和局势——我只是事后才明白。然而，你不能愚弄任何人三十年。玛尼娅知道我的习性，从未停止监视我，我的电话常在半夜响起。同时，我和别的女人的事情给了她一种变态的享受。时不时我向她供认，她询问细节，狠毒地骂我，哭，笑，发狂。我常常感觉自己像个驯兽师，像把头伸进狮子嘴里。我一直知道，在别的女人那儿的成功，只有玛尼娅是背景时才有意义。如果我有玛尼娅，波特卡伯爵夫人就是廉价货。没有玛尼娅，什么征服也不值一个格罗申。

"有时候，我出去冒险，也许从酒馆或贵族的宅邸回来，同一夜又和玛尼娅一起。她使我恢复元气，然后我又出去搞，仿佛什么也没发生。但随着年纪增长，我开始担心太多的爱会损害自己。我算是个疑病症患者。我阅读医学方面的书籍和报纸文章。我担心毁掉自己的健康。一次，我回来时彻底耗干了，还要见玛尼娅，一个念头闪过：要是玛尼娅来月经多好啊，就不用和她过夜了。我打电话给她，她说：'有点蹊跷，我的假期（这是她的叫法）来了，在这个月中旬。''看来你成了个行奇迹者。'我对自己说。但我还是存疑：这事是不是真和我的愿望有关系。只是在这种事情重复发生好多次以后，我才明白自己拥有给玛尼娅的身体下命令的能力。我告诉你的每一个词都是绝对真实的。有几次，我发愿她生病——当然，只是病几天，因为我非常爱她——然后，她马上就发高烧了。很清楚了，我完全主宰着她的身体。如果我想要她死，她就会死的。我读过催眠、动物磁场之类的书，但从没想到自己拥有这种力量，而且还这么强大。

"除了能对她做我想做的任何事，我还知道她心里的想法。毫不夸张，我能够读她的心。一次，大吵一架之后玛尼娅走了，狠狠摔了门，窗玻璃直抖。她走的那一刻，我觉得她要跳维斯瓦河。我抓起大衣出门，默默跟在后面。她一条街一条街走着，我像个侦探跟着她。她一眼也没回头看。最后她到了维斯瓦河，径直往水里走去。我追上去，攥住她的肩膀。她尖叫，挣扎。我救了她一命。之后，我在心里命令她再也不要起自杀的念头。后来她告诉我：'好奇怪，我以前常常想了结自己。最近这些想法完全停了。你能解释吗？'

"我是能够解释一切的。一次她来找我，我告诉她：'你今天丢了钱。'她脸色白了。是真的。她从一家储蓄银行回来，丢了六百兹罗提。"

3

"我要给你讲那条狗的故事，还有另一个故事，然后就够了。一年夏天——肯定是一九二八年或一九二九年——极度的疲劳压倒了我。还有疑病症。我纠缠在这么多情爱之中，几乎散架了。我的电话响个不停。我和玛尼娅吵得很凶，凶得有点怪异了。她工作的地方，老人的妻子死了，玛尼娅一直威胁要嫁给他。她在南非有个表兄弟，给她写情书，说要给她寄宣誓书。她的深爱突然变成了可怕的恨。她说要毒死她自己和我。她提议两个人一起自杀。她的黑眼睛里亮着一团火，使她看起来像个鞑靼人。我们都是天知道什么杀人犯的后代。您或你们报纸的其他作者写到过人人都是潜在的纳粹吗？夜里我通常睡得很死，但这时我受失眠的折磨了。终于睡着了，又做噩梦。一天早晨，我感觉自己走到尽头了。我的腿发颤，一切在眼前旋转，还耳鸣。我明白如果不做点改变，我就要完了。我决定丢下一切走掉。我收拾了个包。我收拾的时候，电话疯狂地响，但我没接。我上街，上了辆四轮轻便马车去维也纳火车站。一趟火车就要开往克拉科夫，我买了票。我坐在二等座的座位上，累坏了，睡了一路。列车员在克拉科夫叫醒了我。到了克拉科夫，我又坐了辆四轮轻便马车，要车夫拉我去一家旅馆。一进旅馆房间，我就穿着衣服瘫到床上，迷迷糊糊睡到天亮。我说迷迷糊糊，是因为我睡得一阵一阵的——睡着了又没睡着。我去厕所，耳朵里是尖叫声和电话铃声。我真的听见玛尼娅哭喊着要我回去。我在崩溃的边缘，但我用最后的力气刹住自己。我一天一夜不吃不喝了，大概早上十一点醒来时，已经半死不活了。克拉科夫的旅馆房间里没有澡盆——如果想洗澡，得从女服务员那儿叫。房间里有一个盥洗架和一罐水。我居然挣扎着刮了胡子，吃了早饭，拖着自己去了一个火车站。我坐了几站，然后铁轨到头了。当然，我想到山里去，但这不是通往扎科帕内的铁路线，而是一条支线。我到了巴比亚山 [1] 附近

1　巴比亚山（Babia Góra），波兰南部与斯洛伐克交界处的一座山峰。

的一个村子。这是一座和别的山不连着的山——一座个人主义的
山——来的游客不多。那儿没有旅馆或寄宿房，在一对老农民夫
妻家——主人家[1]，我找了个房间。我估计你知道那个地区，用不
着告诉你那儿多美。但这个村子尤其美，充满野性，大概因为太
隔绝了。老夫妻有一条狗，巨大，我不知道是什么种。他们警告
我，它会咬人，要小心点。我拍拍它的头，挠挠它的脖子，它旋
即成了我的伙伴。这话说得轻了——这狗疯狂地爱上了我，几乎
立刻爱上了。它一分钟也离不开我。老夫妻每年夏天都出租那房
间，但那狗从未依恋过任何房客。简而言之，我逃了人的爱，
落入了狗的爱。布里克有女人的一切行径，即便它是公的。它吃
起醋来比玛尼娅还厉害。我长途散步，它到处跟着我跑。村子里
有一群狗，只要我看别的狗一眼，布里克就发狂。它咬它们，也
咬我。晚上，它非要睡在我床上。那种地方的狗长虱子。我不让
它进我房间，但它又嚎又哭，吵醒半个村子。我只好让它进来，
它立即跳上床。它哭起来像人的声音。村子里的人开始说我是个
巫师。我没有住很久，因为那儿能把人闷死。我带了几本书，但
很快全读完了。我休养过了，准备好了投入新的情感纠葛。但和
布里克的离别不是容易的事情。它感觉到，天知道靠什么直觉，
我要走了。我到邮局给玛尼娅打了电话，在那个老天都不搭理的

1　原文是斯洛伐克语 gazdas，此地与斯洛伐克接壤。

村子里收到了电报和挂号信。那狗一直叫啊嚎啊。最后一天，它简直抽搐了起来，口吐白沫。农民们害怕它疯了。以前它从来没被拴起来过，这时主人弄了根链子把它拴在桩子上。它怨吠，它撕咬链子，撕心裂肺。

"我回到华沙，晒伤了，可并没得着安宁。那狗在那个村子里怎么对我，玛尼娅和几个别的女人在华沙也怎么对我。她们都黏着我，咬我。我有修理家具的订单，主人家一直打电话给我。几天过去了——也许是几个礼拜，我记不确切了。在累了一天之后，我很早上了床。我关了灯。我累得要死，立刻睡着了。突然我醒过来。半夜醒来对我并不稀罕，但这次醒过来时，我感觉有谁在我房间里。我常常醒来觉得胸口很闷，但这次我感觉脚上有真实的重量。我看了看，有一条狗躺在我的毯子上。灯是灭的，但并非漆黑一片，因为有盏街灯照进来。我认出了布里克。

"起初我的想法是这狗跟着火车跑到了华沙。但这根本说不通。首先，它被拴着；其次，狗不可能跟着特快列车跑这么长时间。即使这狗能自己找路来华沙——而且找到我的房子——它也无法爬上三层楼梯。而且，我的门一直锁着。我明白了，它不是真的狗，有血有肉的狗，而是一个幽灵。我看到它的眼睛，我感受到脚上的重量，但我不敢碰它。我恐怖地坐着，它看着我的眼睛，表情极其哀伤——还有我找不到词描述的别的东西。我想推开它，解放我的双脚，但感觉动作受限。这不是狗而是鬼。我又躺下,努力睡着。一会儿我睡着了。一个噩梦?说噩梦也行。但那还是布里克。我认出了它的眼睛、耳朵,它的表情,它的毛。第二天,我想写信给那农民问问这条狗。但我知道他不识字,而且当时我太忙了,写不了信。反正我也得不到答案。我绝对确信那狗死了——来找我的那东西不是这个世界的。

"那不是它唯一一次来——好几年里它一直回来,于是我有充足的时间观察它,即便它从未出现在灯光下。我离开村子时,那狗已经老了,最后一天看它的模样,我知道它活不长了。星光体、魂魄、灵魂——随便你怎么叫——就我而言,这是一个事实:一条狗的鬼魂来找我,躺在我腿上,不是一次而是几十次。一开始几乎夜夜都来,后来难得才来。梦?不是,我不是在做梦——除非整个人生都是一场梦。"

4

"我要告诉你最后一件事情。我已经说过,一些和我有染的女人是在我修家具的起居室里碰上的。这个坐在你面前的普通男人曾和波兰的伯爵夫人做过爱。伯爵夫人又是什么呢?人都是同样的材料做成的。但一次我碰到一个年轻女人,真的让我惊心动魄。有人雇我到维拉诺夫一个贵妇家,修一架装饰着镀金花环的旧钢琴。我正干活,一个年轻女人穿过起居室。她停了不到一秒,看我手里做什么，我们的目光相遇了。我怎么向你描述她的模样呢？像波兰贵族，奇怪的是又像犹太人——仿佛某种魔法把一位文雅的书院学生变成了波兰淑女。她窄脸，黑眼睛，那么深邃的眼睛，我呆住了。那眼睛真的在灼烧我。这女人的一切都充满灵性。我以前从未见过这样的美人。她转眼消失了，我依然呆立如槁木。后来我问主人那美人是谁，她说是一个来走亲戚的侄女。她提到了某个宅邸或某个镇子的名字，她家的地方。但心乱之时我无法集中注意力。如果不是那么恍惚，我本来很容易知道她的名字和住址。我干完了活，她没再出现。但她的形象一直留在我眼前。我开始整天整夜不停地想她。我想得人憔悴，于是决定要了结掉，无论代价是什么。玛尼娅明白我不是我了，这引起了她几次新的发作。我脑子迷糊，尽管对华沙了如指掌，却仍在街道中迷路，犯傻。就这样持续了好几个月。渐渐地，我不那么着迷了——或者只是在心里陷得更深了；我能够想着别人的同时念着她。于是夏去冬来，又是春天了。一天下午的晚些时候——几乎傍晚了——我不记得是四月还是三月——我的电话响了。我说喂，没人回答。不过，有人在另一头拿着话筒。我又叫：'喂，喂，喂！'然后听到一阵刺啦刺啦和一个结结巴巴的声音。我说：'不管你是谁，请说话吧。'

"等了等，我听见一个声音，是女人的声音，但也是男孩的声音。她对我说：'你曾在维拉诺夫干活，在某所房子里。你会不会碰巧记得有个人穿过起居室？'我的喉咙一紧，几乎失去了挪动舌头的能力。'是的，我记得你，'我说，'有谁能忘得了你的脸？'她静默，我以为她挂了，但她又说起话来——更像是在咕哝。她说：'我必须和你谈谈。有什么地方我们可以见面？''哪儿都行，'我说，'你想到我这儿来吗？''不行，不可能，'她说，'也许到一个咖啡馆——''不行，咖啡馆不行，'我说，'告诉我你能在哪儿见我，我就去。'她沉默了，然后她提到市图书馆附近的一条小街，远离闹市，靠近莫科托夫区。'你想在什么时候？'我问。然后她说：'越快越好。''那现在行吗？''行，如果你来得了。'我知道那条小街没有咖啡馆，没有饭店，甚至连条坐的凳子也没有，但我告诉她我立刻出门。曾经我以为要是发生这种奇迹，我会高兴得跳起来。但不知怎么，我心里一片寂静。我既不快乐也不是不快乐——只是吃惊。

"我到了见面地点时已经是晚上了。街两边都有树，没什么路灯。昏暗之中，我能看见她。她显得瘦了些，头发绾成圆髻。她站在一棵树旁，阴影裹着她。除了她，这条街空无一人。我走近她时，她悸动了一下。树木在开花，水沟里满是花朵。我对她说：'我来了。我们可以去哪儿？''我要对你说的话可以在这儿说。'她回答道。'你要对我说什么？'我问。她顿了顿，说：'我想请你放过我。'

"我吃了一惊，说：'我不明白你的意思。''你非常明白，'她说，'你不放过我。我有丈夫，我和他很快乐。我要当忠贞的妻子。'她不是在说而是在结巴。每一个词都停顿。她说：'找到你和你的电话号码不是容易的事情。我不得不编一个故事，说一个柜子坏了，才从姑姑那儿得到信息。我不会说谎，姑姑不相信我。不过她还是把你的名字和地址给了我。'然后她沉默了。

"我问：'我们为什么不到哪儿好好谈谈？''我哪儿也不能去。我本来可以在电话里对你说的——这太奇怪了，完全疯了——但现在你知道了。''我真的不知道你心里在想什么。'我说，只是为了拖长谈话。她说：'我求你，看在无论什么对你而言神圣的东西的份上，别折磨我了。你想要的我不能做——我宁可去死。'她的脸色苍白如垩。

"我还在装傻，说：'我不要求你任何东西。确实，我在你姑姑起居室里看见你时，你给我留下了强烈的印象——但我没有做任何事情去打扰你。''有的，你做了。如果我们不是活在二十世纪，我会认为你是个巫师。相信我，'她继续说，'来见你不是个容易的决定。我甚至担心你可能不知道我是谁——但你立刻就知道了。'

"'我们不能站在这街上说话，'我说，'我们得去个什么地方。''去哪儿？如果哪个认识我的人看见我，我就完了。'我说：'跟我来吧。'她犹豫了一会儿，跟着我了。她穿着高跟鞋似乎不好走路，挽了我的手臂。我注意到，尽管她戴着手套，她有一双最美的手。她的手在我的手臂上抖动，每动一次我就浑身一颤。走了走，这年轻女人在我身边放松些了，说：'你拥有的是什么样的力量？我好几次听见你的声音。我也看见你。我半夜醒来，你站在我的床尾。你的眼眶里不是眼睛，而是闪着两道绿光。我叫醒丈夫，但一秒钟你就消失了。'

"'那是幻觉。'我说。'不是，你在夜里游荡。''就算是，我也不知道。'

"我们走近维斯瓦河岸，在一根圆木上坐下。那儿并不是很安全，因为到处是醉鬼和流浪汉。但她陪着我坐了。她说：'我姑姑不知道我成了什么样了。我告诉她我出去散步。她甚至说可以陪我去。发誓答应我，你会放我走。也许你也有妻子，你也不想谁骚扰她。'

"'我没有妻子，'我说，'但我答应你，只要是我能控制的，我就不会骚扰你。我只能答应这么多。'

"'我会感激你的，直到最后一息。'

"故事讲完了。我再没见过那个女人。我甚至不知道她的名字。我不知道为什么，但所有发生在我身上的奇怪事情里，这一件印象最深。唉，说完了。我不再烦你了。"

"你没烦我，"我说，"遇到一个拥有这种能力的人挺好，加强了我自己的信念。但你离开华沙的时候玛尼娅怎么会得流感呢？你为什么不命令她好起来？"

"啊？我一直问自己这个问题。看起来我的能力只是负面的。治愈病人需要圣人，而你看，我远远算不上圣人。要么是——谁知道呢——那种时候带着一个女人很危险。"

陌生人垂下头。他开始用手指敲打桌子，自己哼着什么。然后他站起身。我觉得他的脸变了，变得灰白了，有了皱纹。突然，他像他这个年纪的人了。他甚至显得没之前高了。我注意到他的雨衣上到处是斑点。他向我伸出手说再见，我陪着他走到电梯口。

"你还想着女人吗？"我问。

他想了想，仿佛不理解我的话。他看着我，目光哀伤而猜疑。"只想死了的女人了。"

冥冥之中*

1

通常，贝切夫的内切米亚拉比了解邪魔的奸诈，懂得如何制服他，但近几个月，某种可怕的新东西纠缠住了他：对造物主的怒火。拉比的一部分大脑与宇宙之主争吵，叛逆地争辩：是的，您伟大、永恒、全能、智慧，甚至充满仁慈。但您在跟谁捉迷藏呢——跟苍蝇？您的伟大对苍蝇有什么帮助，当它掉进吸干其生命的蜘蛛网？您的一切品质对老鼠有什么益处，当猫的爪子钳住了它？在天堂里得到回报？那对禽兽毫无用处。您，天上的父，

＊ 本篇英语由艾萨克·巴什维斯·辛格和罗萨娜·格伯（Rosanna Gerber）翻译。

有时间等待末日，但它们等不了。当您使运水工费特尔的茅屋着火，使得他一家人只能在一个寒冷的冬夜睡在救济所里，那是无法弥补的不义。您的光之隐微，自由选择，救赎，这些可以为您做出解释，但运水工费特尔在一天劳作后需要休息，而不是在烂稻草床上翻来覆去。

　　拉比很清楚，是撒旦在对他说话。他试了一切办法消灭那声音。他浸入净浴的冰水中，斋戒，学习《托拉》到疲惫得睁不开眼。但魔鬼不肯低头。他越发无礼。他从早到晚嘶叫。最近，他开始玷污拉比的梦。拉比梦见绑在木桩上烧死的犹太人、被送上绞架的书院男孩、遭蹂躏的处女、受残虐的婴儿。他眼前出现了赫梅利尼茨基和贡塔的士兵的暴行，还有活活吃掉动物四肢的野蛮人。哥萨克用长矛刺穿儿童，孩子还没死就被活埋。一个目光凶残的长胡子"海达马克"[1]割开一个女人的肚子，把一只猫缝进去。在梦里，拉比向天挥拳，喊道："这一切都是为了您的光荣吗，天上的杀手？"

　　贝切夫的拉比法庭上下都处于崩溃边缘。老拉比，雷布·艾力泽·茨维，也就是内切米亚拉比的父亲，三年前去世了。他患的是胃癌。内切米亚拉比的母亲在乳房上得了同样的病。除了拉比，他们还留下一个女儿和一个儿子。拉比的弟弟叫斯姆查·大

1　海达马克（Haydamak），指一类叛乱的乌克兰哥萨克，主要活动于18世纪。

卫，父母在世时就成了"开明的犹太人"。他离开了拉比法庭，也离开了他的妻子（枝尔科夫卡的拉比的女儿），去华沙学习绘画了。拉比的妹妹欣德·舍瓦赫嫁给了纽斯塔特的拉比的儿子查姆·玛托斯，查姆一结婚就陷入抑郁，回到了父母家。欣德·舍瓦赫成了弃妇。由于人们认为他疯了，查姆·玛托斯不被允许履行离婚程序。内切米亚拉比自己的妻子，科茨克的拉比的后人，生产时和婴儿一起死了。媒人们给拉比提了种种亲事，但他都回答同一句话："我会考虑的。"

其实，提的亲里并无合适的人选。大多数贝切夫的哈西德派教徒已背弃了雷布·内切米亚。在拉比法庭体系中，海里的鱼的法则同样盛行：大鱼吞小鱼。先离开的是富人。有什么东西能把他们留在贝切夫呢？读经堂半是废墟了。净浴室的屋顶塌陷了。到处野草丛生。雷布·内切米亚只剩下一个执事——雷布·桑德尔。拉比的房子有许多房间，很少清扫，所有东西都盖着一层灰。墙纸剥落。窗玻璃破了，没有更换。整个建筑在沉降，乃至地板都斜了。女仆贝拉·埃尔克得了风湿病，关节都硬了。雷布·内切米亚的妹妹欣德·舍瓦赫没耐心做家务活。她整天坐在沙发上看书。要是拉比的上衣掉了个纽扣，也没人给缝上。

拉比刚满二十七岁，但显得老些。他高个子但驼着背，生着黄胡子、黄眉毛和黄边落。他几乎秃了。他高额头，蓝眼睛，窄鼻子，长脖颈上喉结突出。他脸色如痨病患者般苍白。在书房里，雷布·内切米亚穿着褪色的家居服，戴着皱皱的亚莫克帽，脚上是劣质拖鞋，来来回回踱步。桌上放着一根长烟斗和一包烟草。拉比点上，抽一口，放下。他又拿起一本书，打开，没读就合上。他甚至吃饭也没耐心。他啃一点面包，边走边嚼。他啜一口咖啡，继续踱步。这是夏天，五旬节和敬畏日之间，没有哈西德派教徒来朝圣；夏日悠长，拉比有足够的时间沉思。所有问题都合为一个——为什么有苦难？这个问题找不到答案，《摩西五经》《先知书》《塔木德》《佐哈尔》里没有，《生命之树》里也没有。如果主是全能的，他不靠邪魔的协助也能显露自身；如果他不是全能的，那么他就不是真正的上帝。这个谜题的唯一解答是异端的解答：既没有法官，也没有审判。一切造物是盲目的偶然事件——墨水瓶摔到纸上，墨水自己写了封信，每个词都是谎言，句子一团混乱。如果是那样，他内切米亚拉比为什么当这小丑呢？他是个什么拉比？他对谁祷告？对谁抱怨？另一方面，洒落的墨水又怎么能成字，哪怕一行？而且，墨水和纸是从哪儿来的？呃，上帝又是从哪儿来的？

内切米亚拉比站在敞开的窗户边。外面，天空淡蓝；金黄的太阳周围，朵朵白云卷绕，像果盒里保护香橼的亚麻。一棵枯树的裸枝上站着一只鸟。燕子？麻雀？它的妈妈也是一只鸟，祖母也是，一代一代延续千年。如果亚里士多德说宇宙一直存在是说对了，那么一代代的链条就没有起点。但那又怎么可能呢？

拉比皱了皱眉头，仿佛陷入痛苦之中。他握着拳。"您想隐藏您的脸？"他对上帝说，"那就藏吧。您隐藏您的脸，我也隐藏我的。我受够了。"他决定将考虑了很长时间的事情付诸行动。

2

那个礼拜五晚上拉比没怎么睡。他打着盹，时不时醒来。每次他入睡，恐怖重新攥住他。鲜血流动。尸体散落在阴沟里。女人在火里跑，头发烧焦，胸脯烧黑。铃声叮叮当当。一群长着公羊角、猪鼻子、刺猬皮和猫咪乳房的野兽，从燃烧的森林里狂奔而出。大地响起哭喊——男人、女人、蛇、魔鬼的悲号。梦的混乱中，拉比以为西赫托拉节和普珥节落到了同一天。历法变了吗，拉比奇怪，或者邪魔统治了？黎明时，一个胡子歪斜、穿着破袍子的老头冲他叫嚷，挥拳。拉比想吹羊角驱逐他，但没有响亮声，只是呜呜的一声，仿佛来自一个泄了气的肺。

拉比颤抖，床摇晃。枕头湿了，扭成一团，仿佛刚从洗衣盆里拿出来拧完。拉比的眼睑半粘在一块。"恶心，"拉比嘟哝，"大脑的浮渣。"记事起头一回，拉比没有行净洗礼。"邪魔的力量？倒要看看邪魔能干出什么！神圣的那个只会不吭声。"他走到窗前。升起的太阳行于云朵之中，像个砍掉的脑袋。垃圾堆那儿，社区公羊想嚼去年的棕榈叶。"你还活着？"拉比跟它打招呼。然后他想起了那只羊，羊角卡在灌木丛、亚伯拉罕拿来代替以撒献祭的那只。他一直需要燔祭的供品，拉比想到上帝。他的造物的血对他是美味。

"我会做的，我会做的。"拉比大声说。

贝切夫的人祷告得晚。夏天的安息日，几乎凑不出一个祷告班，即便算上拉比法庭供养的那几个老头。昨晚，拉比决定不穿流苏袍，却还是习惯性地穿上了。他本打算光着头去，却不情愿地把亚莫克帽放到头上。一次犯一项罪就够了，他想。他坐到椅子里，打盹。一会儿，他惊醒起身。直到昨天，善灵都试图斥责拉比，用地狱或灵魂的降格转世来威胁他。但现在，何烈山[1]的声音被压制了。一切恐惧消失了，只剩下怒火。"如果他不需要犹太人，犹太人也不需要他。"拉比不再直接对全能的主说话，而是对着某个别的神，也许是对着《诗篇》第八十二篇里提到的一位："神站在有权力者的会中，在诸神中行审判。"现在拉比赞同每一种异端了——完全否定他的，相信双重统治的；侍奉星辰和星座的偶像崇拜者，拥护三位一体的；拒绝承认《塔木德》的卡拉派；为了基利心山放弃西奈山的撒玛利亚人。是的，我看明白了主，我就是要惹他，拉比说。许多问题突然清晰了：原初的蛇、

1　何烈山（Mount Horeb），即西奈山。

该隐、洪水的一代、索多玛的居民、以实玛利、以扫、可拉，还有尼八的儿子耶罗波安。不对沉默的残虐者说话，不向迫害者祷告。

拉比希望最后一刻会发生某种奇迹——上帝会显露自身或者某种力量会遏制他。但什么也没发生。他打开抽屉，拿出烟斗，这东西在安息日是禁止碰的。他装满烟草。擦火柴前，拉比犹豫了。他告诫自己："内切米亚，艾力泽·茨维的儿子，这是安息日禁行的三十九项里的一项！为此要受石刑。"他左右张望。没有翅膀拍打，没有声音叫喊。他抽出一根火柴点了烟斗。他的大脑在头颅里咔嗒咔嗒，像果壳里的仁。他正坠入深渊。

平常拉比喜欢抽烟，但此时烟味刺鼻。烟划拉着喉咙。会有人敲门的！他浇了几滴净洗水到烟斗里——又是一个大违禁，灭了火。他有一股再犯禁的欲望，但犯什么禁呢？他想冲门柱上的圣卷吐唾沫，但忍住了。拉比倾听了一会儿内心的骚动。然后他出门，沿着走廊走向欣德·舍瓦赫的房间。他拉门闩，想打开门。

"谁在那儿？"欣德·舍瓦赫叫道。

"是我。"

拉比听见她的窸窣声、咕哝声。然后她开了门。她肯定是刚醒。她穿着阿拉伯花纹的家居袍，脚穿拖鞋，剃过的头上包着丝巾。内切米亚个子高，欣德·舍瓦赫却个矮。尽管刚满二十五岁，她看着老些，有黑眼圈，脸上是一个弃妇的悲伤表情。拉比很少到她房间来，从来不这么早来，也从不在安息日来。

她问：“发生什么事了吗？”

拉比的眼里满是笑意。“弥赛亚来了。月亮掉下来了。”

“这是什么话？”

“欣德·舍瓦赫，一切都结束了。”拉比震惊地听见自己说出这话。

“什么意思？”

“我不再是拉比了。没有拉比法庭了，除非你想接手，成为第二个卢德米尔处女[1]。”

欣德·舍瓦赫眯着黄兮兮的眼睛打量他。“发生什么了？”

“我受够了。”

“那拉比法庭怎么办，我怎么办？”

“全都卖掉，和你的笨蛋离婚，或者到美国去。”

欣德·舍瓦赫站着不动。“坐下来，你吓着我了。”

“我厌烦了这一切谎言，”拉比说，“一派胡言。我不是拉比，他们也不是哈西德派教徒。我要去华沙了。”

“你到华沙做什么呢？你想走斯姆查·大卫的路吗？”

“是的，他的路。”

---

1 卢德米尔处女（Virgin of Ludmir），来自卢德米尔（即乌克兰西北部古城弗拉基米尔）的一位少女，原名为哈拿·拉结·韦伯马赫（Hannah Rachel Verbermacher, 1805—1888），她是哈西德派历史上唯一一位女拉比。

欣德·舍瓦赫苍白的嘴唇在颤抖。她到一把椅子上的衣服里找手帕。她用手帕捂住嘴。"我呢？"她问。

"你还年轻。你不是残废，"拉比说，他对自己的话感到困惑，"全世界都对你敞开。"

"敞开？不允许查姆·玛托斯和我离婚。"

"允许的，允许的。"

拉比想说"你不离婚也可以的"，但担心欣德·舍瓦赫会晕倒。他感到一股汹涌的违抗冲动，感到一个摆脱一切束缚的人的勇气和解脱。第一次，他明白了当一个不信教者意味着什么。他说："哈西德体制纯粹是行乞。没人需要我们。整套东西是一场诈骗，是假的。"

3

一切都顺顺利利。欣德·舍瓦赫把自己锁在房间里，像是在哭。执事桑德尔行过送别安息日的仪式"哈瓦达拉"后喝醉了，去睡觉了。老头们坐在读经堂里。一个念诵着告别祷文，另一个读着《智慧之始》，第三个用金属线清理烟斗，第四个修补一本圣书。几支蜡烛摇曳着。拉比最后看了一眼读经堂。"一个废墟。"他嘟囔。他已经自己收拾好了挎包。妻子死后，他已经习惯了从女仆放衣物的箱子里拿自己的衣服。他拿出几件衬衫、一些内衣和白色的长裤。他甚至没装祷告披巾和经文匣。有什么用呢?

拉比溜出了村子。月亮没亮着,太帮忙了。他没走大路,而是走了打小就熟悉的小路。他没有戴天鹅绒帽。他找出了自己单身汉时穿戴的帽子和袍子。

实际上,拉比不再是原来的他了。他感到一个魔鬼上了自己的身,以其特异的风格在思考和唠叨。现在他穿过田野和森林。尽管是邪魔肆虐的礼拜六晚上,但拉比越来越觉得胆大和强大。他不再害怕狗或强盗。他到了车站,却得知要等到天亮才有火车。他坐到一张凳子上,旁边有一个躺着打呼的农民。拉比没念诵晚祷文,也没念诵示玛。我还要剃掉胡子,他决定。他明白,出逃的秘密不可能不被发现,他的哈西德派教徒们可能会搜寻并找到他。有一时,他考虑离开波兰。

他睡着了,一阵铃声吵醒了他。火车到了。之前他买了一张四等车厢的票,因为四等车厢里从来没有照明,乘客们在黑暗里或坐或站。他担心碰上贝切夫的人,但车厢里满是外邦人。有个人擦亮根火柴,拉比看见农民们戴着四角帽,穿着褐袍亚麻裤——多数人光着脚或者脚上包着破布。车厢里没有窗户,只有一个圆孔。太阳升起时,投下一道紫光到这群邋里邋遢的人身上——他们抽着廉价烟草,吃着猪油粗面包,就着伏特加咽下。妻子们靠在行李上打盹。

拉比听说过俄国的大屠杀。就是这样的土包子杀死男人,强奸女人，掠夺财物，折磨儿童。拉比蜷在一个角落里。他想捂住鼻子挡臭气。"上帝，这是您的世界吗？"他问，"您在西珥山和巴兰山就是要把《托拉》交给他们吗？您就是把您的选民散到了这些人中间？"车轮在铁轨上咣当咣当。火车头的烟从那圆孔里渗进来。闻着有煤、油和某种说不出的闷烧东西的味道。"我能成为这些人中的一个吗？"拉比问自己，"如果上帝不存在，耶稣也不存在。"

拉比感到强烈的尿意，但没有撒尿的地方。这些乘客身上似乎尽是跳蚤和虱子。他觉得衬衫里面痒。他开始后悔离开贝切夫了。"有谁阻止我在那儿当一个不信教的人呢？"他问自己，"至少我有自己的床。而且我到华沙做什么呢？我冲动了。我忘了异端也需要食物和头下的枕头。我的几个卢布撑不了多久。斯姆查·大卫自己也很穷困。"拉比听说过，斯姆查·大卫饿着肚子，衣衫褴褛，此外还顽固，不切实际。"唉，他原本期待什么呢？华沙不缺混子。"

拉比的腿疼，低身坐到地上。他把帽舌更低地压到额头上。好多站有犹太人上车，可能有人会认出他。突然，他听见熟悉的词句。"哦，我的上帝，您给我的灵魂是纯洁的；您真的造了它，塑了它，您真的吹它入我身；您保持它于我之中；而您将把它从我身上取走但此后又交还给我……""谎言，不要脸的谎言，"拉比心里叫道，"万物都有同样的灵——人，动物。《传道书》作者[1]本人就承认这一点；因此，贤人们要审查他的书。好，但灵是什么？谁塑造了灵？世俗的书对此怎么讲的？"

拉比睡着了，梦见是赎罪日。他站在会堂院子里，身边是一群穿着白袍、披着祷告披巾的犹太人。有人锁住了会堂，但为什么？拉比抬眼向天，看见的却不是一个月亮，而是两个、三个、五个。那是什么？月亮们像是冲向彼此，变得更大、更闪耀。闪电劈下，雷声滚滚，天空熊熊燃烧。犹太人们发出哀号："苦命啊，邪恶得势了！"

拉比震骇而醒。火车到了华沙。他上一次到华沙，还是父亲——愿他福享缅怀——病倒来此找弗兰克尔医生，几个月后父亲就去世了。当时父子坐的是特别车厢。司务们、拉比法庭成员陪着他们。一群哈西德派教徒等在车站。父亲被请到特瓦达街一个富裕的信徒家。在起居室里，父亲释讲《托拉》。现在内切米亚拿着自己的包走在月台上。一些旅客在跑，一些拖着行李。脚夫们在叫嚷。一个宪兵出来，一边挎剑，一边别着左轮枪，胸前挂满勋章，方脸红肥。他油腻的眼睛打量着拉比，目光里有怀疑、有恨，还有某种东西让拉比想起猛兽。

---

1 原文"Ecclesiastes"，即《圣经》中的《传道书》，据书中作者自述，他"在耶路撒冷作王，大卫的儿子"，后世一般认为这卷书的作者为所罗门。

拉比进了城。有轨电车打着铃，四轮轻便马车聚在一起，车夫甩着鞭子，马在鹅卵石路上飞奔。有一股沥青、垃圾和烟的臭味。"这就是世界？"拉比问自己，"弥赛亚就是要到这儿来？"他在胸袋里找那张写着斯姆查·大卫地址的纸，但纸没了。"邪灵们已经在耍我了吗？"拉比再把手伸进口袋，抽出了要找的那张纸。是的，一个邪灵在愚弄他。但如果没有上帝，怎么会有邪魔呢？他拦住一个路人，问斯姆查·大卫家那条街怎么走。

那人告诉了他。"真远啊！"他说。

4

每次拉比问怎么去斯莫查街，就是斯姆查·大卫住的街道，人家都建议他坐有轨电车或四轮轻便马车，但电车看着太吓人而马车太贵。而且，车夫可能是外邦人。拉比不会说波兰语。每过几分钟，他就停下来休息。他没吃早饭，不过，他不知道自己是不是饿。他的嘴流口水，喉咙发干。新烤的卷饼、面包圈、煮牛奶和烟熏鲱鱼的气味从人家院子里飘来。他路过卖皮革、五金、纺织品和成衣的商店。男销售员拉客，拽行人的袖子，眨着眼，意第绪语里穿插着波兰语。女销售员有节奏地叫卖："苹果，梨，李子，土豆布丁，热豌豆和扁豆。"一辆装着柴火的车要过一个窄门。一辆面粉袋堆得高高的大车挤进另一个门。有一个疯男人，光着脚，身上的袍子少了根袖子，帽子也破了，一帮男孩追着他。他们喊着一些嘲弄的话，朝他扔卵石。

"妈妈煮了一只猫。"一个小男孩尖声唱道。金黄色的边落在他的八角帽旁荡着。

拉比往前，过马路，几乎被一辆两匹比利时马拉的快车撞倒。女人们紧握着手斥责他。一个胡子又灰又脏、肩上背着个麻袋的男人说："你这个礼拜六要念一段感恩祝福文了。"

"好，感恩，"拉比对自己说，"可他的麻袋里背的是什么——他在天堂该得的那份？"

他终于到了斯莫查街。有人给他指门牌号。门口有个女孩卖洋葱卷。他进了一个院子，孩子们围着一个巨大的、新涂过焦油的垃圾桶玩捉人游戏。旁边，一个染色工把红衬衫浸入一个盛满黑染料的盆里。一扇敞开的窗户那儿，一个女孩在晾羽毛褥垫，用一根棍子打着。他问的第一个人完全不知道斯姆查·大卫。然后一个女人说："他肯定住在阁楼。"

拉比不习惯走这么多楼梯。他不得不停下来喘气。楼梯上垃圾散落。一个个屋子的门半开着。一个裁缝用一台机器缝东西。一套公寓里有一排织机，女孩们敏捷地搓线，头发里沾着些棉花。高楼层的灰泥墙裂着洞，气味令人窒息。突然拉比看见了斯姆查·大卫。他从一个黑乎乎的走廊冒了出来，没戴帽子，穿着件溅了颜料和黏土的短夹克。他黄头发，黄眉毛。他拿着一个包袱。

拉比吃惊自己认出了弟弟，他的模样很像个外邦人。"斯姆查·大卫！"他叫道。

斯姆查·大卫瞪大了眼。"熟悉的脸，但是——"

"好好看看。"

斯姆查·大卫耸了耸肩。"你是谁？"

"你哥哥，内切米亚。"

斯姆查·大卫连眼都没眨一下。他淡蓝的眼睛显得呆滞、悲伤，坦然接受时间可能带来的一切古怪事情。嘴角有了两道深深的皱纹。他不再是贝切夫的那个神童，而是一个穿着破衣烂衫的劳动者。片刻，他说："是的，是你。出什么事了？"

"我已选择追随你。"

"哦，我现在没法歇。我得去见个人，他们在等我，我已经迟了。我让你进我房间吧，你好休息一下。我们回头聊。"

"那好吧。"

"'我想不到可以看见你的面。'"斯姆查·大卫引用《创世记》。

"呃，我以为你已经什么都忘了。"拉比说。比起弟弟的冷静，弟弟引用《圣经》更使他尴尬。

斯姆查·大卫打开一个房间的门，房间极小，拉比想到笼子。头上的天花板歪歪曲曲。沿着墙靠着画布、画框、一卷卷纸。有颜料和松脂的气味。没有床，只有一个破旧的沙发。

斯姆查·大卫问："你到华沙想做什么？这年头很难。"他没等答话就走了。

他为什么这么急匆匆，拉比疑惑。他坐到沙发上，四下打量。几乎所有的画都画女性，有些裸体，有些半裸。一张小桌子上放着画笔和调色板。这肯定是他谋生的方法，拉比想。现在他清楚自己干了件蠢事。他不应该到这儿来。人在哪儿都会受苦。

拉比等了一个小时，两个小时，但斯姆查·大卫没回来。饥饿啃噬着他。"今天对我是个斋戒日——异端的斋戒。"他告诉自己。一个心里的声音逗他："你活该如此。""我不后悔。"拉比回嘴。他准备好和上帝的天使争论了，就像曾经和邪魔斗争。

拉比从地板上捡起一本书，是意第绪语的。他读了一个故事，讲一个圣人没去做晚祷，而是为一个寡妇捡柴火。这算什么——道德说教还是揶揄？拉比本以为会读到对上帝和弥赛亚的否定。他捡起一本书页脱落的小册子，讲的是巴勒斯坦的侨民。年轻的犹太人犁地、播种，抽干沼泽、种植桉树，和贝都因人打仗。这些先驱中的一个死去了，作者称他为烈士。拉比困惑地坐着。如果没有造物主，为什么到圣地去？他们说的烈士是什么意思？

拉比累了，躺下。"这种犹太性不属于我，"他说，"我宁可皈依基督教！"但到哪儿皈依呢？此外，要皈依，得假装信拿撒勒人。世界好像到处是信仰。如果不信这个上帝，就必须要信另一个。哥萨克为了沙皇牺牲。要罢黜沙皇的人为了革命牺牲。但真正的异端，什么也不信的人在哪里？他来华沙不是为了拿一种信仰换另一种信仰。

5

拉比等了三个小时，但斯姆查·大卫没回来。现代人就是这样，他想。他们的承诺不是承诺，他们没有亲戚或朋友的观念。其实，他们崇拜的是自我。这些想法使他烦躁——现在他是他们中的一个了吗？但如何阻挠大脑思考呢？他四下打量房间。小偷能在这儿找到什么有价值的东西？裸体女性？他出了门，关上门，走下楼梯。他拿上了包。他头晕，走得不稳。街上，他路过一家饭馆，但因为羞愧而不敢进去。他连点餐都不会。客人都坐在同一张桌子上吗？男人和女人一起吃饭吗？他们会嘲笑他的外表。他回到斯姆查·大卫住的房子大门口，买了两个卷饼。但能到哪儿去吃呢？他记起那句谚语："在大街上吃饭的人像一条狗。"他站在门口，啃那卷饼。

他已经犯下了可处死刑的罪，但不洗手、不念祝福文就吃东西使他不安。他发现这很难吞咽。没什么，是个习惯问题，拉比安慰自己。就当犯禁者也是需要习惯的。他吃了一个卷饼，把另一个放进口袋。他无目的地走着。在一条街上，三个葬礼队伍超过了他。第一台灵车后面跟着几个男人。几辆四轮轻便马车跟着第二台。第三台无人跟随。"嗯，对他们没有任何区别，"拉比对自己说，又引用《传道书》，"'死了的人毫无所知，也不再得赏赐。'"

他向右转，沿着一长串逼仄的绸布店走，店里点着煤气灯，尽管是中午。从大如房子的货车里，男人卸下一卷卷羊毛、羊驼毛、棉花和印花衣料。一个脚夫肩上背着个篮子走过，在重负下曲着背。高中男孩穿着镀金纽扣的制服，帽子上别着徽章，肩上挎着重重的书包。拉比停住脚步。如果不信上帝，为什么养育孩子，为什么供养妻子？按逻辑，不信神的人应该只照顾自己的身体，不照顾任何别人。

他又走起来。在下一个街区，一家书店陈列着希伯来语和意第绪语书籍：《世代及其解释者》《巴黎的神秘》《小男人》《自慰》《如何预防结核病》。一本书的书名是《宇宙的形成》。我要买这本，拉比决定。店里有几个顾客。店主戴着系带绳的金边眼镜，正和一个戴着宽边帽、披着披肩的长发男人说话。拉比停在书架前，浏览书。

一个女销售员走过来问："您想要什么——祷告书、祝福书？"

拉比红了脸。"我在橱窗注意到一本书，但忘了名字。"

"出来呗，指给我看。"女孩说，朝戴金边眼镜的男人眨眼。她微笑时脸上现出酒窝。

拉比有种逃离的冲动。他指指那本书。

"《自慰》？"女孩问。

"不是。"

"《维奇纳·德弗沙到美国去》？"

"不是，中间的那本。"

"《宇宙的形成》？我们进去吧。"女孩朝店主低语，店主现在站到柜台后了。他挠着额头。"那是最后一本了。"

"要把它从橱窗里拿出来吗？"女孩问。

"但你为什么特别需要那本书呢？"店主说，"那过时了。宇宙不是像作者描述的那样形成的。当时没有人在场，没人知道。"

女孩扑哧笑了出来。披肩男人问："你从哪儿来的，外省？"

"是的。"

"你来华沙是做什么的？给店里买货？"

"是的，货。"

"什么样的货？"

拉比想回答不关他的事，但侮慢不是他的天性。他说："我想知道异端说什么。"

女孩又笑。书商摘掉眼镜。披肩男人用大大的黑眼睛瞪着他。"你就想要这个？"

"我想知道。"

"呃，他想知道。他们允许你读吗？如果他们抓到你有这样的书，他们会把你扔出读经堂的。"

"没人会知道。"拉比回答。他意识到自己说话像个孩子，而不是成人。

"好吧，我猜启蒙运动还活着，和五十年前一样，"披肩男人对店主说，"过去他们就是这样到维尔纳来问：'世界是怎么造出来的？太阳为什么闪耀？是先有鸡还是先有蛋？'"他转向拉比。"我们不知道，亲爱的朋友，我们不知道。我们不得不无信仰、无知识地活着。"

"那为什么你们是犹太人？"拉比问。

"我们只能是犹太人。整个民族不可能都被同化。此外，外邦人不要我们。华沙有几百个改宗者，而波兰媒体天天攻击他们。而且皈依又能成就什么？我们只能继续当犹太人。"

"我到哪儿能弄到那本书？"拉比问。

"谁知道。绝版了。反正，它也只是声称宇宙是演化来的。至于是怎么演化的，生命又是怎么创造的，诸如此类的事情，他们都毫无头绪。"

"那为什么你们不信神？"

"我亲爱的朋友，我们没时间和你进行讨论。我只有一本，我不想掸灰。"店主说，"过几个礼拜再来，我们重新弄橱窗的时候。宇宙不会在这么短的时间里变馊的。"

"请原谅我。"

"我亲爱的同胞，不再有不信神的人了，"披肩男人说，"我那时候有一些，但老人死了，新一代人讲究实际。他们想改善世界，但不知道怎么着手。你的店至少能给你一份生计吧？"

"就那么回事。"拉比咕哝。

"你有妻子和孩子吗？"

拉比没回答。

"你的村子叫什么？"

拉比仍然沉默。他感觉像个小学男生般怯懦。他说"谢谢你"，然后走了。

6

拉比继续在街上走。夜幕降临，他想起这是晚祷的时间，但他没心情去奉承全能的主，去称他为知识的赠予者、死者的复活者、病人的救治者、囚徒的解放者，或恳求他将自己的神圣临现返还给锡安，重建耶路撒冷。

拉比路过一所监狱。一扇黑色的大门开着，带进去一个系着锁链的男人。一个没腿的残疾人用一块带轮子的板移动。一个瞎子唱一首沉船的歌。一条窄街上，拉比听见一阵喧嚣。有人被捅了，一个高个小伙子，血从喉咙里飙出。一个女人哀号："他不肯被抢，所以他们用刀攻击。愿地狱的火吞没他们。上帝等得久但罚得好。"

为什么他等这么久，拉比想问。他又惩罚谁？被害的，而不是害人的。警察到了，救护车笛声呜咽。穿着破裤子的小伙子们一个个冲出门，帽舌遮着眼睛，披头散发的姑娘们光脚穿着破拖鞋。拉比害怕这群人，害怕他们的喧哗。他进了一个院子。一个姑娘肩上披着披巾，脸蛋红得像用甜菜涂过，对拉比说："进来，二十格罗申。"

　　"我去哪里？"拉比不解地问。

　　"来，就在楼下。"

　　"我在找一个寄宿的地方。"

　　"我会给你推荐的。"姑娘拉着他的手臂。

　　拉比吓了一跳。成人后第一次，一个陌生女人碰了他。姑娘领他走下黑黑的阶梯。他们走过一条极窄的走廊，一次只能过一个人。姑娘走在前头，拽着拉比的袖子。一种地下的潮湿扑鼻而来。这算什么——活死人墓，地狱的门？有人在吹口琴。一个女人在叫嚷。一只猫或老鼠跳过他的脚。一扇门开了，拉比看见一个没窗户的房间，点着一盏小煤油灯，煤烟熏黑了灯罩。一张光光的床只有一个稻草垫，旁边的洗脸盆盛着粉色的水。拉比的脚钉在门槛上，像要被牵进屠宰场的公牛。"这是干什么？你把我带哪儿来了？"

　　"别装傻了。我们玩玩吧。"

　　"我在找一家旅馆。"

"给我二十格罗申。"

这会是个声誉不佳的屋子吗？拉比颤抖了，从口袋里掏出一把零钱。"你自己拿。"

姑娘挑出一个十格罗申的硬币，一个六格罗申的硬币，一个四格罗申的硬币。她稍稍犹豫，又拿了一戈比。她指指床。拉比丢下剩余的硬币，沿走廊往回跑。地不平，到处是洞。他几乎摔倒。他撞到了砖墙。"上帝呀，救我！"他的衬衫湿透了。等他到了院子，已经是夜里了。那地方散发着垃圾、阴沟和腐物的气味。现在拉比后悔自己唤了上帝的名。他嘴里满是苦汁。他脊背一颤。这些是世间的愉悦吗？这是撒旦售卖的东西吧？他掏出手帕擦脸。我现在去哪儿？"我到哪儿逃离您的面容？"他抬起眼，墙的上方是一片天空，悬着新月和几颗星星。他迷惑地注视着，仿佛第一次见到。离开贝切夫都不到二十四小时，但他觉得像游荡了几个礼拜、几个月、几年。

地下室的姑娘又出来了。"你为啥逃走，你个傻乡巴佬。"

"请原谅我。"拉比说，然后走出去到了街上。人群散了。烟囱冒烟。开店的人正用铁棍和锁关店门。那个被捕的小伙子怎么样了，拉比想。大地吞噬了他？突然，他意识到自己还拿着包。这怎么可能？仿佛他的手用自身的力量攥着它。也许这和创造世界的力量是同一个？也许这力量是上帝？拉比又想笑又想哭。我连犯罪都不行——哪方面都是草包。罢了，我走到头了，到头了。

这样的话只有一条出路了，交还那六百三十个肢体和肌腱。但怎么交？上吊？投水？维斯瓦河在附近吗？拉比叫住一个路人。"不好意思，维斯瓦河怎么走？"

那人有一张煤灰脸，像个扫烟囱的。浓密、煤黑色的眉毛下的眼睛瞪着拉比。"你去维斯瓦河干什么？你想钓鱼？"他的嗓音像狗吠叫。

"钓鱼，不是。"

"那还有什么，游到但泽[1]？"

一个说笑话的，拉比想。"我听说那附近有个旅馆。"

"维斯瓦河附近的旅馆？你从哪儿来的，外省？你来这儿干什么，找教书的活？"

"教书？是的。不是。"

"先生，走华沙的鹅卵石路需要力气。你有钱吗？"

"几个卢布。"

"一个基尔德一晚，你可以在我那儿睡。我就住在这儿，14号。我没妻子。我把她的床给你。"

"唔，那好吧。我谢谢您。"

"你吃过了吗？"

"是的，早上吃过。"

1　但泽（Danzig），即波兰的格但斯克，维斯瓦河在此入海。

"早上，呃？来跟我到酒馆去。我们来一杯啤酒，也来点小吃。我是街对面的煤商。"那人用一根黑手指了指一家闩了门的店。他说："小心点，他们会偷你的钱。一个外省来的男人刚被救护车送到医院去。他们用刀捅了他。"

7

煤商走上酒馆前的几步台阶。拉比踉跄地跟着。商人打开一扇玻璃门，拉比猛地闻到啤酒、伏特加、大蒜的气味，听到男人女人大声说话和舞曲音乐的声音。他的眼睛模糊不清。"你干吗停了？"煤商问，"我们进去。"他拉着拉比的手臂，搜着他。

透过如贝切夫浴室般浓厚的水汽，拉比看见一张张扭曲的脸，墙边酒架上的瓶子，一个带黄铜泵的啤酒桶，柜台放着一盘盘烤鹅、一碟碟开胃菜。小提琴嘶鸣，鼓声咚咚响；人人似乎都在大喊大叫。"发生什么事情了吗？"拉比问。

煤商带他到一张桌前，冲他耳朵叫："这不是你的小村子。这是华沙。在这儿，你要摸摸门道。"

"我不习惯这么大的声音。"

"你会习惯的。你想当哪种老师？这地方的老师比学生多。笨蛋都成了老师。学那么多有什么用？反正都会忘记的。我自己也上了犹太学校。他们教我《拉什解经》那些。我还记得几句：'而主对摩西说——'"

"几句《托拉》也是《托拉》。"拉比说，同时明白自己犯了这么多禁条后已无权说话。

"啊？哪一句也不值一声鸡叫。那些男孩子坐在读经堂，摇头晃脑，龇牙咧嘴。等到要征兵了，就得了疝气。他们结婚却养不了妻子。他们生几十个孩子，爬来爬去，光着脚，光着屁股……"

也许他是真正的不信神者，拉比想。他问："你信上帝吗？"

煤商一拳捶在桌上。"我怎么知道？我从没上过天堂。冥冥之中有什么在。谁造了世界？安息日我跟着一个叫'朋友之爱'的团体去祷告，费了几个卢布，但那话怎么说来着——造个善业。我们跟着一个连片面包都要吃不上的拉比祷告。他妻子来找我买十磅煤。冬天里，十磅煤顶什么用？我额外给她加了一块。如果有上帝，为什么他允许波兰人揍犹太人？"

"我不知道。我但愿知道。"

"《托拉》怎么说的？你好像懂得挺多的。"

"《托拉》说，邪恶之人遭惩罚，正直之人得奖赏。"

"什么时候？在哪里？"

"在来世。"

"在坟墓里？"

"在天堂。"

"天堂在哪里？"

一个服务生过来。"我嘛，淡啤和鸡肝，"煤商点餐，"你要什么？"

　　拉比不知如何作答。他问："这儿能洗手吗？"

　　煤商哼了一声。"这儿不用洗就吃，但食物是合礼的。他们不会给你上猪肉。"

　　"要么我来块饼干吧。"拉比咕哝。

　　"饼干？别的呢？这儿吃什么都要喝点才行。你要哪种啤酒？淡啤？黑啤？"

　　"那就淡啤吧。"

　　"好，给他一杯燕麦啤和一块鸡蛋饼干。"服务生走后，煤商用满是煤灰的指甲敲起桌子来。"如果你早晨到现在都没吃东西，这点是不够的。在这儿，如果你不吃饭，就会像个苍蝇吧唧掉地上。在华沙，必须猛吃。如果你想洗手做祝福祷告，到厕所去。那儿有个水龙头，但只能在衣服上擦手。"

　　"为什么我这么不快乐？"拉比自问，"我在不义中沉沦，和其他人一样——甚至更糟。如果我不想当雅各，就得当以扫。"对着煤商，他说："我不想当教师。"

　　"你想当什么，伯爵？"

　　"我愿意学门手艺。"

　　"什么手艺？如果你想当裁缝或鞋匠或皮匠，你必须年轻时学起。他们收你当学徒，师傅的妻子叫你倒泔水，摇婴儿摇篮。我懂。我学过木匠，我师傅从来不让我碰锯子或刨子。我跟着他吃了四年苦，走的时候什么也没学到。转眼，我就得给沙皇当兵了。我吃了三年大兵的黑面包。兵营里你必须吃猪肉，不然没力气扛枪。我有选择吗？等我退伍了，我跑去给一个煤商干活，从此就干了这行。人人都偷东西。他们运来一车煤，应该一百磅的，但只有九十磅。十磅在路上被偷了。如果你问太多问题，他们就拿刀捅你。所以我能怎么办？我往煤上浇水，给它弄重一点。不这么做我就要挨饿。你理解我吗？"

"是的，我理解。"

"那为啥还扯什么手艺？估计你这些年多半是在读经堂里暖凳子吧？"

"是的，我在学习。"

"那么，你除了当教师什么也干不了。但当教师，你也得适应。这街区有个教《塔木德》《托拉》的学校，有个软蛋教师。在那儿上学的男孩子全是流氓。他们各种捉弄他，他跑了。至于富人，他们想要系领带、会写俄文的现代教师。你有妻子吗？"

"没有。"

"离婚了？"

"鳏夫。"

"握手。我有过一个好妻子。她有一点点聋，但该干的活都干了。她给我做饭，我们生了五个孩子，但三个一点点大就死了。

我有个儿子在叶卡捷琳诺斯拉夫[1]。我女儿在一家五金店干活。她寄宿在雇主家里。她不想为她爸爸做饭。她的老板是个富人。总之，我就一个人。你当鳏夫多久了？"

"几年了。"

"需要女人时，你怎么办？"

拉比脸红了，又白了。"能怎么办？"

"只要出钱，在华沙什么都能有。这条街不行。这儿她们都染了病。你找个姑娘，她的血里有一条小虫。你得病了，开始烂了。这一带有个男人的鼻子都烂没了。好一点的街上，妓女们每个月都会到医生那儿检查。找一个要花一个卢布，不过，至少她们是干净的。媒人追着我，但我下不了决心。女人要的只是你的钱。我曾经和一个女人就坐在这酒馆里，她问我："你有多少钱？"她是个老大妈了，丑得要命。我对她说，我存了多少钱不关她的事。既然花一卢布就能有一个年轻漂亮的姑娘，我为什么要这么个老货？你听懂我的意思了吗？这是我们的啤酒。怎么了？你的脸白得要死。"

8

三个礼拜过去了，拉比仍在华沙游荡。他在煤商家睡。安息

1　叶卡捷琳诺斯拉夫（Yekaterinslav），现称第聂伯罗，乌克兰中南部城市。

日晚餐后，煤商带他去了意第绪戏院。他还带拉比去维拉诺夫看赛马。

除了礼拜六，拉比每天都去布雷斯勒图书馆。他站在书架旁浏览。那儿有桌子能坐下来读。拉比早晨就来，一直待到关门。下午，他出去到女摊贩那儿买个卷饼、面包圈或土豆布丁。他不念祝福文就吃。他读希伯来文、意第绪语的书。他甚至试过读德文。他在图书馆里找到了那本最早在书店橱窗看到的书——《宇宙的形成》。"是的，若无创世者，它是如何被创造出来的呢？"拉比问自己。他养成了自言自语的习惯。他拽胡子、皱眉、摇头，就像过去在读经堂。他咕哝："是的，一团雾，但谁造了那雾？它怎么来的？什么时候开始的？"

地球被扯离太阳，他读到——但谁造了太阳？人是猿猴的后裔——但猿猴从哪里来的？而且这一切发生时，作者并不在场，他又怎么能如此肯定？他们的科学隔着时空的距离把一切解释掉了。第一个细胞出现在几亿年前，出现在海洋边缘的黏液里。太阳将在几十亿年后毁灭。数百万恒星、行星、彗星在一个无始无终的空间里移动，没有计划或目的。未来，所有的人都一样，将有一个自由王国，没有竞争、危机、战争、嫉妒或仇恨。就像《塔木德》里说的，想撒谎的人都会讲些遥远的事情。在一本希伯来文旧杂志《收获》里，拉比读到斯宾诺莎、康德、莱布尼兹、叔本华。他们称上帝为实体、单子、假设、盲目意志、自然。

拉比攥住一侧的边落。谁是这个自然？它从哪儿得到这么多技能和力量？它照管最远的恒星、海底的石头、最细微的灰尘、苍蝇胃里的食物。在他、贝切夫的内切米亚拉比身上，自然一下子把事都给办了。它给了他胃痉挛，它堵了他的鼻子，它使他的头骨发痒，它啮咬他的大脑，就像困扰提图斯的小虫。拉比亵渎上帝，又向他道歉。这一刻他希望死亡降临，下一刻他又恐惧病痛。他要撒尿，去了厕所却尿不出来。读着读着，他眼前看见了绿色和金色的斑点，一条条线会合、分散、弯曲、交叉。"我要瞎了吗？这就是尽头了吗？魔鬼已经控制我了吗？不，宇宙的父，我不会念诵忏悔。我准备好进你的一切地狱了。如果你可以永恒地沉默，我至少将喑哑直到放弃自己的灵魂。你不是唯一的开战者，"拉比对全能的主说，"如果我是你的儿子，我也能一战。"

拉比不再按次序阅读。他会拿出一本书，翻到中间，扫几行，放回到书架。无论打开什么书，他都会遇到谎言。所有的书都有一个共同点：避过根本的东西，模糊地说话，给同一个东西安上不同的名字。它们既不知道草如何生长，光是什么，也不知道遗传是怎么进行的，胃是怎么消化的，大脑是怎么思考的，弱小的民族是怎么变强大的、强大的怎么湮灭的。尽管这些学者写了厚厚的书籍来谈论遥远的星系，但他们也没弄清地壳下一英里是什么状况。

拉比翻着书页，张着嘴。他会把额头抵到桌边，打一会儿盹。"哎哟喂，我没力气了。"每个晚上，煤商都劝拉比回他自己的村子。他说："你要崩溃了，他们甚至不知道在你的墓石上写什么。"

9

一天深夜，欣德·舍瓦赫睡觉时，走廊的脚步声吵醒了她。谁在半夜里鬼鬼祟祟呢，欣德·舍瓦赫奇怪。自从哥哥走了，房子安静得像个废墟。欣德·舍瓦赫起身，穿上家居服和拖鞋。她开了条门缝，注意到哥哥房间里有灯光。她走过去，看见了拉比。他的长袍破了，衬衫没系扣子，亚莫克帽皱了。他脸上的表情完全变了。他驼得像个老头。房间中央放着个挎包。

欣德·舍瓦赫绞着手。"是我的眼睛在欺骗我吗？"

"不是。"

"天上的父，他们到处找你。愿我有过的想法飘散到荒原里。他们已经在报纸上写你了。"

"是吧，好吧。"

"你去哪儿了？你为什么走？你为什么藏起来？"

拉比没有回答。

"你走，为什么不说一声呢？"欣德·舍瓦赫沮丧地问。

拉比低下头，没回答。

"我们以为你死了，呸呸。我给斯姆查·大卫发了电报，但没有回音。我想给你守七天灵。上天救我！整个镇子都乱了。他们编出了最阴森的故事。他们甚至报了警。一个警察来问我你的外貌之类的。"

"唉。"

"你见到斯姆查·大卫了吗？"欣德·舍瓦赫犹豫片刻后问。

"见了。没有。"

"他混得怎么样？"

"呃。"

欣德·舍瓦赫大口吸气。"你脸色苍白如垩，浑身破烂。他们瞎编出那样的故事，我都羞得不敢见人。信和电报都来了……"

"嗯……"

"你不能就这么丢下我，"欣德·舍瓦赫变了语气，"好好说。你为什么这么做？你不是个街上的小屁孩啊，你是贝切夫的拉比。"

"不再是拉比了。"

"上帝仁慈。镇子会乱成一团的。等等，我给你弄一杯牛奶。"

欣德·舍瓦赫退出房间。拉比听见她走下台阶。他抓住自己的胡子摇晃。巨大的阴影在墙上、天花板上摇曳。片刻，欣德·舍瓦赫回来了。"没牛奶了。"

"唔。"

"你不告诉我你为什么离开，我就不走。"欣德·舍瓦赫说。

"我想知道异端怎么说。"

"他们怎么说？"

"没有异端。"

"是这样吗？"

"全世界都崇拜偶像，"拉比咕哝，"他们发明神，再侍奉他们。"

"犹太人也是？"

"所有人。"

"好吧，你脑子不正常了。"欣德·舍瓦赫站了一会儿，瞪着眼，然后走回了自己的卧室。

拉比和衣躺到床上。他感觉自己的力气在消散——不是逐渐消失，而是唰地没了，迅速地。他从未见过的一簇光在他大脑里闪烁。他的手脚渐渐麻木。他的头重重地枕在枕头上。一段时间后，拉比抬起眼睑。蜡烛烧光了。黎明前的月亮在雾气中显得模糊黯淡，照进窗户。东方，天空发红。"冥冥之中。"拉比喃喃道。

贝切夫的拉比和上帝的战争结束了。

辛格年表[*]

1904年　7月14日，艾萨克·巴什维斯·辛格出生在波兰华沙附近的莱昂辛（Leoncin）小镇。父亲平查斯·迈纳切姆（Pinkhos Menakhem）是一位哈西德派拉比，母亲巴斯舍芭（Bathsheba）出生在一个犹太拉比世家，受过良好的教育，以博学聪慧闻名。辛格有一个姐姐、一个哥哥和一个弟弟，姐姐欣德·埃斯特（Hinde Esther）和哥哥伊斯雷尔·约书亚（Israel Joshua）后来都成为作家，弟弟摩西（Moishe）则继承父业。此外，家中还有两个孩子死于猩红热。

1907年　随家人移居华沙附近的拉德兹明（Radzymin）小镇，父亲成为当地犹太学校的校长。辛格去犹太儿童宗教学校上学。

＊《辛格年表》非英文版原书所有，年表资料主要参考"美国文库"版《辛格短篇小说集》（*Collected Stories*）"年表"部分、珍妮·哈达（Janet Hadda）的《艾萨克·巴什维斯·辛格传》（*Isaac Bashevis Singer:A Life*）等。——编者注

1908 年　随家人移居华沙克鲁奇玛尔纳街（Krochmalna Street）10 号，该街
　　　　道居民大多是生活贫苦的犹太人。父亲在那里主持一个拉比法庭，
　　　　主要以解决街坊邻里的家庭和婚姻问题为生。童年的辛格除了阅
　　　　读宗教书籍外，还喜欢阅读爱伦·坡和阿瑟·柯南·道尔的故事，
　　　　以及一些流行的意第绪语小说。

1912 年　姐姐欣德·埃斯特与一名钻石切割工在柏林结婚，之后移居安
　　　　特卫普。

1914 年　"一战"爆发后，哥哥约书亚为了逃避俄军的征兵，在一个雕刻家
　　　　的工作室躲藏起来。姐姐一家逃难至伦敦。

1917 年　"一战"期间，辛格一家的生活每况愈下，在万般无奈之下，辛格和
　　　　弟弟随母亲来到母亲的故乡毕尔格雷（Bilgoray）小镇。小镇的一草
　　　　一木、历史风俗给正值青春期的辛格带来了巨大的冲击。他后来的
　　　　很多作品都以这个小镇为背景。在毕尔格雷的四年里，辛格除了研
　　　　读《塔木德》外，还广泛地阅读了斯宾诺莎、斯特林堡、托尔斯泰、
　　　　陀思妥耶夫斯基、福楼拜和莫泊桑等人的著作。他也学习波兰语、
　　　　德语、世界语和现代希伯来语等多门语言，并用这些语言创作一
　　　　些幽默短剧和诗歌。

1921 年　辛格回到华沙，进入一所犹太拉比学院学习，但因感到乏味，
　　　　又回到毕尔格雷，以教授希伯来语为生。其间，深入学习斯
　　　　宾诺莎的《伦理学》，阅读康德《未来形而上学导论》、汉姆生
　　　　《饥饿》等著作。

1922 年　因病离开毕尔格雷，去到家人在德兹克（Dzikow）小镇的住处。生活苦闷。虔诚的弟弟摩西把哈西德派宗教思想家纳赫曼（Nachman）的著作借给辛格阅读。

1923 年　辛格搬回华沙，哥哥约书亚为他在华沙一家意第绪语文学杂志《文学之页》（*Literary Pages*）找到一份校对的工作。其时，哥哥在华沙文学界颇有名望，游历过苏联，出版了小说集《珍珠》，为美国《犹太前进日报》（*The Jewish Daily Forward*）撰稿。在华沙期间，辛格经常出入犹太作家俱乐部，在那里，他与人自由地谈论文学、哲学和时事新闻，贪婪地阅读各类书籍。

1925 年　在《文学之页》发表第一篇小说《在晚年》，并获得该杂志的文学奖。用笔名"艾萨克·巴什维斯"在《今日》（*Ha-yom*）杂志上发表短篇小说《蜡烛》。

1926 年　认识左翼女青年卢尼娅，后来他们以夫妻相处，但从未按照犹太习俗办理结婚手续。

1928 年　辛格翻译的汉姆生小说《牧羊神》（*Pan*）、《漂泊的人》（*Wayfarers*）意第绪语版出版。

1929 年　父亲平查斯·迈纳切姆在德兹克去世。辛格和卢尼娅的儿子伊斯雷尔·扎米尔出生。辛格翻译的《罗曼·罗兰传》意第绪语版出版。

1930 年　辛格翻译的《西线无战事》《魔山》意第绪语版出版。

1932 年　与好友亚伦·蔡特林（Aaron Zeitlin）共同筹办意第绪语文学刊物《格劳巴斯》（*Globus*）。在针对卢尼娅的一次调查中，辛格被短暂拘押。开始撰写小说《撒旦在格雷》。

1933 年　1 月至 9 月，在《格劳巴斯》连载《撒旦在格雷》。

1934 年　哥哥约书亚离开波兰移居美国，为《犹太前进日报》撰稿。

1935 年　辛格和卢尼娅分道扬镳，卢尼娅带着儿子奔赴苏联；而辛格则在哥哥约书亚的帮助下移居美国，跟哥哥一起住在纽约布鲁克林。然而，辛格极度不适应纽约，感觉"自己被连根拔起"了，以至于很多年都"写不出一个有价值的句子"。在哥哥的帮助下，开始为《犹太前进日报》撰稿。长篇小说《撒旦在格雷》意第绪语版在波兰出版。

1936 年　哥哥约书亚的长篇小说《阿什肯纳兹兄弟》（ *The Brothers Ashkenazi* ）在美国出版。姐姐欣德·埃斯特在华沙出版了首部小说《恶魔之舞》（ *The Dance of the Demons* ）。

1937 年　旅游签证已无法续签，在朋友的建议下，偷渡到多伦多获得加拿大的居留证后，再返回纽约获得美国的长期居留权。夏天，在卡茨基尔的一个农场度假时，辛格与未来的妻子德裔犹太人阿尔玛·海曼·沃塞曼（Alma Haimann Wassermann）相识，彼时，阿尔玛是带着两个孩子的有夫之妇。这年夏天，卢尼娅和儿子被苏联政府驱逐出境，后辗转来到巴勒斯坦地区。

1939 年　德国入侵波兰后，辛格与母亲、弟弟失去联系。哥哥约书亚成为美国公民。好友亚伦·蔡特林移民美国。阿尔玛与丈夫离婚。

1940 年　2 月 14 日，辛格与阿尔玛步入婚姻的殿堂。但是婚后，他们的生活非常拮据，阿尔玛不得不去百货公司做推销员。

1941 年　辛格一家搬到曼哈顿西 103 街的一套公寓中。

1943 年　获得美国公民身份。在度过了漫长的创作低谷后，辛格连续发表了
五个短篇小说：《隐身人》《教皇泽伊德尔》《克雷谢夫的毁灭》《未
出生者日记》和《两具跳舞的尸体》。

1944 年　2 月 10 日，哥哥约书亚因心脏病突发在纽约病逝。辛格悲痛不已，
他说，约书亚的去世是"我一生中最为不幸的事。他是我的父亲，
我的老师。我永远无法从这个打击中恢复过来"。发表短篇小说《市
场街的斯宾诺莎》。

1945 年　在意第绪语杂志发表短篇小说《傻瓜吉姆佩尔》《小鞋匠》和《杀
妻者》。"二战"后不久，有人告知辛格，母亲和弟弟被苏联政府放
逐到哈萨克斯坦，并在建造木屋时冻死。11 月，长篇小说《莫斯
凯家族》在《犹太前进日报》连载，同时在纽约广播电台以意第
绪语连续播出。

1947 年　夏末，和阿尔玛乘船前往欧洲旅行。在英国与姐姐见面。在《犹太
前进日报》发表旅行随笔。

1948 年　冬季，和阿尔玛前往迈阿密海滩，后来他们经常去那里。

1950 年　1 月，去迈阿密旅行。10 月，《莫斯凯家族》英文版由克诺夫出版
社（Knopf）出版。这是辛格第一部被翻译成英文的长篇小说。出
版前，英文版编辑要求大量删减，辛格颇为不快，但还是删掉了
大量内容，并更换了结局。

1951 年　去佛罗里达和古巴旅行。

1952 年　长篇小说《庄园》开始在《犹太前进日报》连载。

1953 年　在欧文·豪的建议下，索尔·贝娄翻译并在《党派评论》发表了辛格的短篇小说《傻瓜吉姆佩尔》，引起美国批评界的热评。

1954 年　6 月 13 日，欣德·埃斯特在伦敦去世。姐姐是辛格家第一个写作的人。姐姐生前患有癫痫和抑郁症，加上辛格自身的抑郁状态和时不时出现的自杀念头，让辛格怀疑他们家有精神病史。

1955 年　2 月，儿子伊斯雷尔·扎米尔代表他所在的基布兹（kibbutz）访问纽约，二十年来首次见到辛格。2 月至 9 月，回忆录《在父亲的法庭上》在《犹太前进日报》连载。辛格首次去以色列旅行。《撒旦在格雷》英文版由正午出版社（Noonday）出版。

1956 年　《在父亲的法庭上》部分章节被改编成戏剧，在曼哈顿国家意第绪语人民剧院（National Yiddish Theatre Folksbiene）上演。

1957 年　长篇小说《哈德逊河上的阴影》在《犹太前进日报》连载。11 月，第一部短篇小说集《傻瓜吉姆佩尔》由正午出版社出版。

1959 年　长篇小说《卢布林的魔术师》在《犹太前进日报》连载。

1960 年　《卢布林的魔术师》英文版由正午出版社出版。辛格和阿尔玛搬到西 72 街的一套公寓中。法勒、斯特劳斯和卡达希出版社（Farrar, Straus and Cudahy, 1964 年更名为 Farrar, Straus and Giroux，以下简称 FSG，中文通常译为法勒、斯特劳斯和吉鲁出版社）收购了正午出版社，开启了这家出版社与辛格之间的长期合作关系。

1961 年　短篇小说开始刊登在《小姐》(*Mademoiselle*)《时尚先生》(*Esquire*) 和《智族》(*GQ*) 等时尚杂志上，因而读者越来越多。10 月，短篇小说集《市场街的斯宾诺莎》英文版由法勒、斯特劳斯和卡达希出版社出版。长篇小说《奴隶》在《犹太前进日报》连载。

1962 年　《奴隶》英文版由法勒、斯特劳斯和卡达希出版社出版。特德·休斯和苏珊·桑塔格对该书大加赞赏。辛格阅读布鲁诺·舒尔茨的作品。决定成为一名素食主义者。

1964 年　《卢布林的魔术师》荣获法国最佳外国小说奖。短篇小说集《短暂的礼拜五》英文版由 FSG 出版。同年，辛格当选为美国艺术暨文学学会 (National Institute of Arts and Letters) 会员。

1965 年　辛格一家搬到百老汇大道与西 86 街交叉的贝尔诺德公寓。

1966 年　2 月至 8 月，长篇小说《冤家，一个爱情故事》开始在《犹太前进日报》连载。由欧文·豪选编和导读的《艾萨克·巴什维斯·辛格短篇小说选》出版。5 月，回忆录《在父亲的法庭上》由 FSG 出版。插图版儿童故事集《山羊兹拉特和其他故事》英文版出版。辛格在欧柏林学院担任住校作家。

1967 年　《庄园》英文版由 FSG 出版。插图版儿童故事《恐怖客栈》《好运气与坏运气》英文版出版。《山羊兹拉特和其他故事》荣获纽伯瑞儿童文学奖 (Newbery Honor Books)。

1968 年　《恐怖客栈》荣获纽伯瑞儿童文学奖。短篇小说集《降神会》英文版由 FSG 出版。插图版儿童故事集《当坏运气来到华沙和其他故事》英文版出版。《莫斯凯家族》荣获意大利班卡雷拉文学奖。

1969年　长篇小说《地产》和回忆录《快活的一天：一个在华沙长大的孩子的故事》英文版由 FSG 出版。

1970年　短篇小说集《卡夫卡的朋友》英文版，插图版儿童故事《奴隶以利亚：重述一个希伯来传说》《约瑟夫与科扎，或维斯瓦河献祭》英文版由 FSG 出版。《快活的一天：一个在华沙长大的孩子的故事》荣获美国国家图书奖儿童文学奖。《纽约时报》披露当时辛格的年收入已超过 10 万美元。

1971年　《艾萨克·巴什维斯·辛格读本》由 FSG 出版。

1972年　长篇小说《冤家，一个爱情故事》英文版由 FSG 出版。和辛格住在同一栋公寓楼里的玛格南摄影师布鲁斯·戴维森（Bruce Davidson）拍摄了一部 28 分钟的短片《辛格的噩梦和普普科夫人的胡子》。

1973年　由辛格同名短篇小说改编的戏剧《镜子》在耶鲁保留剧目轮演剧团的专用剧场上演。短篇小说集《羽冠》英文版、插图版儿童故事集《切尔姆的傻瓜和他们的故事》英文版由 FSG 出版。

1974年　长篇小说《肖莎》最初以《心灵旅程》为题在《犹太前进日报》连载，《忏悔者》也开始在《犹太前进日报》连载。插图版儿童故事集《诺亚为何选择鸽子》出版。《羽冠》与托马斯·品钦的《万有引力之虹》一同荣获美国国家图书奖小说奖。

1975年　短篇小说集《激情》英文版由 FSG 出版。辛格在巴德学院担任住校作家。

1976年　回忆录《寻求上帝的小男孩：或个人灵光中的神秘主义》和插图版
　　　　儿童故事集《讲故事的人纳夫塔利和他的马》英文版出版。9月，
　　　　理查德·伯金（Richard Burgin）拜访了辛格，在接下来的两年中，
　　　　他对辛格大约进行了五十次采访。11月，菲利普·罗斯拜访辛格，
　　　　一同探讨布鲁诺·舒尔茨，并把对谈内容整理发表在次年的《纽
　　　　约时报书评》。

1978年　7月，长篇小说《肖莎》英文版由FSG出版。回忆录《寻求爱情
　　　　的年轻人》英文版出版。10月5日，辛格因"他充满激情的叙事
　　　　艺术，既扎根于波兰犹太人的文化传统，又展现了普遍的人类境
　　　　遇"，获得诺贝尔文学奖。与阿尔玛、伊斯雷尔·扎米尔等人前往
　　　　斯德哥尔摩。12月8日，发表获奖感言。

1979年　短篇小说集《暮年之爱》英文版由FSG出版。《卢布林的魔术师》被
　　　　改编成同名电影。伊斯雷尔·扎米尔翻译的《冤家，一个爱情故事》
　　　　希伯来语版在特拉维夫出版。米纳罕·戈兰（Menahem Golan）导演
　　　　的《卢布林的魔术师》在威尼斯电影节上映。

1980年　2月，长篇小说《原野王》开始10个月的连载。辛格拒绝波兰文
　　　　学团体的邀请，坚持不回波兰。

1981年　回忆录《迷失在美国》英文版出版。

1983年　长篇小说《忏悔者》英文版由FSG出版。《书院男孩燕特尔》被改
　　　　编成音乐电影《燕特尔》，导演芭芭拉·史翠珊（Barbra Streisand）
　　　　凭借该片荣获金球奖最佳导演奖。

1984 年 由《寻求上帝的小男孩：或个人灵光中的神秘主义》《寻求爱情的
        年轻人》和《迷失在美国》三部合集而成的《爱与流放：一部回
        忆录》出版。《儿童故事集》由 FSG 出版。

1985 年 辛格在迈阿密大学教授创意写作课。

1986 年 理查德·伯金编辑的访谈录《与艾萨克·巴什维斯·辛格对话》由
        FSG 出版。

1988 年 短篇小说集《玛士撒拉之死》和《原野王》英文版由 FSG 出版。

1989 年 12 月，电影《冤家，一个爱情故事》上映。

1991 年 7 月 24 日，辛格在佛罗里达州瑟夫赛德镇的公寓里去世。安葬在
        新泽西州帕拉默斯的一个犹太公墓。为了纪念辛格，迈阿密大学
        设有以辛格命名的面向本科学生的学术奖学金。佛罗里达州瑟夫
        赛德镇有一条以辛格命名的林荫大道。波兰的卢布林有一个"辛
        格广场"。